建筑工程质量控制要点便携系列手册

智能建筑工程

主　编　李泽光　　韩舒宁

参　编　常　伟

　　　　姚　娜　白雅君

中国电力出版社

www.cepp.com.cn

内 容 提 要

本书为《建筑工程质量控制要点便携系列手册》之一，主要根据现行的 GB 50339—2003《智能建筑工程质量验收规范》编写完成，将智能建筑工程所涉及的质量验收标准、设备材料质量控制、施工质量控制和质量通病与防治，按统一编写体例，进行了系统的分析和阐述。

本书突出了实用性和针对性，可供智能建筑工程的施工人员、运行人员和质量检测人员参考，也可作为相关院校、职高技校的培训教材使用。

图书在版编目（CIP）数据

智能建筑工程/李泽光主编. —北京：中国电力出版社，2010.7
（建筑工程质量控制要点便携系列手册）
ISBN 978-7-5123-0330-0

Ⅰ.①智… Ⅱ.①李… Ⅲ.①智能建筑-工程施工-技术手册②智能建筑-工程验收-技术手册 Ⅳ.①TU243-62

中国版本图书馆 CIP 数据核字（2010）第 069944 号

中国电力出版社出版、发行
（北京三里河路 6 号 100044 http：//www.cepp.com.cn）
北京丰源印刷厂印刷
各地新华书店经售

*

2010 年 7 月第一版 2010 年 7 月北京第一次印刷
850 毫米×1168 毫米 32 开本 11 印张 310 千字
印数 0001—3000 册 定价 26.00 元

前 言

随着科学技术的快速发展，人们对建筑物的功能要求越来越高，智能建筑在建筑业中的地位也越来越重要。因此，做好智能建筑工程施工的质量验收工作，对我国建筑施工水平的促进和提高能够产生积极的作用。

本书在编写的过程中，严格遵循现行 GB 50339—2003《智能建筑工程质量验收规范》，系统而清晰地阐述了智能建筑工程所涉及的质量验收标准、设备材料质量控制、施工质量控制和质量通病与防治等相关的内容。本书可供智能建筑工程的施工人员、运行人员和质量检测人员参考，也可作为相关院校、职高技校学生的参考教材阅读使用。

本套系列丛书编写内容，力求做到资料翔实，措施可靠，使用面广。在本书编写过程中，齐丽娜、李向敏、韩艳艳、白玉花、吴翠翠、唐洪波、赵德印、王小军、杜蕊和于涛等同志做了大量辅助性的工作，谨向他们表示诚挚的谢意。

限于编者水平，疏漏之处在所难免，恳请广大读者批评指正。

编 者

2009 年 11 月

第一章 建筑工程施工质量验收要求

为了加强建筑工程质量管理，统一建筑工程施工质量的验收，保证工程质量，国家建设部和质量监督检验检疫总局制订发布了 GB 50300—2001《建筑工程施工质量验收统一标准》。该标准适用于建筑工程施工质量的验收，并作为建筑工程各专业工程施工质量验收规范编制的统一准则。

第一节 建筑工程施工质量验收术语

术语是学科中的专门用语，也是一种专业定义。为了方便工作的交流与沟通，并且能对术语含义有统一的认识和理解，在编制各类技术标准、规范和通则时，通常会对相关术语作统一的定义和释义，以及专业术语的英文翻译。

根据现行 GB 50300—2001《建筑工程施工质量验收统一标准》，建筑工程施工质量验收的常用术语及其含义见表 1-1。

表 1-1　　　　　　　建筑工程施工质量常用术语

序号	术　语	英文名称	含　义
1	建筑工程	building engineering	为新建、改建或扩建房屋建筑物和附属构筑物设施所进行的规划、勘察、设计和施工、竣工等各项技术工作和完成的工程实体
2	建筑工程质量	quality of building engineering	反映建筑工程满足相关标准规定或合同约定的要求，包括该工程在安全、使用功能及该工程在耐久性能、环境保护等方面所有明显和隐含能力的特性总和

序号	术语	英文名称	含义
3	验收	acceptance	建筑工程在施工单位自行质量检查评定的基础上，参与建设活动的有关单位共同对检验批、分项、分部、单位工程的质量进行抽样复验，根据相关标准以书面形式对工程质量达到合格与否做出确认
4	进场验收	site acceptance	对进入施工现场的材料、构配件、设备等按相关标准规定要求进行检验，对产品达到合格与否做出确认
5	检验批	inspection lot	按同样的生产条件或按规定的方式汇总起来供检验用的，由一定数量样本组成的检验体
6	检验	inspection	对检验项目中的性能进行量测、检查、试验等，并将结果与标准规定要求进行比较，以确定每项性能是否合格所进行的活动
7	见证取样检测	evidential testing	在监理单位或建设单位监督下，由施工单位有关人员现场取样，并送至具备相应资质的检测单位所进行的检测
8	交接检验	handing over inspection	由施工的承接方与完成方经双方检查并对可否继续施工做出确认的活动
9	主控项目	dominant item	建筑工程中对安全、卫生、环境保护和公众利益起决定性作用的检验项目
10	一般项目	general item	除主控项目以外的检验项目
11	抽样检验	sampling inspection	按照规定的抽样方案，随机地从进场的材料、构配件、设备或建筑工程检验项目中，按检验批抽取一定数量的样本所进行的检验
12	抽样方案	sampling scheme	根据检验项目的特性所确定的抽样数量和方法
13	计数检验	counting inspection	在抽样的样本中，记录每一个体有某种属性或计算每一个体中的缺陷数目的检查方法

序号	术　语	英文名称	含　义
14	计量检验	quantitative inspection	在抽样检验的样本中，对每一个体测量其某个定量特性的检查方法
15	观感质量	quality of appearance	通过观察和必要的量测所反映的工程外在质量
16	返修	repair	对工程不符合标准规定的部位采取整修等措施
17	返工	rework	对不合格的工程部位采取的重新制作、重新施工等措施

第二节　建筑工程质量验收的划分

根据 GB 50300—2001《建筑工程施工质量验收统一标准》的要求，建筑工程质量验收应划分为单位（子单位）工程、分部（子分部）工程、分项工程和检验批。

一、单位（子单位）工程的划分

单位（子单位）工程的划分应按下列原则确定：

（1）具备独立施工条件并能形成独立使用功能的建筑物及构筑物为 1 个单位工程。

（2）建筑规模较大的单位工程，可将其能形成独立使用功能的部分划分为 1 个子单位工程。

二、分部（子分部）工程的划分

分部工程的划分应按下列原则确定：

（1）分部工程的划分应按专业性质、建筑部位确定。

（2）当分部工程较大或较复杂时，可按材料种类、施工特点、施工程序、专业系统及类别等划分为若干子分部工程。

当分部工程量较大且较复杂时，可将其中相同部分的工程或能形成独立专业系统的工程划分为若干子分部工程：

1）地基与基础分部工程划分为无支护土方、有支护土方、地基处理、桩基、地下防水、混凝土基础、砌体基础、劲钢（管）混凝土、钢结构等子分部工程。

2）主体结构分部工程按材料不同划分为混凝土结构、劲钢（管）混凝土结构、砌体结构、钢结构、木结构、网架和索膜结构等子分部工程。

3）建筑装饰装修分部工程又划分为地面工程、抹灰工程、门窗、吊顶、轻质隔墙、饰面板（砖）、幕墙、涂饰、裱糊与软包、细部等子分部工程。

4）建筑屋面分部工程又划分为卷材防水屋面、涂膜防水屋面、刚性防水屋面、瓦屋面和隔热屋面等子分部工程。

5）建筑给水排水及采暖分部工程又划分为室内给水系统、室内排水系统、室内热水供应系统、卫生器具安装、室内采暖系统、室外给水管网、室外排水管网、室外供热管网、建筑中水系统及游泳池系统、供热锅炉及辅助设备安装等子分部工程。

6）建筑电气分部工程，为了适应应用范围的变化，按照专业系统和不同区域、用途等划分为室外电气、变配电室、供电干线、电气电力、电气照明安装、备用和不间断电源安装、防雷及接地安装共7个子分部工程。

7）智能建筑分部工程是新增加的分部工程，即常称的弱电部分，由于各种设备管线的增多，该分部工程从电气安装工程中分离出来，并进行了完善。其按用途又划分为通信网络系统、办公自动化系统、建筑设备监控系统、火灾报警及消防联动系统、安全防范系统、综合布线系统、智能化集成系统、电源与接地、环境、住宅（小区）智能化系统等子分部工程。

8）通风与空调分部工程按系统又划分为送排风系统、防排烟系统、除尘系统、空调风系统、净化空调系统、制冷设备系统、空调水系统等子分部工程。

9）电梯安装分部工程按其种类又划分为电力驱动的曳引式或强制式电梯安装、液压电梯安装、自动扶梯、自动人行道安装等子分部工程。

三、分项工程的划分

分项工程应按主要工种、材料、施工工艺、设备类别等进行划分。

建筑与结构工程分项工程的划分应按主要工种工程划分，但也可按施工程序的先后和使用材料的不同划分，如瓦工的砌砖工程，钢筋工的钢筋绑扎工程，木工的木门窗安装工程，油漆工的混色油漆工程等。也有一些分项工程并不限于 1 个工种，而是由几个工种配合施工的。如装饰工程的护栏和扶手制作与安装，由于其材料可以是金属的、木质的，所以不一定由 1 个工种来完成。

　　根据 GB 50300—2001《建筑工程施工质量验收统一标准》的要求，建筑工程的分部（子分部）工程、分项工程可按表 1-2 划分。

表 1-2　　　　　　　　建筑工程分部工程、分项工程划分

序号	分部工程	子分部工程	分　项　工　程
1	地基与基础	无支护土方	土方开挖、土方回填
		有支护土方	排桩、降水、排水、地下连续墙、锚杆、土钉墙、水泥土桩、沉井与沉箱、钢及混凝土支撑
		地基及基础处理	灰土地基、砂和砂石地基、碎砖三合土地基、土工合成材料地基，粉煤灰地基、重锤夯实地基、强夯地基，振冲地基、砂桩地基、预压地基、高压喷射注浆地基，土和灰土挤密桩地基，注浆地基，水泥粉煤灰碎石桩地基、夯实水泥土桩地基
		桩基	锚杆静压桩及静力压桩，预应力离心管桩，钢筋混凝土预制桩、钢桩，混凝土灌注桩（成孔、钢筋笼、清孔、水下混凝土灌注）
		地下防水	防水混凝土、水泥砂浆防水层、卷材防水层、涂料防水层、金属板防水层、塑料板防水层、细部构造，喷锚支护、复合式衬砌、地下连续墙、盾构法隧道，渗排水、盲沟排水、隧道、坑道排水；预注浆、后注浆，衬砌裂缝注浆
		混凝土基础	模板、钢筋、混凝土，后浇带混凝土，混凝土结构缝处理
		砌体基础	砖砌体，混凝土砌块，配筋砌体，石砌体
		劲钢（管）混凝土	劲钢（管）焊接，劲钢（管）与钢筋的连接，混凝土
		钢结构	焊接钢结构、栓接钢结构，钢结构制作，钢结构安装，钢结构涂装

5

序号	分部工程	子分部工程	分 项 工 程
2	主体结构	混凝土结构	模板、钢筋、混凝土、预应力、现浇结构，装配式结构
		劲钢（管）混凝土结构	劲钢（管）焊接、螺栓连接，劲钢（管）与钢筋的连接，劲钢（管）制作、安装，混凝土
		砌体结构	砖砌体，混凝土小型空心砌块砌体，石砌体，填充墙砌体，配筋砖砌体
		钢结构	钢结构焊接，紧固件连接，钢零部件加工，单层钢结构安装，多层及高层钢结构安装，钢结构涂装，钢构件组装，钢构件预拼装，钢网架结构安装，压型金属板
		木结构	方木和原木结构、胶合木结构、轻型木结构、木构件防护
		网架和索膜结构	网架制作、网架安装、索膜安装、网架防火、防腐涂料
3	建筑装饰装修	地面	整体面层：基层、水泥混凝土面层、水泥砂浆面层、水磨石面层、防油渗面层、水泥钢（铁）屑面层、不发火（防爆）的面层；板块面层：基层、砖面层（陶瓷锦砖、缸砖、陶瓷地砖和水泥花砖面层）、大理石面层和花岗岩面层、预制板块面层（预制水泥混凝土、水磨石板块面层）、料石面层（条石、块石面层）、塑料板面层、活动地板面层、地毯面层；木竹面层：基层、实木地板面层(条材、块材面层)、实木复合地板面层(条材、块材面层)、中密度(强化)复合地板面层(条材面层)、竹地板面层
		抹灰	一般抹灰，装饰抹灰，清水砌体勾缝
		门窗	木门窗制作与安装、金属门窗安装、塑料门窗安装、特种门安装、门窗玻璃安装
		吊顶	暗龙骨吊顶、明龙骨吊顶
		轻质隔墙	板材隔墙、骨架隔墙、活动隔墙、玻璃隔墙
		饰面板（砖）	饰面板安装、饰面砖粘贴
		幕墙	玻璃幕墙、金属幕墙、石材幕墙
		涂饰	水性涂料涂饰、溶剂型涂料涂饰、美术涂饰
		裱糊与软包	裱糊、软包
		细部	橱柜制作与安装，窗帘盒、窗台板和暖气罩制作与安装，门窗套制作与安装，护栏和扶手制作与安装，花饰制作与安装

建筑工程质量控制要点便携系列手册 智能建筑工程

序号	分部工程	子分部工程	分项工程
4	建筑屋面	卷材防水屋面	保温层，找平层，卷材防水层，细部构造
		涂膜防水屋面	保温层，找平层，涂膜防水层，细部构造
		刚性防水屋面	细石混凝土防水层，密封材料嵌缝，细部构造
		瓦屋面	平瓦屋面，油毡瓦屋面，金属板屋面，细部构造
		隔热屋面	架空屋面，蓄水屋面，种植屋面
5	建筑给水、排水及采暖	室内给水系统	给水管道及配件安装、室内消火栓系统安装、给水设备安装、管道防腐、绝热
		室内排水系统	排水管道及配件安装、雨水管道及配件安装
		室内热水供应系统	管道及配件安装、辅助设备安装、防腐、绝热
		卫生器具安装	卫生器具安装、卫生器具给水配件安装、卫生器具排水管道安装
		室内采暖系统	管道及配件安装、辅助设备及散热器安装、金属辐射板安装、低温热水地板辐射采暖系统安装、系统水压试验及调试、防腐、绝热
		室外给水管网	给水管道安装、消防水泵接合器及室外消火栓安装、管沟及井室
		室外排水管网	排水管道安装、排水管沟与井池
		室外供热管网	管道及配件安装、系统水压试验及调试、防腐、绝热
		建筑中水系统及游泳池系统	建筑中水系统管道及辅助设备安装、游泳池水系统安装
		供热锅炉及辅助设备安装	锅炉安装、辅助设备及管道安装、安全附件安装、烘炉、煮炉和试运行、换热站安装、防腐、绝热
6	建筑电气	室外电气	架空线路及杆上电气设备安装，变压器、箱式变电所安装，成套配电柜、控制柜（屏、台）和动力、照明配电箱（盘）及控制柜安装，电线、电缆导管和线槽敷设，电线、电缆穿管和线槽敷设，电缆头制作、导线连接和线路电气试验，建筑物外部装饰灯具、航空障碍标志灯和庭院路灯安装，建筑照明通电试运行，接地装置安装

7

序号	分部工程	子分部工程	分 项 工 程
6	建 筑 电 气	变配电室	变压器、箱式变电所安装，成套配电柜、控制柜（屏、台）、动力、照明配电箱（盘）安装，裸母线、封闭母线、插接式母线安装，电缆沟内和电缆竖井内电缆敷设，电缆头制作、导线连接和线路电气试验，接地装置安装，避雷引下线和变配电室接地干线敷设
		供电干线	裸母线、封闭母线、插接式母线安装，桥架安装和桥架内电缆敷设，电缆沟内和电缆竖井内电缆敷设，电线、电缆导管和线槽敷设，电线、电缆穿管和线槽敷线，电缆头制作、导线连接和线路电气试验
		电气动力	成套配电柜、控制柜（屏、台）和动力、照明配电箱（盘）及安装，低压电动机、电加热器及电动执行机构检查、接线，低压电气动力设备检测、试验和空载试运行，桥架安装和桥架内电缆敷设，电线、电缆导管和线槽敷设，电线、电缆穿管和线槽敷线，电缆头制作、导线连接和线路电气试验，插座、开关、风扇安装
		电气照明安装	成套配电柜、控制柜（屏、台）和动力、照明配电箱（盘）安装，电线、电缆导管和线槽敷设，电线、电缆导管和线槽敷线，槽板配线，钢索配线，电缆头制作、导线连接和线路电气试验，普通灯具安装，专用灯具安装，插座、开关、风扇安装，建筑照明通电试运行
		备用和不间断电源安装	成套配电柜、控制柜（屏、台）和动力、照明配电箱（盘）安装，柴油发电机组安装，不间断电源的其他功能单元安装，裸母线、封闭母线、插接式母线安装，电线、电缆导管和线槽敷设，电线、电缆导管和线槽敷线，电缆头制作、导线连接和线路电气试验，接地装置安装
		防雷及接地安装	接地装置安装，避雷引下线和变配电室接地干线敷设，建筑物等电位联结，接闪器安装

序号	分部工程	子分部工程	分 项 工 程
7	智能建筑	通信网络系统	通信系统、卫星及有线电视系统、公共广播系统
		办公自动化系统	计算机网络系统、信息平台及办公自动化应用软件，网络安全系统
		建筑设备监控系统	空调与通风系统、变配电系统、照明系统、给排水系统、热源和热交换系统、冷冻和冷却系统、电梯和自动扶梯系统、中央管理工作站与操作分站、子系统通信接口
		火灾报警及消防联动系统	火灾和可燃气体探测系统、火灾报警控制系统、消防联动系统
		安全防范系统	电视监控系统、入侵报警系统、巡更系统、出入口控制（门禁）系统、停车管理系统
		综合布线系统	缆线敷设和终接、机柜、机架、配线架的安装、信息插座和光缆芯线终端的安装
		智能化集成系统	集成系统网络、实时数据库、信息安全、功能接口
		电源与接地	智能建筑电源、防雷及接地
		环境	空间环境、室内空调环境、视觉照明环境、电磁环境
		住宅（小区）智能化系统	火灾自动报警及消防联动系统、安全防范系统（含电视监控系统、入侵报警系统、巡更系统、门禁系统、楼宇对讲系统、住户对讲呼救系统、停车管理系统）、物业管理系统（多表现场计量及与远程传输系统、建筑设备监控系统、公共广播系统、小区网络及信息服务系统、物业办公自动化系统）、智能家庭信息平台
8	通风与空调	送排风系统	风管与配件制作，部件制作，风管系统安装，空气处理设备安装，消声设备制作与安装，风管与设备防腐，风机安装，系统调试
		防排烟系统	风管与配件制作，部件制作，风管系统安装，防排烟风口、常闭正压风口与设备安装，风管与设备防腐，风机安装，系统调试

序号	分部工程	子分部工程	分 项 工 程
8	通风与空调	除尘系统	风管与配件制作，部件制作，风管系统安装，除尘器与排污设备安装，风管与设备防腐，风机安装，系统调试
		空调风系统	风管与配件制作，部件制作，风管系统安装，空气处理设备安装，消声设备制作与安装，风管与设备防腐，风机安装，风管与设备绝热，系统调试
		净化空调系统	风管与配件制作，部件制作，风管系统安装，空气处理设备安装，消声设备制作与安装，风管与设备防腐，风机安装，风管与设备绝热，高效过滤器安装，系统调试
		制冷设备系统	制冷机组安装，制冷剂管道及配件安装，制冷附属设备安装，管道及设备的防腐与绝热，系统调试
		空调水系统	管道冷热（媒）水系统安装，冷却水系统安装，冷凝水系统安装，阀门及部件安装，冷却塔安装，水泵及附属设备安装，管道与设备的防腐与绝热，系统调试
9	电梯	电力驱动的曳引式或强制式电梯安装工程	设备进场验收，土建交接检验，驱动主机，导轨，门系统，轿厢，对重（平衡重），安全部件，悬挂装置，随行电缆，补偿装置，电气装置，整机安装验收
		液压电梯安装工程	设备进场验收，土建交接检验，液压系统，导轨，门系统，轿厢，平衡重，安全部件，悬挂装置，随行电缆，电气装置，整机安装验收
		自动扶梯、自动人行道安装工程	设备进场验收，土建交接检验，整机安装验收

四、检验批的划分

分项工程可由 1 个或若干检验批组成，检验批可根据施工及质量控制和专业验收需要按楼层、施工段、变形缝等进行划分。

检验批是工程验收的最小单位，是分项工程乃至整个建筑工程质量验收的基础。检验批是施工过程中条件相同并有一定数量的材料、构配件或安装项目，由于其质量基本均匀一致，因此可以作为检验的基础单位，并按批验收。

分项工程划分成检验批进行验收有助于及时纠正施工中出现的质量问题，确保工程质量，也符合施工实际需要。多层及高层建筑工程中主体分部的分项工程可按楼层或施工段来划分检验批，单层建筑工程中的分项工程可按变形缝等划分检验批；地基基础分部工程中的分项工程一般划分为 1 个检验批，有地下层的基础工程可按不同地下层划分检验批；屋面分部工程中的分项工程，不同楼层屋面可划分为不同的检验批，其他分部工程中的分项工程，一般按楼层划分检验批；对于工程量较少的分项工程，可统一划为 1 个检验批。安装工程一般按 1 个设计系统或设备组别划分为 1 个检验批，室外工程统一划分为 1 个检验批，散水、台阶、明沟等含在地面检验批中。

对于地基基础中的土石方、基坑支护子分部工程及混凝土工程中的模板工程，虽不构成建筑工程实体，但它是建筑工程施工不可缺少的重要环节和必要条件，其施工质量如何，不仅关系到能否施工和施工安全，也关系到建筑工程的质量，因此将其列入施工验收内容是应该的。

特别应该注意的是，不论如何划分检验批、分项工程，都要有利于质量控制，能取得较完整的技术数据；而且要防止造成检验批、分项工程的大小过于悬殊，由于抽样方法按一定的比例抽样，会影响质量验收结果的可比性。

五、室外工程的划分

为了加强室外工程的管理和验收，促进室外工程质量的提高，根据专业类别和工程规模将室外工程划分为室外建筑环境和室外安装两个单位工程。

根据 GB 50300—2001《建筑工程施工质量验收统一标准》的要求，室外单位（子单位）工程、分部工程可按表 1-3 采用。

表 1-3　　　　　　　　室外工程划分

单位工程	子单位工程	分部（子分部）工程
室外建筑环境	附属建筑	车棚，围墙，大门，挡土墙，垃圾收集站
	室外环境	建筑小品，道路，亭台，连廊，花坛，场坪绿化
室外安装	给排水与采暖	室外给水系统，室外排水系统，室外供热系统
	电气	室外供电系统，室外照明系统

第三节　建筑工程质量验收

建筑工程中检验批、分项工程、分部（子分部）工程和单位（子单位）工程的质量验收应符合相关的规定。

一、检验批质量的验收

（1）主控项目和一般项目的质量经抽样检验合格。检验批的合格质量主要取决于对主控项目和一般项目的检验结果。

1）主控项目。主控项目的条文是必须达到的要求，是保证工程安全和使用功能的重要检验项目，是对安全、卫生、环境保护和公众利益起决定性作用的检验项目，是确定该检验批主要性能的。主控项目中所有子项必须全部符合各专业验收规范规定的质量指标，方能判定该主控项目质量合格。反之，只要其中某一子项甚至某一抽查样本检验后达不到要求，即可判定该检验批质量为不合格，则该检验批拒收。换言之，主控项目中某一子项甚至某一抽查样本的检查结果若为不合格时，即行使对检查批质量的否决权。

2）一般项目。一般项目是指除主控项目以外，对检验批质量有影响的检验项目，当其中缺陷（指超过规定质量指标的缺陷）的数量超过规定的比例，或样本的缺陷程度超过规定的限度后，对检验批质量会产生影响。

（2）具有完整的施工操作依据、质量检查记录。质量控制资料反映了检验批从原材料到最终验收的各施工工序的操作依据、检查情况以及保证质量所必需的管理制度等。对其完整性的检查，实际是对过程控制的确认，这是检验批合格的前提。

二、分项工程质量验收

（1）分项工程所含的检验批均应符合合格质量的规定。分项工程是由所含性质、内容一样的检验批汇集而成的，分项工程质量的验收是在检验批验收的基础上进行的，是一个统计过程，有时也有一些直接的验收内容，所以在验收分项工程时应注意以下方面：

1）核对检验批的部位、区段是否全部覆盖分项工程的范围，有没有缺漏的部位没有验收到。

2）一些在检验批中无法检验的项目，在分项工程中直接验收。如砖砌体工程中的全高垂直度、砂浆强度的评定等。

3）检验批验收记录的内容及签字人是否正确、齐全。

（2）分项工程所含的检验批的质量验收记录应完整。分项工程合格质量的条件比较简单，只要构成分项工程的各检验批的验收资料文件完整，并且均已验收合格，则分项工程验收合格。

三、分部（子分部）工程质量验收

（1）分部（子分部）工程所含分项工程的质量均应验收合格。实际验收中，这项内容也是一项统计工作。在做这项工作时应注意以下3点：

1）检查每个分项工程验收是否正确。

2）注意查对所含分项工程，有没有漏、缺的分项工程没有归纳进来，或是没有进行验收。

3）注意检查分项工程的资料是否完整，每个验收资料的内容是否有缺漏项，以及各分项工程验收人员的签字是否齐全及符合规定。

（2）质量控制资料应完整。质量控制资料完善是工程质量合格的重要条件，在分部工程质量验收时，应根据各专业工程质量验收规范的规定，对质量控制资料进行系统地检查，着重检查资料的齐全、项目的完整、内容的准确和签署的规范。

（3）地基与基础、主体结构和设备安装等分部工程有关安全及功能的检验和抽样检测结果应符合有关规定。

（4）观感质量验收应符合要求。观感质量验收系指在分部工程所含的分项工程完成后，在前 3 项检查的基础上，对已完工部分工程的质量采用目测、触摸和简单量测等方法所进行的一种宏观检查方式。

四、单位（子单位）工程质量验收

单位工程质量验收也称质量竣工验收，是建筑工程投入使用前的最后一次验收，也是最重要的一次验收。验收合格的条件有以下 5 个：

（1）单位（子单位）工程所含分部（子分部）工程的质量均应验收合格。

（2）质量控制资料应完整。

（3）单位（子单位）工程所含分部工程有关安全和功能的检测资料应完整。

（4）主要功能项目的抽查结果应符合相关专业质量验收规范的规定。

（5）观感质量验收应符合要求。

五、建筑工程质量验收记录

（1）检验批质量验收记录。检验批的质量验收记录由施工项目专业质量检查员填写，监理工程师（建设单位项目专业技术负责人）组织项目专业质量检查员等进行验收，并按表 1-4 记录。

表 1-4　　　　　　　　　检验批质量验收记录

工程名称		分项工程名称			验收部位	
施工单位			专业工长		项目经理	
施工执行标准名称及编号						
分包单位		分包项目经理		施工班组长		

14

	质量验收规范的规定	施工单位检查评定记录	监理（建设）单位验收记录
主控项目	1		
	2		
	3		
	4		
	5		
	6		
	7		
	8		
	9		
一般项目	1		
	2		
	3		
	4		
施工单位检查评定结果		项目专业质量检查员：　　　年　月　日	
监理（建设单位）验收结论		监理工程师 （建设单位项目专业技术负责人） 　　　年　月　日	

（2）分项工程质量验收记录。分项工程质量应由监理工程师（建设单位项目专业技术负责人）组织项目专业技术负责人等进行验收，并按表1-5记录。

表 1-5   **分项工程质量验收记录**

工程名称		结构类型		检验批数	
施工单位		项目经理		项目技术负责人	
分包单位		分包单位负责人		分包项目经理	

序号	检验批部位、区段	施工单位检查评定结果	监理（建设）单位验收结论
1			
2			
3			
4			
5			
6			
7			
8			
9			
10			
11			
12			
13			
14			
15			
16			
17			

检查结论	项目专业技术负责人： 年 月 日	验收结论	监理工程师： （建设单位项目专业技术负责人） 年 月 日

（3）分部（子分部）工程质量验收记录。分部（子分部）工程质量应由总监理工程师（建设单位项目专业负责人）组织施工项目经理和有关勘察、设计单位项目负责人进行验收，并按表 1-6 记录。

表 1-6 _____分部（子分部）工程验收记录

工程名称		结构类型		层数	
施工单位		技术部门负责人		质量部门负责人	
分包单位		分包单位负责人		分包技术负责人	
序号	分项工程名称	检验批数	施工单位检查评定结果	验收意见	
1					
2					
3					
4					
5					
6					
质量控制资料					
安全和功能检验（检测）报告					
观感质量验收					
验收单位	分包单位		项目经理	年 月 日	
	施工单位		项目经理	年 月 日	
	勘察单位		项目负责人	年 月 日	
	设计单位		项目负责人	年 月 日	
	监理（建设）单位	总监理工程师： （建设单位项目专业技术负责人） 年 月 日			

（4）单位（子单位）工程质量竣工验收记录。单位（子单位）工程质量验收应按表1-7记录，表1-7所示为单位工程质量验收的汇总表，与表1-6和表1-8～表1-10配合使用。表1-8所示为单位（子单位）工程质量控制资料核查记录，表1-9所示为单位（子单位）工程安全和功能检验资料核查及主要功能抽查记录，表1-10所示为单位（子单位）工程观感质量检查记录。

表1-7验收记录由施工单位填写，验收结论由监理（建设）单位填写。综合验收结论由参加验收各方共同商定，建设单位填写，应对工程质量是否符合设计和规范要求及总体质量水平作出评价。

表 1-7　　　　单位（子单位）工程质量竣工验收记录

工程名称		结构类型		层数/建筑面积	/
施工单位		技术负责人		开工日期	
项目经理		项目技术负责人		竣工日期	
序号	项 目	验 收 记 录			验收结论
1	分部工程	共　　　分部，经查　　　分部 符合标准及设计要求　　　分部			
2	质量控制 资料核查	共　　　项，经审查符合要求　　　项 经核定符合规范要求　　　项			
3	安全和主要使 用功能核查及 抽查结果	共核查　　　项，符合要求　　　项 共抽查　　　项，符合要求　　　项 经返工处理符合要求　　　项			
4	观感质量验收	共抽查　　　项，符合要求　　　项 不符合要求　　　项			
5	综合验收结论				
参加 验收 单位	建设单位	监理单位	施工单位	设计单位	
	（公章）	（公章）	（公章）	（公章）	
	单位（项目）负责人 年　月　日	总监理工程师 年　月　日	单位负责人 年　月　日	单位（项目）负责人 年　月　日	

表 1-8　　　单位（子单位）工程质量控制资料核查记录

序号	项目	资料名称	份数	核查意见	核查人
	工程名称		施工单位		
1	建筑与结构	图纸会审、设计变更、洽商记录			
2		工程定位测量、放线记录			
3		原材料出厂合格证书及进场检（试）验报告			
4		施工试验报告及见证检测报告			
5		隐蔽工程验收记录			
6		施工记录			
7		预制构件、预拌混凝土合格证			
8		地基基础、主体结构检验及抽样检测资料			
9		分项、分部工程质量验收记录			
10		工程质量事故及事故调查处理资料			
11		新材料、新工艺施工记录			
1	给排水与设备	图纸会审、设计变更、洽商记录			
2		材料、配件出厂合格证书及进场检（试）验报告			
3		管道、设备强度试验、严密性试验记录			
4		隐蔽工程验收记录			
5		系统清洗、灌水、通水、通球试验记录			
6		施工记录			
7		分项、分部工程质量验收记录			
1	建筑电气	图纸会审、设计变更、洽商记录			
2		材料、设备出厂合格证书及进场检（试）验报告			
3		设备测试记录			
4		接地、绝缘电阻测试记录			
5		隐蔽工程验收记录			
6		施工记录			
7		分项分部工程质量验收记录			

19

工程名称			施工单位			
序号	项目	资 料 名 称		份数	核查意见	核查人
1	通风与空调	图纸会审、设计变更、洽商记录				
2		材料、设备出厂合格证书及进场检（试）验报告				
3		制冷、空调、水管道强度试验、严密性试验记录				
4		隐蔽工程验收记录				
5		制冷设备运行调试记录				
6		通风、空调系统调试记录				
7		施工记录				
8		分项分部工程质量验收记录				
1	电梯	土建布置图纸会审、设计变更、洽商记录				
2		设备出厂合格证书及开箱检查记录				
3		隐蔽工程验收记录				
4		施工记录				
5		接地、绝缘电阻测试记录				
6		负荷试验、安全装置检查记录				
7		分项分部工程质量验收记录				
1	建筑智能化	图纸会审、设计变更、洽商记录、竣工图及设计说明				
2		材料、设备出厂合格证书及技术文件及进场检(试)验报告				
3		隐蔽工程验收记录				
4		系统功能测定及设备测试记录				
5		系统技术、操作和维护手册				
6		系统管理、操作人员培训记录				
7		系统检测报告				
8		分项分部工程质量验收报告				

结论：

施工单位项目经理　　　年　月　日

总监理工程师

（建设单位项目负责人）

年　月　日

表 1-9　　　　　　　　单位（子单位）工程安全和功能

检验资料核查及主要功能抽查记录

工程名称				施工单位			
序号	项目	安全和功能检查项目		份数	核查意见	抽查结果	核查（抽查）人
1	建筑与结构	屋面淋水试验记录					
2		地下室防水效果检查记录					
3		有防水要求的地面蓄水试验记录					
4		建筑物垂直度、标高、全高测量记录					
5		抽气（风）道检查记录					
6		幕墙及外窗气密性、水密性、耐风压检测报告					
7		建筑物沉降观测测量记录					
8		节能、保温测试记录					
9		室内环境检测报告					
1	给排水与采暖	给水管道通水试验记录					
2		暖气管道、散热器压力试验记录					
3		卫生器具灌水试验记录					
4		消防管道、燃气管道压力试验记录					
5		排水干管通球试验记录					
1	建筑电气	照明全负荷试验记录					
2		大型灯具牢固性试验记录					
3		避雷接地电阻测试记录					
4		线路、插座、开关接地检验记录					
1	通风与空调	通风、空调系统试运行记录					
2		风量、温度测试记录					
3		洁净室洁净度测试记录					
4		制冷机组试运行调试记录					

工程名称			施工单位			
序号	项目	安全和功能检查项目	份数	核查意见	抽查结果	核查（抽查）人
1	电梯	电梯运行记录				
2		电梯安全装置检测报告				
1	智能建筑	系统运行记录				
2		系统电源及接地检测报告				

结论：

施工单位项目经理　　　　　年　月　日

总监理工程师
（建设单位项目负责人）
年　月　日

注　抽查项目由验收组协商确定。

表 1-10　　　单位（子单位）工程观感质量检查记录

工程名称			施工单位				
序号		项　目	抽查质量状况			质量评价	
						好　一般　差	
1	建筑与结构	室外墙面					
2		变形缝					
3		水落管、屋面					
4		室内墙面					
5		室内顶棚					
6		室内地面					
7		楼梯、踏步、护栏					
8		门窗					

工程名称			施工单位											
序号		项　目	抽查质量状况									质量评价		
												好	一般	差
1	给排水与采暖	管道接口、坡度、支架												
2		卫生器具、支架、阀门												
3		检查门、扫除口、地漏												
4		散热器、支架												
1	建筑电气	配电箱、配电盘、配电板、接线盒												
2		设备器具、开关、插座												
3		防雷、接地												
1	通风与空调	风管、支架												
2		风口、风阀												
3		风机、空调设备												
4		阀门、义架												
5		水泵、冷却塔												
6		绝热												
1	电梯	运行、平层、开关门												
2		层门、信号系统												
3		机房												
1	智能建筑	机房设备安装及布局												
2		现场设备安装												
检查结论	施工单位项目经理　年　月　日			总监理工程师 （建设单位项目负责人） 年　月　日											

注　质量评价为差的项目应进行返修。

六、建筑工程质量不符合要求时的处理规定

（1）经返工重做或更换器具、设备的检验批，应重新进行验收。这种情况是指在检验批验收时，其主控项目不能满足验收规范规定或一般项目超过偏差限值的子项不符合检验规定的要求时，应及时进行处理的检验批。其中，严重的缺陷应推倒重来。如某住宅楼一层砌砖，验收时发现砖的强度等级为MU5，达不到设计要求的MU10，推倒后重新使用MU10砖砌筑，其砖砌体工程的质量应重新按程序进行验收。一般的缺陷通过翻修或更换器具、设备予以解决，应允许施工单位在采取相应的措施后重新验收。如能够符合相应的专业工程质量验收规范，则应认为该检验批合格。

重新验收质量时，要对检验批重新抽样、检查和验收，并重新填写检验批质量验收记录表。

（2）经有资质的检测单位检测鉴定能够达到设计要求的检验批，应予以验收。这种情况是指个别检验批发现试块强度等不满足要求等问题，难以确定是否验收时，应请具有权威的法定检测单位检测。当鉴定结果能够达到设计要求时，该检验批仍应认为通过验收。

（3）经有资质的检测单位检测鉴定达不到设计要求、但经原设计单位核算认可能够满足结构安全和使用功能的检验批，可予以验收。这种情况，如经检测鉴定达不到设计要求，但经原设计单位核算，仍能满足结构安全和使用功能的要求，该检验批可以予以验收。一般情况下，规范标准给出了满足安全和功能的最低限度要求，而设计往往在此基础上留有一些余量，不满足设计和相应规范标准的要求，两者并不矛盾。

（4）经返修或加固处理的分项、分部工程，虽然改变外形尺寸但仍能满足安全使用要求，可按技术处理方案和协商文件进行验收。这种情况，更为严重的缺陷或者超过检验批的更大范围内的缺陷，可能影响结构的安全性和使用功能。若经法定检测单位检测鉴定以后认为达不到规范标准的相应要求，即不能满足最低限度的使用功能和安全储备，则必须按一定的技术方案进行加固处理，使之能保证其满足安全使用的基本要求。这样会造成一些永久性的缺

陷，如改变结构外形尺寸，影响一些次要的使用功能等。为了避免社会财富损失，在不影响安全和主要使用功能的前提条件下，可按处理技术方案和协商文件进行验收，责任方应承担经济责任，但不能作为因轻视质量而回避责任的借口，这是应该特别注意的。

七、严禁验收的工程

通过返修或加固处理仍不能满足安全使用要求的分部工程、单位（子单位）工程，严禁验收。

这种情况非常少见，但确实是存在的。这种情况通常是在制订加固技术方案之前，就知道加固补强措施效果不会太好，或是加固费用太高不值得加固处理，或是加固后仍达不到保证的安全和功能。出现这种情况就应该坚决拆掉，返工重做，严禁验收。

第四节　建筑工程质量验收程序和组织

一、建筑工程和质量验收的程序

建筑工程施工质量验收的程序和组织是不可分的。为方便施工管理和质量控制，现行标准将建筑工程划分为单位（子单位）工程、分部（子分部）工程、分项工程和验收批。而验收顺序则与此相反，由检验批、分项工程、分部（子分部）工程，到最后完成对单位（子单位）工程的竣工验收，如图1-1所示。

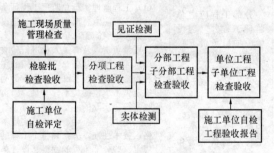

图1-1　建筑工程施工质量验收的程序

二、建筑工程质量验收组织

建筑工程质量验收组织见表1-11及表1-12。

表 1-11　　　　　建筑工程质量验收组织规定及其说明

类别	验收规定	理解及说明
检验批及分项工程	检验批及分项工程应由监理工程师（建设单位项目技术负责人）组织施工单位项目专业质量（技术）负责人等进行验收	检验批和分项工程是建筑工程质量的基础，因此，所有检验批和分项工程均应由监理工程师或建设单位项目技术负责人组织验收。验收前，施工单位先填好"检验批和分项工程的质量验收记录"（有关监理记录和结论不填），并由项目专业质量检验员和项目专业技术负责人分别在检验批和分项工程质量检验记录中相关栏目签字，然后由监理工程师组织，严格按规定程序进行验收 （1）施工过程的每道工序，各个环节每个检验批的验收，首先应由施工单位的项目技术负责人组织自检评定，符合设计要求和规范后提交监理工程师或建设单位项目技术负责人进行验收 （2）监理工程师拥有对每道施工工序的施工检查权，并根据检查结果决定是否允许进行下道工序的施工。对于达不到质量要求的验收批，有权并应要求施工单位停工整改、返工 在对工程进行检查后，确认其工程质量符合标准规定，监理或建设单位人员要签字认可，否则，不得进行下道工序的施工。如果认为有的项目或地方不能满足验收规范的要求，应及时提出，让施工单位进行返修
分部（子分部）工程	分部工程应由总监理工程师（建设单位项目负责人）、组织施工单位项目负责人和技术、质量负责人等进行验收；地基与基础、主体结构分部工程的勘察、设计单位工程项目负责人和施工单位技术、质量部门负责人也应参加相关分部工程验收	（1）工程监理实行总监理工程师负责制，因此分部工程应由总监理工程师（建设单位项目负责人）组织施工单位的项目负责人和项目技术、质量负责人及有关人员进行验收 （2）因为地基基础、主体结构的主要技术资料和质量问题归技术部门和质量部门掌握，所以规定施工单位的技术、质量部门负责人参加验收是符合实际的 （3）由于地基基础、主体结构技术性能要求严格，技术性强，关系到整个工程的安全，因此规定这些分部工程的勘察、设计单位工程项目负责人也应参加相关分部的工程质量验收 （4）至于一些有特殊要求的建筑设备安装工程，以及一些使用新技术、新结构的项目，应按设计和主管部门要求组织有关人员进行验收

类别	验收规定	理 解 及 说 明
单位（子单位）工程	单位工程完工后，施工单位应自行组织有关人员进行检查评定，并向建设单位提交工程验收报告	建设工程竣工验收应当具备下列条件： （1）完成建设工程设计和合同约定的各项内容 （2）有完整的技术档案和施工管理资料 （3）有工程使用的主要建筑材料、建筑构配件和设备的进场试验报告 （4）有勘察、设计、施工、工程监理等单位分别签署的质量合格文件 （5）有施工单位签署的工程保修书
	建设单位收到工程验收报告后，应由建设单位（项目）负责人组织施工（含分包单位）、设计、监理等单位（项目）负责人进行单位（子单位）工程验收	由于设计、施工、监理单位都是责任主体，因此设计、施工单位负责人或项目负责人及施工单位的技术、质量负责人和监理单位的总监理工程师均应参加验收（勘察单位虽然亦是责任主体，但已经参加了地基验收，故单位工程验收时，可以不参加）
	单位工程有分包单位施工时，分包单位对所承包的工程项目应按该标准规定的程序检查评定，总包单位应派人参加。分包工程完成后，应将工程有关资料交总包单位	由于《建设工程承包合同》的双方主体是建设单位和总承包单位，总承包单位应按照承包合同的权利义务对建设单位负责。分包单位对总承包单位负责，亦应对建设单位负责。因此，分包单位对承建的项目进行检验时，总包单位应参加；检验合格后，分包单位应将工程的有关资料移交总包单位，待建设单位组织单位工程质量验收时，分包单位负责人应参加验收

表 1-12　　各项工程质量验收程序和组织关系对照表

序号	验收表的名称	质量自检人员	质量检查评定人员		质量验收人员
			验收组织人	参加验收人员	
1	施工现场质量管理检查记录表	项目经理	项目经理	项目技术负责人、分包单位负责人	总监理工程师

27

序号	验收表的名称	质量自检人员	质量检查评定人员		质量验收人员
			验收组织人	参加验收人员	
2	检验批质量验收记录表	班组长	项目专业质量检查员	班组长、分包项目、项目技术负责人	监理工程师（建设单位项目专业技术负责人）
3	分项工程质量验收记录表	班组长	项目专业技术负责人	班组长项目技术负责人、分包项目技术负责人、项目专业质量检查员	监理工程师（建设单位项目专业技术负责人）
4	分部（子分部）工程质量验收记录表	项目经理分包单位项目经理	项目经理	项目专业技术负责人、分包项目技术负责人、勘察、设计单位项目负责人、建设单位项目专业负责人	总监理工程师（建设单位项目负责人）
5	单位（子单位）工程质量竣工验收记录	项目经理	项目经理或施工单位负责人	项目经理、分包单位项目经理、设计单位项目负责人、企业技术、质量部门	总监理工程师（建设单位项目负责人）
6	单位（子单位）工程质量控制资料核查记录表	项目技术负责人	项目经理	分包单位项目经理、监理工程师、项目技术负责人、企业技术部门和质量部门	总监理工程师（建设单位项目负责人）

三、工程质量验收意见分歧的解决

由于验收是建设、监理、施工、设计（勘察）各方对质量合格的共同确认，出于各方角度的不同，造成理解与认识上的差异，可能无法形成一致的意见。验收时意见分歧主要表现为以下几个方面：

（1）对质量合格与否的分歧。例如对非正常验收和有关安全和

28

功能的实体检查中存在的问题，或对建筑工程的一部分和某些使用功能的验收意见不一致。

（2）对非正常验收的疑义。如检测是否科学合理；加固处理方案是否能确保安全；加固处理后验收质量有不同看法等。

（3）经济纠纷和经费负担。质量合格与否和非正常验收往往涉及经费问题，因此矛盾已超出技术的范畴而涉及单位（个人）的经济利益，甚至涉及更深层次错综复杂的背景。

当参加验收各方对工程质量验收意见不一致时，可请当地协调部门或工程质量监督机构协调处理。协调部门可以是当地建设行政主管部门，或其委托的部门（单位），也可是各方认可的咨询单位。

四、建设工程竣工验收备案

单位工程质量验收合格后，建设单位应在规定时间内将工程竣工验收报告和有关文件，报建设行政管理部门备案。

单位工程质量经验收合格后，建设单位应当严格按照国家有关档案管理的规定，及时收集、整理建设项目各环节的文件资料，建立、健全建设项目档案，建设单位应在规定时间内（在工程竣工验收合格之日起 15 日内），将工程竣工验收报告和有关文件，报建设行政管理部门备案，并向其他有关部门移交建设项目档案。

第五节　建筑工程施工质量验收规范体系及特点

建筑工程的施工是一个涵盖很多专业的庞大的、复杂的系统工程，需要一系列标准规范组成的体系才能完成。

一、建筑工程施工质量验收规范体系

建筑工程的施工质量验收，除了遵循不同专业的验收规范以外，还必须有一本超越各专业的统一的指导性标准体系，来确定各专业施工质量验收的共同原则和相互联系，从而进行有效的协调。图 1-2 所示为建筑工程施工质量验收标准体系。

从图 1-2 可以看出，GB 50300—2001《建筑工程施工质量验收统一标准》（以下简称《统一标准》）是整个验收规范体系中最重要的、居于主导地位的指导性标准。它能充分反映关于修订施工类

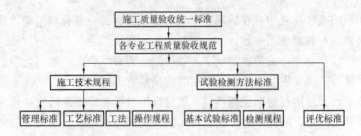

图 1-2 建筑工程施工质量验收标准体系

标准规范的十六字方针，即"验评分离、强化验收、完善手段、过程控制"；同时将此原则更具体地转化成能够指导修订各专业验收规范的统一做法。由于各专业规范的性质差别很大，因此统一标准也只能是通用性极强的高度概括的标准，其实际操作的意义并不大。不能指望用《统一标准》就能解决各专业施工的具体验收问题，但能对单位工程的竣工验收起到实际作用。

二、"十六字方针"的内容及要求

"验评分离、强化验收、完善手段、过程控制"的十六字方针，具体来讲，就是将原"验评标准"中有关"验收"和"评定"的内容分开，把"验评标准"中的验收部分内容与"施工及验收规范"中的验收部分内容合并起来，形成新的"验收规范"。其核心是强调在施工过程中对各工序的控制，以保证工程的最终质量。

（一）验评分离

"验评分离"是将原"验评标准"中的质量检验与质量评定的内容分开，将原施工及验收规范中的施工工艺和质量验收的内容分开，将验评标准中的质量检验与施工规范中的质量验收衔接，形成工程质量验收规范。原施工及验收规范中的施工工艺部分，可作为企业标准或行业推荐性标准；原验评标准中的评定部分，主要是对企业操作工艺水平进行评价，可作为行业推荐性标准，为社会及企业的创优评价提供依据。

（二）强化验收

"强化验收"是将原"施工规范"中的验收部分与验评标准中的质量检验内容合并起来，形成一个完整的工程质量验收规范，作为强制性标准，是建设工程必须完成的最低质量标准，是施工单位必须达到的施工质量标准，也是建设单位验收工程质量所必须遵守的规定。

"强化验收"并非意味着施工质量就看最后的结果，验收合格即可。实际上，这里讲的"强化验收"并非特指工程竣工验收，而是工序过程的验收。上一道工序没有验收就不能进入下一道工序，这种工序的验收清楚地说明了施工过程的控制。这与《建设工程质量管理条例》中"事前控制、过程控制"的要求是一致的。

把"强化验收"片面理解为放弃对生产过程的质量控制是一种曲解。"强化验收"体现在以下方面：

（1）强制性标准。

（2）只设一个合格质量等级。

（3）强化质量指标都必须达到规定的指标。

（4）增加检测项目。

其内容及关系见"验评分离、强化验收"示意图，如图1-3所示。

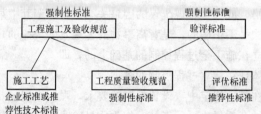

图1-3 "验评分离、强化验收"示意图

（三）完善手段

为改善质量指标的量化，应重视质量指标的科学检测，丰富质量控制、质量验收的科学数据，进一步完善对建设工程施工质量的控制手段和监测检验措施；规范质量检测程序、方法、技术条件及仪器设备和人员素质，增加透明度；倡导质量先行、质量为本的良好建筑市场风气。主要从以下三个阶段着手改进：

（1）完善材料、设备的检测。

（2）完善施工阶段的施工试验。

（3）开发竣工工程抽测项目，减少或避免人为因素的干扰和主观评价的影响。

工程质量检测可分为基本试验、施工试验，以及和竣工工程有关的安全、使用功能抽样检测三个部分。

基本试验具有法定性，其质量指标、检测方法都有相应的国家或行业标准。其方法、程序、设备仪器，以及人员素质都应符合有关标准的规定；其试验一定要符合相应标准方法的程序及要求，要有复演性；其数据要有可比性。

施工试验是施工单位内部的质量控制，判定质量时，要注意技术条件、试验程序和第三方见证，保证其公正性和统一性。

竣工抽样试验的目的是确认施工检测的程序、方法、数据的规范性和有效性，为保证工程的结构安全和使用功能的完善提供数据，统一施工检测方法及竣工抽样检测的仪器设备等。

（四）过程控制

过程控制是根据工程质量的特点进行的质量管理。一个工程无论大小，若没有科学而严格的施工过程控制，就没有工程最终的质量验收合格。或者是客观统一的因果关系，只强调其中某一方面的做法和想法是不正确的，是背离事物的客观发展规律的。工程质量验收是建立在施工全过程控制的基础上的，即：

（1）体现在建立过程控制的各项制度。

（2）在基本规定中，设置控制的要求，强调中间控制和合格控制，以及综合质量水平的考核，作为质量验收的要求及依据文件。

（3）验收规范的本身，分项、分部（子分部）、单位（子单位）工程的验收，就是过程的控制。

工程质量验收规范将工程的安全和使用功能的质量指标突出，具体量化，只设合格、不合格质量等级，各质量指标都必须达到。

三、建筑工程施工质量验收规范体系的内容、模式和特点

现行 GB 50300—2001《建筑工程施工质量验收统一标准》及其他 14 部专业工程施工质量验收规范，这 15 部验收规范大部分是在 2002 年颁布施行的，因此通常称其为"2002 年版验收规范"。

（一）2002年版验收规范的内容和模式

（1）2002年版验收规范将各分项工程分别单列阐述，同时增加了《工程建设标准强制性条文》中相应的强制性条文，在规范中列入，以黑体字表示。

（2）2002年版验收规范未包括安装方法、制作工艺等内容。

（3）2002年版验收规范只有合格与不合格之分，不包括评定等级。

（4）2002年版验收规范条款分为主控项目和一般项目。

1）主控项目是对工程建设基本质量起决定性作用的检测项目，施工时均必须完全符合规范的规定。这类项目的检查具有否决权，是工程建设必须达到的最基本标准。

2）一般项目是指对工程施工质量不起决定性作用的检验项目，分为允许有偏差值和非偏差值两类。其中允许有偏差的项目，在实测中应符合规定的允许偏差范围；而非偏差值项目，一般是指无量化和检测点值，通常都是感观上的要求，当工程未达到要求时，经过简单的返修亦可满足要求的项目。

（二）2002年版验收规范的特点

（1）2002年版验收规范仅规定合格指标，取消优良指标。

（2）2002年版验收规范强调了建筑工程施工过程中的监督管理。

（3）2002年版验收规范重点规定施工过程中的检查验收。

（4）2002年版验收规范明确了建筑施工过程中的质量责任。

（5）2002年版验收规范按照《统一标准》的规定，对进场材料检验批、分项工程、分部（子分部）工程的质量验收提出了质量检验要求及指标，内容完整，重点突出，层次合理，有可操作性。

（6）2002年版验收规范总结了国内新技术、新工艺、新材料的工程实践经验，具有一定的独特性。

第二章　智能建筑工程施工质量验收要求

现行 GB 50339—2003《智能建筑工程质量验收规范》编制的目的是为了加强建筑工程质量管理，规范智能建筑工程质量的验收，保证工程质量。该规范适用于建筑工程的新建、扩建和改建工程中的智能建筑工程的质量验收。

在智能建筑工程质量验收时，除执行上述规范外，还应与 GB 50300—2001《建筑工程施工质量验收统一标准》配套使用，并应符合现行有关国家标准的规定。

第一节　智能建筑工程质量验收术语和符号

一、术语

根据现行 GB 50339—2003《智能建筑工程质量验收规范》，智能建筑工程质量验收的术语及其含义见表 2-1。

表 2-1　　　　智能建筑工程质量验收的术语及其含义

序号	术语	英文名称	含义
1	建筑设备自动化系统（BAS）	building automation system	将建筑物或建筑群内的空调与通风、变配电、照明、给排水、热源与热交换、冷冻和冷却及电梯和自动扶梯等系统，以集中监视、控制和管理为目的构成的综合系统
2	通信网络系统（CNS）	communication network system	通信网络系统是建筑物内语音、数据、图像传输的基础设施。通过通信网络系统，可实现与外部通信网络（如公用电话网、综合业务数字网、互联网、数据通信网及卫星通信网等）相联，确保信息畅通和实现信息共享

序号	术语	英文名称	含义
3	信息网络系统（INS）	information network system	信息网络系统是应用计算机技术、通信技术、多媒体技术、信息安全技术和行为科学等先进技术和设备构成的信息网络平台。借助于这一平台实现信息共享、资源共享和信息的传递与处理，并在此基础上开展各种应用业务
4	智能化系统集成（ISI）	intelligent system integrated	智能化系统集成应在建筑设备监控系统、安全防范系统、火灾自动报警及消防联动系统等各子分部工程的基础上，实现建筑物管理系统（BMS）集成。BMS可进一步与信息网络系统（INS）、通信网络系统（CNS）进行系统集成，实现智能建筑管理集成系统（IBMS），以满足建筑物的监控功能、管理功能和信息共享的需求，便于通过对建筑物和建筑设备的自动检测与优化控制，实现信息资源的优化管理和对使用者提供最佳的信息服务，使智能建筑达到投资合理、适应信息社会需要的目标，并具有安全、舒适、高效和环保的特点
5	火灾报警系统（FAS）	fire alarm system	由火灾探测系统、火灾自动报警及消防联动系统和自动灭火系统等部分组成，实现建筑物的火灾自动报警及消防联动
6	安全防范系统（SAS）	security protection & alarm system	根据建筑安全防范管理的需要，综合运用电子信息技术、计算机网络技术、视频安防监控技术和各种现代安全防范技术构成的用于维护公共安全、预防刑事犯罪及灾害事故为目的的，具有报警、视频安防监控、出入口控制、安全检查、停车场（库）管理的安全技术防范体系
7	住宅（小区）智能化（CI）	community intelligent	它是以住宅小区为平台，兼备安全防范系统、火灾自动报警及消防联动系统、信息网络系统和物业管理系统等功能系统，以及这些系统集成的智能化系统，具有集建筑系统、服务和管理于一体，向用户提供节能、高效、舒适、便利、安全的人居环境等特点的智能化系统

序号	术语	英文名称	含义
8	家庭控制器 (HC)	home controller	完成家庭内各种数据采集、控制、管理及通信的控制器或网络系统，一般应具备家庭安全防范、家庭消防、家用电器监控及信息服务等功能
9	控制网络系统 (CNS)	control network system	用控制总线将控制设备、传感器及执行机构等装置连接在一起进行实时的信息交互，并完成管理和设备监控的网络系统

二、符号

根据现行 GB 50339—2003《智能建筑工程质量验收规范》，智能建筑工程质量验收的符号见表 2-2。

表 2-2 　　　　　　　　智能建筑工程质量验收的符号

序号	符号	中文名称	英文名称
1	ATM	异步传输模式	asynchronous transfer mode
2	DDC	直接数字控制器	direct digital controller
3	DMZ	非军事化区或停火区	demilitarized Zone
4	E-mail	电子邮件	electronic-mail
5	FTP	文件传输协议	file transfer protocol
6	FTTx	光纤到 x（x 表示路边、楼、户、桌面）	fiber to-the-x (x: C, B, H, D; C-curb, B-building, H-houst, D-desk)
7	HFC	混合光纤同轴网	hybrid fiber coax
8	HTTP	超文本传输协议	hypertext transfer protocol
9	I/O	输入/输出	input/output
10	ISDN	综合业务数字网	integrated services digital network
11	B-ISDN	宽带综合业务数字网	broadband ISDN
12	N-ISDN	窄带综合业务数字网	narrowband ISDN
13	SDH	同步数字系列	synchronous digital hierarchy

序号	符号	中文名称	英文名称
14	UPS	不间断电源系统	uninterrupted power system
15	VSAT	甚小口径卫星地面站	very small aperture terminal
16	xDSL	x 数字用户环路 （x 表示高速、非对称、 单环路、甚高速）	x digital subscriber line（x：H，A，S，V； H-high data rate，A-asymmetrical， S-single line，V-very high data rate）

第二节 产品质量检查

GB 50339—2003《智能建筑工程质量验收规范》所涉及的产品应包括智能建筑工程各智能化系统中使用的材料，以及硬件设备、软件产品和工程中应用的各种系统接口。

产品质量检查应符合下列相关规定：

（1）产品质量检查应包括列入《中华人民共和国实施强制性产品认证的产品目录》或实施生产许可证和上网许可证管理的产品，未列入强制性认证产品目录或未实施生产许可证和上网许可证管理的产品应按规定程序通过产品检测后方可使用。

（2）产品功能、性能等项目的检测应按相应的现行国家产品标准进行；供需双方有特殊要求的产品，可按合同规定或设计要求进行。

（3）对不具备现场检测条件的产品，可要求进行工厂检测并出具检测报告。

（4）硬件设备及材料的质量检查重点应包括安全性、可靠性及电磁兼容性等项目，可靠性检测可参考生产厂家出具的可靠性检测报告。

（5）软件产品质量应按下列内容检查。

1）商业化的软件，如操作系统、数据库管理系统、应用系统软件、信息安全软件和网管软件等应做好使用许可证及使用范围的检查。

2) 由系统承包商编制的用户应用软件、用户组态软件及接口软件等应用软件，除进行功能测试和系统测试之外，还应根据需要进行容量、可靠性、安全性、可恢复性、兼容性、自诊断等多项功能测试，并保证软件的可维护性。

3) 所有自编软件均应提供完整的文档（包括软件资料、程序结构说明、安装调试说明、使用和维护说明书等）。

(6) 系统接口的质量应按下列要求检查。

1) 系统承包商应提交接口规范，接口规范应在合同签订时由合同签订机构负责审定。

2) 系统承包商应根据接口规范制定接口测试方案，接口测试方案经检测机构批准后实施，系统接口测试应保证接口性能符合设计要求，实现接口规范中规定的各项功能，不发生兼容性及通信瓶颈问题，并保证系统接口的制造和安装质量。

第三节　工程实施及质量控制

工程实施及质量控制应包括与前期工程的交接和工程实施条件准备，进场设备和材料的验收、隐蔽工程检查验收和过程检查、工程安装质量检查、系统自检和试运行等。

一、工程实施

工程实施前应做好下述工作：

(1) 工程实施前应进行工序交接，做好与建筑结构、建筑装饰装修、建筑给水排水及采暖、建筑电气、通风与空调和电梯等分部工程的接口确认。

(2) 工程实施前应做好如下条件准备。

1) 检查工程设计文件及施工图的完备性，智能建筑工程必须按已审批的施工图设计文件实施；工程中出现的设计变更，应按表2-3 的要求填写设计变更审核表。

2) 完善施工现场质量管理检查制度和施工技术措施。

(3) 必须按照合同技术文件和工程设计文件的要求，对设备、材料和软件进行进场验收。进场验收应有书面记录和参加人签字，并经监理工程师或建设单位验收人员签字。未经进场验收合格的设备、材料和软件不得在工程上使用和安装。经进场验收的设备和材料应按产品的技术要求妥善保管。

（4）设备及材料的进场验收应填写表 2-4，具体要求如下。

表 2-3　　　　　　　　更　改　审　核　表

系统（工程）名称：_____　　　　　　　　　　　　编号：

更 改 内 容	更 改 原 因	原　　　为	更　改　为

申请：　　　　日期.		分发单位
审核：　　　　日期：		
批准：　　　　日期：		
更改实施日期：		

1）保证外观完好，产品无损伤、无瑕疵，品种、数量、产地符合要求。

2）设备和软件产品的质量检查应执行 GB 50339—2003《智能建筑工程质量验收规范》第 3.2 节的规定。

3）依规定程序获得批准使用的新材料和新产品除符合该条规定外，尚应提供主管部门规定的相关证明文件。

4）进口产品除应符合 GB 50339—2003《智能建筑工程质量验收规范》规定外，尚应提供原产地证明和商检证明，配套提供的质量合格证明、检测报告及安装、使用、维护说明书等文件资料应为中文文本（或附中文译文）。

表 2-4 　　　　　　　　 **设备材料进场检验表**

编号：

系统名称：_____　　　　　　　　　　　　工程施工单位：_____,

序号	产品名称	规格、型号、产地	主要性能/功能	数量	包装及外观	检验结果		备注
						合格	不合格	

施工单位人员签名：	监理工程师（或建设单位）签名：	检测日期：

注　1　在检查结果栏，按实际情况在相应空格内打"√"，左列打"√"视为合格，右列打"√"视为不合格。
　　2　备注格内填写产品的检测报告和记录是否齐备和主要检测实施人姓名。

二、质量控制

质量控制应符合下列规定：

（1）应做好隐蔽工程检查验收和过程检查记录，并经监理工程师签字确认。未经监理工程师签字，不得实施隐蔽作业。

应按表 2-5 填写隐蔽工程（过程检查）验收表。

表 2-5　　　　　隐蔽工程（随工检查）验收表

系统名称：_____　　　　　　　　　　　　　　　　　编号：

建设单位		施工单位		监理单位	

隐蔽工程（随工检查）内容与检查结果	检 查 内 容	检 查 结 果		
		安装质量	楼层（部位）	图　号

验收意见

建设单位/总包单位	施工单位	监理单位
验收人：	验收人：	验收人：
日期：	日期．	日期：
盖章：	盖章：	盖章：

注　1　检查内容包括管道排列、走向、弯曲处理、固定方式；管道连接、管道
　　　　搭铁、接地；管口安放护圈标识；接线盒及桥梁加盖；线缆对管道及线
　　　　间绝缘电阻；线缆接头处理等。
　　2　检查结果的安装质量栏内，按检查内容序号，合格的打"√"，不合格的
　　　　打"×"，并注明对应的楼层（部位）和图号。
　　3　综合安装质量的检查结果，在验收意见栏内填写验收意见并扼要说明
　　　　情况。

（2）采用现场观察、核对施工图、抽查测试等方法，对工程设备安装质量进行检查和观感质量验收。根据 GB 50300—2001《建筑工程施工质量验收统一标准》第 4.0.5 条和第 5.0.5 条的规定按检验批要求进行。应按表 2-6 的规定填写质量验收记录。

表 2-6　　　　　　　　**工程安装质量及观感质量验收记录**

系统（工程）名称：＿＿＿＿　　　　　　　工程安装单位：＿＿＿＿

设备名称	项目	要求	方法	主观评价	检查结果		抽查百分数
					合格	不合格	
检查结果				安装质量 检查结论			
施工单位人员签名：				监理工程师（建设单位） 签名：			验收日期：

注　1　在检查结果栏，按实际情况在相应空格内打"√"（左列打"√"，视为合格；右列打"√"，视为不合格）。

　　2　检查结果：K_s（合格率）＝合格数/项目检查数（项目检查数如无要求或实际缺项未检查的，不计在内）。

　　3　检查结论：K_s（合格率）≥0.8，判为合格；K_s<0.8，判为不合格；必要时作简要说明。

　　4　主观评价栏内填写主观评价意见，分"符合要求"和"不符合要求"；不符合要求者注明主要问题。

（3）系统承包商在安装调试完成后，应对系统进行自检，自检时要求对检测项目逐项检测。

（4）根据各系统的不同要求，应按 GB 50339—2003《智能建筑工程质量验收规范》各章规定的合理周期对系统进行连续不中断试运行。应按表 2-7 填写试运行记录并提供试运行报告。

表 2-7　　　　　　　　系统试运行记录

系统名称：＿＿＿＿＿　　　　　建设（使用）单位：＿＿＿＿
设计、施工单位：＿＿＿＿＿

日期/时间	系统运行情况	备　注	值班人

值班长签名：　　　　　　　　　　建设单位代表签名：

注　系统运行情况栏中，注明正常/不正常，并每班至少填写一次；不正常的在
　　备注栏内扼要说明情况（包括修复日期）。

第四节　系　统　检　测

智能建筑工程质量验收的系统检测应符合下述要求：

（1）系统检测时应具备的条件。

1）系统安装调试完成后，已进行了规定时间的试运行。

2）已提供了相应的技术文件和工程实施及质量控制记录。

（2）建设单位应组织有关人员依据合同技术文件和设计文件，以及 GB 50339—2003《智能建筑工程质量验收规范》规定的检测项目、检测数量和检测方法，制定系统检测方案并经检测机构批准实施。

（3）检测机构应按系统检测方案所列检测项目进行检测。

（4）检测结论与处理。

1）检测结论分为合格和不合格。

2）主控项目有一项不合格，则系统检测不合格。一般项目两项或两项以上不合格，则系统检测不合格。

3）系统检测不合格应限期整改，然后重新检测，直至检测合

格，重新检测时抽检数量应加倍。系统检测合格，但存在不合格项，应对不合格项进行整改，直到整改合格，并应在竣工验收时提交整改结果报告。

（5）检测机构应按表 2-8～表 2-11 填写系统检测记录和汇总表。

表 2-8　　　　智能建筑工程分项工程质量检测记录表

编号：

单位（子单位）工程名称			子分部工程	
分项工程名称			验收部位	
施工单位			项目经理	
施工执行标准名称及编号				
分包单位			分包项目经理	
检测项目及抽检数量		检测记录		备　注

检测意见：

监理工程师签字　　　　　　　　　　检测机构负责人签字

（建设单位项目专业技术负责人）

日期　　　　　　　　　　　　　　　日期

表 2-9 子系统检测记录表

编号：

系统名称		子系统名称		序号		检测部位	
施工单位						项目经理	
执行标准名称及编号							
分包单位				分包项目经理			

	系统检测内容	检测规范的规定	系统检测评定记录	检测结果		备注
				合格	不合格	
主控项目						
一般项目						
强制性条文						

检测机构的检测结论

检测负责人 年 月 日

注 1 检测结果栏中，左列打"√"为合格，右列打"√"为不合格。

2 备注栏内填写检测时出现的问题。

表 2-10　　　　　　　　强制措施条文检测记录

工程名称				结构类型	
建设单位				受检部位	
施工单位				负责人	
项目经理		技术负责人		开工日期	

检测依据 GB 50339—2003《智能建筑工程施工质量验收规范》

条号	项　目	检　查　内　容	判定
5.5.2	防火墙和防病毒软件	检查产品销售许可证及符合相关规定	
5.5.3	智能建筑网络安全系统检查	防火墙和防病毒软件的安全保障功能及可靠性	
7.2.6	检测消防控制室向建筑设备监控系统传输、显示火灾报警信息的一致性和可靠性	（1）检测与建筑设备监控系统的接口 （2）对火灾报警的响应 （3）火灾运行模式	
7.2.9	新型消防设施的设置及功能检测	（1）早期烟雾火灾报警系统 （2）大空间早期火灾智能检测系统 （3）大空间红外图像矩阵火灾报警及灭火系统 （4）可燃气体泄漏报警及联动控制系统	
7.2.11	安全防范系统对火灾自动报警的响应及火灾模式的功能检测	（1）视频安防监控系统的录像、录音响应 （2）门禁系统的响应 （3）停车场（库）的控制响应 （4）安全防范管理系统的响应	
11.1.7	电源与接地系统	（1）引接验收合格的电源和防雷接地装置 （2）智能化系统的接地装置 （3）防过流与防过压元件的接地装置 （4）防电磁干扰屏蔽的接地装置 （5）防静电接地装置	

表 2-11   系统（分部工程）检测汇总表

编号：

系统名称：_____   设计、施工单位_____

子系统名称	序　号	内容及问题	检测结果	
			合　格	不合格

检测机构项目负责人签名：

检测结论

检测人员签名：   检测日期：

注　在检测结果栏，按实际情况在相应空格内打"√"（左列打"√"，视为合格；右列打"√"，视为不合格）。

第五节　分部（子分部）工程竣工验收

一、各系统竣工验收的内容

各系统竣工验收应包括以下内容：

（1）工程实施及质量控制检查。

（2）系统检测合格。

（3）运行管理队伍组建完成，管理制度健全。

（4）运行管理人员已完成培训，并具备独立上岗能力。

（5）竣工验收文件资料完整。

（6）系统检测项目的抽检和复核应符合设计要求。

（7）观感质量验收应符合要求。

（8）根据 GB/T 50314—2006《智能建筑设计标准》的规定，智能建筑的等级符合设计的等级要求。

二、竣工验收的结论

(1) 竣工验收结论与处理。

1) 竣工验收结论分合格和不合格。

2) 当符合全部的各系统竣工验收要求时，为各系统竣工验收合格，否则为不合格。

3) 各系统竣工验收合格，为智能建筑工程竣工验收合格。

4) 竣工验收发现不合格的系统或子系统时，建设单位应责成责任单位限期整改，直到重新验收合格。整改后仍无法满足安全使用要求的系统不得通过竣工验收。

(2) 竣工验收时应按表 2-12 和表 2-13 的要求填写资料审查结果和验收结论。

表 2-12　　　　　　资　料　审　查

系统名称：＿＿＿＿＿　　　　　　　　　　　　　编号：

序号	审查内容	审 查 结 果				备注
		完 整 性		准确性		
		完整（或有）	不完整（或无）	合格	不合格	
1	工程合同技术文件					
2	设计更改审核					
3	工程实施及质量控制检验报告及记录					
4	系统检测报告及记录					
5	系统的技术、操作和维护手册					
6	竣工图及竣工文件					
7	重大施工事故报告及处理					
8	监理文件					
9						
审查结果统计：		审查结论				

审核人员签名：　　　　　　　　　　　　　　　　日期：

注　1　在审查结果栏，按实际情况在相应的空格内打"√"（左列打"√"，视为合格；右列打"√"，视为不合格）。

　　2　存在的问题，在备注栏内注明。

　　3　根据行业要求，验收组可增加竣工验收要求的文件，填在空格内。

表 2-13　　　　　　　　　**竣工验收结论汇总**

系统名称：_____　　　　　　　　　　　设计、施工单位：_____

工程实施及质量控制检验结论		验收人签名：	年	月	日
系统检测结论		验收人签名：	年	月	日
系统检测抽检结果		抽检人签名：	年	月	日
观感质量验收		验收人签名：	年	月	日
资料审查结论		审查人签名：	年	月	日
人员培训考评结论		考评人签名：	年	月	日
运行管理队伍及规章制度审查		审查人签名：	年	月	日
设计等级要求评定		评定人签名：	年	月	日
系统验收结论		验收小组（委员会）组长签名：			
		日期：			

建议与要求：

验收组长、副组长（主任、副主任）签名：

注　1　本汇总表须附标准中附录的所有表格、行业要求的其他文件及出席验收
　　　　会与验收机构人员名单（签到）。
　　2　验收结论一律填写"通过"或"不通过"。

第三章 通信网络系统

智能建筑工程中的通信网络系统包括通信系统、卫星数字电视及有线电视系统、公共广播及紧急广播系统等各子系统及相关设施。其中通信系统包括电话交换系统、会议电视系统及接入网设备。

第一节 通 信 系 统

一、质量验收标准

（1）通信系统工程实施按规定的安装、移交和验收工作流程进行。

（2）通信系统检测由系统检查测试、初验测试和试运行验收测试三个阶段组成。

（3）通信系统的测试可包括以下内容。

1）系统检查测试。包括硬件通电测试和系统功能测试。

2）初验测试。包括可靠性、接通率，以及基本功能（如通信系统的业务呼叫与接续、计费、信令、系统负荷能力、传输指标、维护管理、故障诊断、环境条件适应能力等）。

3）试运行验收测试。包括联网运行（接入用户和电路）和故障率。

（4）通信系统试运行验收测试应从初验测试合格后开始，试运行周期可按合同规定执行，但不应少于3个月。

（5）通信系统检测应按国家现行标准和规范，以及现行工程设计文件和产品技术要求进行，其测试方法、操作程序及步骤应根据国家现行标准的有关规定，经建设单位与生产厂商共同协商确定。

（6）智能建筑通信系统安装工程的检测阶段、检测内容、检测方法及性能指标要求应符合 YD/T 5077—2005《固定电话交换设备安装工程验收规范》等有关国家现行标准的要求。

（7）通信系统接入公用通信网信道的传输速率、信号方式、物理接口和接口协议应符合设计要求。

（8）通信系统的工程实施及质量控制和系统检测的内容应符合表 3-1 的要求。

表 3-1 通信系统工程检测项目表

Ⅰ程控电话交换设备安装工程	
序 号	检 测 内 容
1	安装验收检查
（1）	机房环境要求
（2）	设备器材进场检验
（3）	设备机柜加固安装检查
（4）	设备模块配置检查
（5）	设备间及机架内缆线布放
（6）	电源及电力线布放检查
（7）	设备至各类配线设备间缆线布放
（8）	缆线导通检查
（9）	各种标签检查
（10）	接地电阻值检查
（11）	接地引入线及接地装置检查
（12）	机房内防火措施
（13）	机房内安全措施
2	通电测试前硬件检查
（1）	按施工图设计要求检查设备安装情况
（2）	设备接地良好，检测接地电阻值
（3）	供电电源电压及极性
3	硬件测试
（1）	设备供电正常
（2）	告警指示工作正常
（3）	硬件通电无故障

Ⅰ程控电话交换设备安装工程	
序　号	检 测 内 容
4	系统检测
(1)	系统功能
(2)	中继电路测试
(3)	用户连通性能测试
(4)	基本业务与可选业务
(5)	冗余设备切换
(6)	路由选择
(7)	信号与接口
(8)	过负荷测试
(9)	计费功能
5	系统维护管理
(1)	软件版本符合合同规定
(2)	人机命令核实
(3)	告警系统
(4)	故障诊断
(5)	数据生成
6	网路支撑
(1)	网管功能
(2)	同步功能
7	模拟测试
(1)	呼叫接通率
(2)	计费准确率

Ⅱ会议电视系统安装工程	
序　号	检 测 内 容
1	安装环境检查
(1)	机房环境
(2)	会议室照明、音响及色调
(3)	电源供给
(4)	接地电阻值
2	设备安装

Ⅱ会议电视系统安装工程

序　号	检　测　内　容
(1)	管线敷设
(2)	话筒、扬声器布置
(3)	摄像机布置
(4)	监视器及大屏幕布置
3	系统测试
(1)	单机测试
(2)	信道测试
(3)	传输性能指标测试
(4)	画面显示效果与切换
(5)	系统控制方式检查
(6)	时钟与同步
4	监测管理系统检测
(1)	系统故障检测与诊断
(2)	系统实时显示功能
5	计费功能

Ⅲ接入网设备（非对称数字用户环路 ADSL）安装工程

序　号	检　测　内　容
1	安装环境检查
(1)	机房环境
(2)	电源供给
(3)	接地电阻值
2	设备安装验收检查
(1)	管线敷设
(2)	设备机柜及模块安装检查
3	系统检测
(1)	收发器线路接口测试（功率谱密度、纵向平衡损耗、过压保护）
(2)	用户网络接口（UNI）测试
	1）25.6Mbit/s 电接口
	2）10BASE-T 接口
	3）通用串行总线（USB）接口

第三章　通信网络系统

Ⅲ 接入网设备（非对称数字用户环路 ADSL）安装工程

序　号	检　测　内　容
	4）PCI 总线接口
（3）	业务节点接口（SNI）测试
	1）STM-1（155Mbit/s）光接口
	2）电信接口（34Mbit/s、155Mbit/s）
（4）	分离器测试（包括局端和远端）
	1）直流电阻
	2）交流阻抗特性
	3）纵向转换损耗
	4）损耗/频率失真
	5）时延失真
	6）脉冲噪声
	7）话音频带插入损耗
	8）频带信号衰减
（5）	传输性能测试
（6）	功能验证测试
	1）传递功能（具备同时传送 IP、POTS 或 ISDN 业务能力）
	2）管理功能（包括配置管理、性能管理和故障管理）

二、设备材料质量控制

（一）设备材料的质量要求

（1）施工前，对运到施工现场的器材应进行清点及外观检查，检查各种器材的型号、规格及质量是否符合设计要求。

（2）在存储运输过程中，有无损坏变质等情况。如发现包装有损坏或外观有问题，应做详细检验。

（3）凡具有出厂证明的设计器材，应核对证明书上所列内容是否符合现行质量标准及设计文件的要求。凡质量不合格的各种设备和器材一律不准在工程中使用。

（4）主要设备〔如数字和程控交换机、数字数据接点机（DDN）、宽带接入设备（DSLAM，LAN，Switch 等）、数字传输设备、电源设备等〕必须全部到齐，其他设备和材料数量应符合连续施工的要求。工程施工中严禁使用未经鉴定合格的器材，关键设备应有强制性产品认证书和标志或入网许可证等文件资料。

（5）施工前，施工单位应对工程所有的器材设备的规格、质量、程式、数量进行检查，无出厂检验证明材料或设计不符的器材不得在工程中使用。

（6）保安接线排的保安单元过电压、过电流保护各项指标应符合 YD/T 950—2008《电信中心内通信设备的过电压过电流抗力要求及试验方法》和建议电信交换设备过电压和过电流能力（ITU—TK.20）建议规定。

（7）光纤插座面板应有接受（RX）和发射（TX）的明显标志。

（8）光纤插座的连接器使用型号数量和位置应符合设计要求。

（9）对绞电缆（UTP 和 STP）的电气性能、传输性能、机械特性及插接件的具体技术指标和要求应符合相关标准要求。

（10）通信电缆设备验收检查应符合现行国家标准及厂商质保资料的要求。

（二）设备材料的质量检验

1. 线缆的检验要求

（1）工程中使用的对绞电缆和光缆规格、形式、程式应符合设计的规定和合同要求。

（2）电缆所附的标志、标签内容应齐全（电缆型号、电缆盘长、生产厂名和制造日期）且应附有出厂检验合格证。如用户在合同中有要求，应附有该批量电缆的电气性能检验报告。

（3）电缆的电气性能应从该批量电缆的任意盘中抽样测试。

（4）电缆和线料的塑料外皮应无老化变质现象，并应进行通、断和绝缘检查。

（5）局内电缆、接线端子板等主要器材的电气应抽样测试。当时对湿度在 75% 以下，用 250V 绝缘电阻表测试时，电缆芯线的绝缘电阻应不低于 200MΩ，接线端子板相邻端子的绝缘电阻应不低于 500MΩ。

（6）剥开电缆头，有 A、B 端要求的要识别端别，在缆线外端应标出序号和类别。

（7）光缆开盘后应先检查光缆外表面有无损伤，光缆端封装是否良好。根据光缆出厂产品质量检验合格证和测试记录，核对光纤的几何、光学和传输特性及机械物理性能是否符合设计要求。

（8）综合布线系统工程在使用 $62.5/125\mu m$ 或 $50/125\mu m$ 多模渐变折射率光纤光缆和单模光纤光缆时，应现场检验测试光纤长度和光纤衰减常数。

（9）衰减测试。宜用光时域反射仪（OTDR）进行测试，测试结果如超出标准或与出厂测试数值相差太大，应用光功率计测试，并加以比较，断定是测试有误差还是光纤本身衰减过大。

（10）长度测试。要求对每根光纤进行测试，测试结果应与实际长度一致，如在同一盘光缆中光纤长度差异较大，则应从另一端进行测试，或做通光检查来断定是否有断纤存在。

2. 型材、管材和铁件的检验

（1）各种型材的材质、规格均应符合设计文件的规定，表面应平整、光滑，不得变形、断裂。

（2）管材采用钢管、玻璃钢管、硬聚氯乙烯管时，其管身应光滑无伤痕，管孔无变形，壁厚、孔径应符合设计要求。

（3）管道采用水泥管块时，应符合国家现行标准的相关规定。

（4）各种铁件的材质、规格均应符合质量标准，不得有扭曲、歪斜、飞刺、断裂或破损。

（5）铁件的表面处理和镀层应均匀完整，表面光洁，无脱落、气泡等缺陷。

三、施工质量控制

（一）技术资料核查

（1）认真审阅施工图，检查其是否满足设计要求和合同要求。

（2）是否符合国家及行业标准的工程设计文件规定，以及制图的规范化等质量标准。

（3）对设计意图不合理或不明确的地方，应交由设计单位或业主处理，有关技术文件和必要的设备安装及使用说明书应齐全。

（二）程控交换机安装

1. 组立列架

通信设备可分为交换设备和传输设备，在大型通信局（站），它们安装的地点和方式是不同的，交换设备安装在交换设备机房，传输设备安装在传输设备机房。程控交换机一般是机架安装在机架底座上的，然后各机架互相之间用螺栓连接加固，并采用防震架与建筑物墙面连固。传输设备因为生产厂家的不同，其机架尺寸也不同，一般采取上走线方式，需要借助大列架（俗称龙门架）以用于传输设备上部的加固，以及上部电缆行线架的安装。

对于一般宾馆、饭店的程控交换机，其安装并没有那么复杂，机柜占地面积小，一般安装在一个房间内，常常和操作台之间用玻璃框隔开，而且技术水平越先进、越高的程控交换机占地面积越小。安装一套程序交换机就如同安装一套控制柜一样。

2. 机架和机台稳装

（1）机架、机台进入机房后，应立即竖直、就位，可用橡皮锤敲击机架底部以调整垂直和水平，可用吊线锤或水平尺进行测量。

（2）调整工作应逐架、逐台地进行，调整好后立即固定，其固定方式应按设计和说明书进行。

（3）组装配线架时应注意间距均匀、跳线环及各种零配件是否正确牢固，不能反装或装接错误。

（三）电缆敷设

（1）布放电缆时，要避免电缆扭绞，应按排列顺序放上走道，以免交叉或布线后再变更位置。布放时要尽量考虑发展位置，对于按照设计规定预留的空位应垫以短电缆头或涂电缆外皮漆的木块。

（2）布放的电缆应彼此平行靠拢、无空隙。麻线在横铁或支铁上要并拢、不歪斜、不交叉、排列整齐，线扣应成一直线，位置在横铁的中心线上。

（3）电缆在走道上拐平弯时，转弯部分不可设置在横铁上，以免捆绑困难，应将转弯部分选在邻近两横铁之间，并力求对称。

（4）电缆弯度应均匀圆滑，起弯点以外应保持平直。电缆曲率半径，63 芯以下的应不小于 60mm；63 芯以上的应不小于电缆直径的 5 倍。

四、质量通病与防治

（一）桥架和槽路安装缺陷

1. 现象

槽内渗水，桥架盖板未盖，易造成鼠虫害。

2. 原因分析

（1）施工方权责不明，穿线与桥架盖板不同属于同一个承包商，造成工序脱节。

（2）缺少工序间验收手续、质量监督不严等人为因素。

（二）导线、线缆连接缺陷

1. 现象

（1）剥除绝缘层时，损伤芯线。

（2）多股导线连接设备、器具时，未用接线端子，压头时不满圈。

（3）焊接头时，焊料不饱满，接头不牢固。

（4）铜、铝线连接时未作过渡处理。

（5）光缆头抛光不到位。

（6）软线刷锡不饱满，接头不牢固。

2. 原因分析

（1）用刀刃直角切割导线绝缘层，导致切伤芯线。

（2）铝线焊接时，未清除氧化膜，铜线连接时，清理表面不彻底，焊接不饱满，无光泽。

（3）铜铝连接未采用过渡段，不符合质量要求。

（三）设备缺陷

1. 现象

程控用户交换机上 1 块用户板连续有 12 个用户摘机切不断拨号音（双音频分机），用脉冲方法可拨号，该 12 个用户做被叫时能振铃，但不论是做主叫还是被叫，对方都听不到讲话声音（即送话不出）。

在 1 块用户板上，连续有 7 个用户，摘机有馈电（话机指示灯亮），但无拨号音，不能呼出及呼入，且故障发生在该单元最后 1

块用户板上。

2. 原因分析

上行话路未能建立，与用户 SLC 板 TP3155 时隙分配有关。当拔插用户板后，PP（外围单元处理器板）程序会对用户板上的用户重新分配时隙，但原程序在进行时隙分配时没有关闭中断。因此，中断服务程序就可能会将正常的分配时隙的板选信号偏移到该块用户板上，对该用户板上的一些用户进行错误的时隙分配。

3. 防治措施

对该单元用户 PP 进行复位处理，即可排除故障。

（四）光缆缺陷

1. 现象

（1）光端机本身的问题。

（2）光信道不通。

（3）对端的光发送盘没有信号输出。

2. 原因分析及防治

（1）主要检查发送盘的光发送电路（E/O 转换电路）有无故障，有无电信号送入光发送器件（LD 或 LED），再检查 LD 或 LED 是否损坏。

（2）检查收、发两端的光纤活接头连接是否正常，检查光缆是否折断或损耗严重增大。

（3）采用光功率计检查对端。

第二节　卫星数字电视及有线电视系统

一、质量验收标准

（1）卫星数字电视及有线电视系统的安装质量检查应符合国家现行标准的有关规定。

（2）在工程实施及质量控制阶段，应检查卫星天线的安装质量、高频头至室内单元的线距、功放器及接收站位置、缆线连接的可靠性等，符合设计要求为合格。

（3）卫星数字电视的输出电平应符合国家现行标准的有关

规定。

（4）采用主观评测检查有线电视系统的性能，主要技术指标应符合表 3-2 的规定。

表 3-2　　　　　　　有线电视主要技术指标

序号	项目名称	测 试 频 道	主观评测标准
1	系统输出电平（dBμV）	系统内的所有频道	60～80
2	系统载噪比	系统总频道的 10% 且不少于 5 个，不足 5 个全检，且分布于整个工作频段的高、中、低段	无噪波，即无"雪花干扰"
3	载波互调比	系统总频道的 10% 且不少于 5 个，不足 5 个全检，且分布于整个工作频段的高、中、低段	图像中无垂直、倾斜或水平条纹
4	交扰调制比	系统总频道的 10% 且不少于 5 个，不足 5 个全检，且分布于整个工作频段的高、中、低段	图像中无移动、垂直或斜图案，即无"窜台"
5	回波值	系统总频道的 10% 且不少于 5 个，不足 5 个全检，且分布于整个工作频段的高、中、低段	图像中无沿水平方向分布在右边一条或多条轮廓线，即无"重影"
6	色/亮度时延差	系统总频道的 10% 且不少于 5 个，不足 5 个全检，且分布于整个工作频段的高、中、低段	图像中色、亮信息对齐，即无"彩色鬼影"
7	载波交流声	系统总频道的 10% 且不少于 5 个，不足 5 个全检，且分布于整个工作频段的高、中、低段	图像中无上下移动的水平条纹，即无"滚道"现象
8	伴音和调频广播的声音	系统总频道的 10% 且不少于 5 个，不足 5 个全检，且分布于整个工作频段的高、中、低段	无背景噪声，如咝咝声、哼声、蜂鸣声和串声等

（5）电视图像质量的主观评价应不低于 4 分，具体标准见表 3-3。

表 3-3 图像的主观评价标准

等　级	图像质量损伤程度
5	图像上不觉察有损伤或干扰存在
4	图像上有稍可觉察的损伤或干扰，但不令人讨厌
3	图像上有明显觉察的损伤或干扰，令人讨厌
2	图像上损伤或干扰较严重，令人相当讨厌
1	图像上损伤或干扰极严重，不能观看

（6）HFC 网络和双向数字电视系统正向测试的调制误差率和相位抖动，反向测试的侵入噪声、脉冲噪声和反向隔离度的参数指标应满足设计要求。检测 HFC 网络的数据通信、VOD、图文播放等功能；HFC 用户分配网应采用中心分配结构，具有可寻址路权控制及上行信号汇集均衡等功能；应检测系统的频率配置、抗干扰性能，其用户输出电平应取 62～68dBV。

二、设备材料质量控制

（1）产品性能应符合现行的国家标准或行业标准的相关规定，并经国家规定的质检单位测试认定合格，产品的生产厂必须持有生产许可证，还须按施工材料表对系统进行清点、分类。

（2）产品附有铭牌（或商标）、检验合格证和产品使用说明书，各种部件的规格、型号、质量应符合设计要求。产品外观应无变形、破损和明显脱漆现象。

（3）国外产品应符合中国广播电视制式和频率配置的要求。

（4）在同一项目中，选用的主要部件和材料应具有性能和外观的一致性。

（5）有源部件均应通电检查。

（6）选用设备和部件的输入、输出标称阻抗，电缆的标称特性阻抗均为 75Ω。

三、施工质量控制

（一）技术资料核查

认真审阅施工图，除满足设计和合同要求外，设计文件和施工图纸应齐全，且已会审批准，还应符合国家及行业标准。

（二）施工单位资质复核

施工单位必须有系统施工执照及相应资质。

（三）天线安装

接收天线安装位置应设置在较高处，避开接收电波传输方向上的阻挡物和周围的金属构件，并应远离公路、高压电力线、电气化铁路以及工业干扰等干扰源。

（1）接收天线安装位置的信号场强可由实际测试结果和主观视听效果综合确定。实际测试时，宜选择不少于三个有可比性的测试点。在每个测试点上，应测试所有频道（频率）的信号场强，以及频带内和频带外（邻频）的干扰场强。

对新建建筑物天线安装位置的信号场强，可根据理论计算值并按主观视听和实际测试结果来确定。实际测试可根据模拟建筑物建成以后的状况来测定。

（2）接收天线和天线放大器应按下列要求选用。

1）每接收一个电视频道信号，应采用一副相应频道的接收天线。当两个或两个以上电视广播信号源处于同一方位时，可共用一副宽频带天线。接收到的每一个频道的信号质量应满足系统前端对信号质量的要求。

2）当使用普通天线不能保证前端对输入信号的质量要求时，可采用高增益天线、加装低噪声天线放大器或采用特殊类型的天线。

（3）接收天线应符合下列要求。

1）天线与天线竖杆（架）应能承受设计规定的冰荷载和风荷载。

2）天线在竖杆（架）上调整时，应能上下移动和转动，其固定部位应方便并且牢靠。

3）天线、竖杆（架）、拉线与支撑、附件应组装方便，固定可靠。

4）天线与天线竖杆（架）应具有防潮、防霉、抗盐雾、抗硫化物腐蚀的功能。用金属构件时，其表面必须镀锌或涂防锈漆。

（4）安装在室外的天线馈电端、天线避雷器、阻抗匹配器、高频连接器和放大器等应具有良好的防雨措施。

（5）天线放大器应安装在竖杆（架）上。天线至前端的馈线采用屏蔽性能好的同轴电缆，其长度不应大于20m，并不得靠近干线输出电缆和前端输出口。

（6）两副天线的水平或垂直间距不应小于较长波长天线的工作波长的1/2，且不应小于1m。最低层天线与支承物顶面的间距不应小于其工作波长。

（7）接收天线应按设计要求组装，并应平直、牢固。天线竖杆基座也应按设计要求安装。结合收测和观看，确定天线的最优方位后，将天线固定。

（8）安装时应使各根拉线受力均匀。竖杆拉线地锚必须与建筑物连接牢固，不得将拉线固定在屋面水管、透气管等构件上。

（9）天线馈电端必须与阻抗匹配器、天线放大器及馈线连接牢固，并应具有可靠的防水措施。

（四）部件安装和线路敷设

系统中所用部件均应具备防止电磁波侵入和电磁波辐射的屏蔽性能。室外使用的部件还应有良好的防潮、防雨和防霉措施。在盐雾、硫化物等污染区里使用的部件，还应具有抗腐蚀能力。

（1）部件安装应符合下列要求。

1）部件及其附件的安装应安全、牢固，并便于测试、检修和更换。

2）应避免将部件安装在厨房、浴室、厕所、锅炉房等高温、潮湿或易受损伤的场所。

3）在室内安装系统输出口用户面板，其下沿距离地（楼）面的高度应为0.3m或1.5m。

（2）前端设备应组装在结构坚固、防尘、散热效果良好的标准箱、柜或立架中。部件和设备在立架中应便于组装、更换。立架中应留出不少于2个频道部件的空余位置。固定的立柜、立架背面与侧面离墙面净距不应小于0.8m。

（3）前端机房和演播控制室宜设置控制台。控制台正面与墙的净距不应小于 1.2m；侧面与墙或其他设备的净距，在主要通道不应小于 1.5m，在次要通道不应小于 0.8m。

（4）前端机房、演播控制室内的电缆敷设宜采用地槽。对改建工程或不宜设置地槽的机房，也可采用电缆槽或电缆架，并置于机架上方。采用电缆架敷设时，应按分出线顺序排列线位，并绘出电缆排列端面图。

（5）电缆（光缆）线路路由设计，应使线路短直、稳定、安全、可靠，便于维修、检测，并应使线路避开易受损场所，减少与其他管线等障碍物的交叉跨越。

（6）室外线路敷设方式应符合下列要求：

1）当有可供利用的管道时，可采用管道电缆敷设方式，但与电力电缆不得共管孔敷设。

2）当用户的位置和数量比较稳定，要求电缆线路安全隐蔽时，可采用直埋电缆敷设方式。

3）对下列情况可采用架空电缆敷设方式。①不宜采用直埋或管道电缆敷设方式；②用户的位置和数量变动较大，并需要扩充和调整；③有可供利用的电力杆路、架空通信。

4）当有可供利用的建筑物时，前端输出干线、支线和入户线的沿线，宜采用墙壁电缆敷设方式。

（7）电缆与其他架空明线线路共杆架设时，其两线间的最小间距应符合表 3-4 的规定。

表 3-4 电缆与其他架空明线线路共杆架设的最小间距

种　　类	间距（m）
1～10kV 电力线	2.5
1kV 及以上电力线	1.5
广播线	1.0
通信线	0.6

（8）电缆在室内敷设，宜符合下列规定。

1）在新建或有内装修要求的已建建筑物内，可采用暗敷方式。对无内装修要求的已建建筑物可采用线卡明敷方式。

2）不得将电缆与电力线同线槽、同连接箱、同出线盒安装。

3）明敷的电缆与明敷的电力线的间距不应小于 0.3m。

（9）分配放大器、分支、分配器可安装在楼内的吊顶和墙壁上。当需要安装在室外时，应采取防雨措施，距地面不应小于 2m。

（五）前端机房

（1）前端设备与控制台的安装，应符合下列要求。

1）按机房平面布置图进行设备机架与控制台定位。

2）机架和控制台到位后，均应进行垂直度调整，应从一端按顺序进行。几个机架并排在一起时，两机架间的缝隙不得大于 3mm。机架面板应在同一平面上，并与基准线平行，前后偏差不应大于 3mm。对于相互有一定间隔而排成 1 列的设备，其面板前后偏差不应大于 5mm。

3）机架和控制台的安放应竖直平稳。机架内机盘、部件和控制台的设备安装应牢固。固定用的螺栓、垫片、弹簧垫片均应按要求装上，不得有遗漏。

（2）机房室内电缆的布放，应符合下列要求。

1）当采用架槽时，电缆在槽架内布放可不绑扎，并且留有出线口。电缆应由出线口从机架上方引入，引入机架时，应成捆绑扎。

2）当采用地槽时，电缆由机架底部引入。布放地槽的电缆应将电缆顺着所盘方向理直，按电缆的排列顺序放入槽内，不得绑扎。电缆进出槽口时，拐弯处应成捆绑扎，并应符合最小曲半径要求。

3）当采用电缆走道时，电缆也应从机架上方引入。走道上布放的电缆，应在每个梯铁上进行绑扎。上下走道间的电缆或电缆离开走道进入机架内时，应在距起弯点 10mm 处开始，每隔 100～200mm 绑扎 1 次。

4）当采用活动地板时，电缆不得盘结，应顺直无扭绞；在引入机架处，应成捆绑扎。

（3）电缆的敷设在两端应留有余量，并应有明显永久性标识。

（4）各种电缆插头的装设应符合产品特性的要求，并应做到接触良好、牢固、美观。

（5）机房内接地母线施工时应满足下列要求。

1）接地母线表面应完整、无明显锤痕和残余焊剂渣；铜带母线应光滑无毛刺，绝缘线的绝缘层不得有老化龟裂现象。

2）接地母线应铺放在电缆和地槽走道中央，也可固定在架槽的外侧。母线应平整，不弯曲、不歪斜。母线与机架或机顶的连接应牢固端正。

3）铜带母线在电缆走道上，应采用螺栓固定。铜绞线的母线在电缆走道上，应绑扎在梯铁上。

（6）在有光端机（发送机、接收机）的机房中，端机上的光缆应留出10m余量。余缆应盘成圈妥善放置。

（7）电缆从房屋引入引出，在入口处要加设防水罩。电缆向上引时，应在入口处做成滴水弯，其弯度不得小于电缆的最小弯曲半径。电缆沿墙向下引时，应设支撑物，将电缆固定（绑扎）在支撑物上，支撑物的间距可由电缆的数量确定，但不得大于1m。

（8）机房供电要求。

1）设置演播室的系统，前端机房宜采用50Hz、380/220V电源，并应从总配电盘（箱、柜）引入独立的供电回路。

2）不设演播室的系统，前端机房宜采用50Hz、220V单相交流电源，并应有独立的供电回路。

3）演播室灯光与技术设备的供电，应分别设置供电回路，并应采取相应的防干扰措施。

4）前端机房和演播室的设备供电电压波动超过+5%～-10%范围时，应设电源稳压装置。

5）干线放大器的供电应采用芯线馈电的方式，电源插入器宜设置在桥接放大器处。当供给供电器的电力线路与电缆同杆架设时，供电线材应采用绝缘导线，并应架在电缆的上方，与电缆的距离不应小于或等于0.6m。

（六）干线架设

（1）架设架空电缆时，应先将电缆吊线用夹板固定在电缆杆上，再用电缆挂钩把电缆卡挂在吊线上。挂钩的间距宜为0.5～

0.6m。根据气候条件，每一杆挡均应留出余兜。

（2）在新杆上布放和收紧吊线时，要防止电杆倾斜；在已架有电信、电力线的杆路上加挂吊线时，要防止吊线上弹。

（3）架设墙壁电缆，应先在墙上装好墙担，把吊线放在墙担上收紧，用夹板固定，再用电缆挂钩将电缆卡挂在吊线上。墙壁电缆沿墙角转弯，应在墙角处设转角墙担。

（4）电缆采用直埋方式时，必须采用具有铠装的能直埋的电缆，其埋深不得小于 0.8m。紧靠电缆处要用细土覆盖 10cm，且上压 1 层砖石保护。在寒冷的地区应埋在冻土层以下。

（5）电缆采用穿管敷设时，应先清扫管孔，并在管孔内预设 1 根铁线，将电缆牵引网套绑扎在电缆头上，用铁线将电缆拉入到管道内。敷设较细的电缆可不用牵引网套，直接把铁线绑扎在敷设的电缆上即可。

（6）布放电缆时，应按各盘电缆的长度，根据设计图纸各段的长度选配。电缆需要接续时应严格按电缆生产厂规定的步骤和要求进行，不得随意接续。

（7）当墙壁电缆和架空电缆引入地下时，在距地面不小于 2.5m 的部分应采用钢管保护；钢管应理入地下 0.3～0.5m。

（8）安装干线放大器应符合下列要求。

1）在墙壁电缆线路中，干线放大器应固定在墙壁上。吊线如果有足够的承受力，也可固定在吊线上。

2）在架空电缆线路中，干线放大器应安装在距离电杆 1m 的地方，并固定在吊线上。

3）在地下穿管或直埋电缆线路中，干线放大器可安装在地面以上，但应保证放大器不得被水浸泡。

4）干线放大器输入、输出的电缆，均应留有余量；连接处应有防水措施。

（9）光缆的施工应符合下列要求。

1）光缆敷设前，应使用光纤衰耗测试仪和光时域反射计检查光纤有无断点，衰耗值应符合设计要求。

2）核对光缆的长度。根据施工图上给出的实际敷设长度来选配光缆。配盘时应使接头避开河沟、交通要道及其他障碍物；架空光缆的接头与杆的距离不应大于 1m。

3) 布放光缆时，光缆的牵引端头应作技术处理，并应采用具有自动控制牵引力性能的牵引机牵引；其牵引力应施加于加强芯上，并不得超过 150kg；牵引速度宜为 10m/min，1 次牵引的直线长度不宜超过 1km。布放光缆时，其弯曲半径不得小于光缆外径的 20 倍。

4) 光缆的接续应经由受过专门训练的人员来操作，接续时应采用光功率计或其他仪器进行监视，使接续损耗达到最小，接续后应安装光缆接头护套。

(10) 架空光缆敷设时，端头应采用塑料胶带包扎，接头的预留长度不宜小于 8m，并将余缆盘成圈后挂在杆的高处。架空光缆可不留余兜，但中间不应绷紧。地下光缆引上电杆必须用钢管穿管保护；引上杆后，架空的始端可留余兜（见图 3-1）。

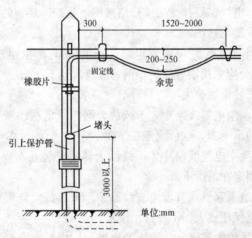

图 3-1　地下光缆引出时的保护

(11) 管道光缆敷设时，在直道上敷设无接头的光缆，应由人工逐个人孔牵引；预先做好接头的光缆，其接头部分不得在管道内穿行。

(12) 在桥上敷设光缆时，宜采用牵引机和中间人工辅助牵引。

光缆在电缆槽内布放不宜过紧，在桥身伸缩接口处应做 3～5 个"S"弯；每处宜余留 0.5m。当穿越铁路桥面时，应外加金属管保护。光缆经过垂直走道时，应绑扎在支持物上。

（七）支线和用户线

（1）支线宜采用架空电缆或墙壁电缆。沿墙架设时，也可采用线卡卡挂在墙壁上，卡子间的距离不应超过 0.8m，并不得用电缆本身的强度来支承电缆的重量和拉力。

（2）采用自承式同轴电缆作支线或用户线时，电缆的受力应强于自承线；在电杆或墙担处将自承线与电缆连接的塑料部分切开一段距离，并在切开处的根部缠扎 3 层聚氯乙烯带，并应缩短自承线，用夹板夹住，使电缆产生余兜。

（3）采用自承式电缆作为用户引入线时，在其下线端处应用缠扎法把自承线终结做在电杆、下线钩或吊线上。

（4）用户线进入房屋内可穿管暗敷，也可用卡子明敷在室内墙壁上，或布放在吊顶上，但均应做到牢固、安全、美观。

（5）在室内墙壁上安装的系统输出口用户盒，应做到牢固、接线牢靠、美观；接收机至用户盒的连接线应采用阻抗为 75Ω、屏蔽系数高的同轴电缆，其长度不宜超过 3m。

（八）防雷、接地与安全防护

（1）系统工程的防雷接地，必须按设计要求施工，新建工程接地装置的埋设宜与土建施工同时进行，对隐蔽部分应在覆盖前及时会同有关单位随时检查验收。

（2）接收天线的竖杆（架）上应装设避雷针。避雷针的高度应能满足对天线设施的保护。当安装独立的避雷针时，避雷针与天线之间的最小水平间距不应小于或等于 3m。

（3）独立避雷针和接收天线的竖杆均应可靠接地。当建筑物已有防雷接地系统时，避雷针和天线竖杆的接地应与建筑物的防雷接地系统共地连接；当建筑物无专门的防雷接地可利用时，应设置专门的接地装置，从接闪器至接地装置的引下线宜采用两根，从不同的方位以最短的距离沿建筑物引下，其接地电阻不应大于 4Ω。

（4）沿天线竖杆（架）引下的同轴电缆应采用单屏蔽电缆或采

用双屏蔽电缆穿金属管敷设。双屏蔽电缆的外层或金属管应与竖杆有良好的电气连接。

(5) 当采用单独的电源线馈电时，设置在天线附近的天线放大器，电源线应单独穿金属管敷设，并严禁架空明敷。

(6) 市区架空电缆吊线的两端和架空电缆线路中的金属管道均应接地。郊区旷野的架空电缆线路在分支杆、终端杆、引上杆、角深大于 1m 的角杆、安装干线放大器的电杆，以及直线线路每隔 5～10 根电杆处，均应将电缆外层屏蔽接地。

(7) 进入前端的天线馈线应加装避雷保护器。

(8) 向系统设备及用户设备提供电源的室外电力线路，从室外引入建筑物时采取的防雷电波侵入的措施，应符合现行 GB 50057—1994《建筑物防雷设计规范（2000 版）》的规定。

(9) 在靠近电缆进入建筑物的地方，应将电缆的外导电屏蔽层接地，并应符合下列要求。

1) 架空电缆直接引入时，在入户处应增设避雷器，并应将电缆外导体接到电气设备的接地装置上。

2) 进入建筑物的架空金属管道，在入户端应与接地装置相连。

3) 电缆直接埋地引入时，应在入户端将电缆金属外皮与接地装置相连。

(10) 系统内的电气设备接地装置和埋地金属管道应与防雷接地装置相连；当两者不相连时，其间距不宜小于 3m。

(11) 不得直接在两建筑物屋顶之间敷设电缆，应将电缆沿墙降至防雷保护区以内，并不得妨碍车辆的运行；其吊线应有接地措施。

(12) 当天线针（架）的高度超过 50m，且高于附近建筑物、构筑物或处于航线下面时，应设置高空障碍灯，并应在杆（架）或塔上做颜色标志。

(13) 接闪器应与天线竖杆（独立避雷针则应与接闪器支持杆）同在地面组装。接闪器长度应按设计要求确定，并不应小于 2.5m；直径不应小于 20mm。接闪器与竖杆的连接宜采用焊接，焊接的搭接长度宜为圆钢直径的 10 倍；当采用法兰连接时，应另加横截面积不小于 48mm² 的镀锌圆钢电焊跨接。

（14）避雷引下线宜采用 25mm×4mm 扁钢或直径为 10mm 的圆钢。引下线与天线竖杆应采用电焊连接，其焊接长度应为扁钢宽度的 3 倍或圆钢直径的 10 倍。引下线与接地装置必须焊接牢固，所有焊接处均应涂防锈漆。

（15）架空电缆中供电器的市电输入端的零线和相线，对地均应接入适用于交流 220V 工作电压的压敏电阻。

（16）干线放大器的外壳和供电器的外壳均应就近接地。

（17）重雷区架空引入线在建筑物外墙上终结后，应经过接地盒在户外将电缆的外屏蔽层接地。用户引入线户外连接经接地盒连至建筑物内分配器、分支器直至用户输出口。

（18）在施工过程中，应测量所有接地装置的电阻值。当达不到设计要求时，应在接地极回填土中加入无腐蚀性的长效降阻剂。

（九）系统的调测

1. 一般规定

（1）安装完毕系统的工程各项设施后，应对各部分的工作状态进行调测，以使系统达到设计要求。

（2）前端部分的调测应符合下列要求。

1）检查前端设备所使用的电源，应符合设计要求。

2）在各电视台正常播出的情况下，各频道天线馈线的输出端测量该频道的电平值，应与设计要求相符。

3）在前端输出口测量各频道的输出电平（包括调频广播电平）时，通过调节各专用放大器的输入衰耗器，使输出口电平达到设计规定值。

2. 干线调试

干线传输系统是由供电器、干线放大器、同轴电缆等器材组成。干线传输系统的作用是将前端系统输出的各种信号不失真、且稳定可靠地传输到分配系统，传输到各用户。

干线调试的程序是先调试供电系统，后调试放大器的电平。

调整供电系统的目的是保证对放大器正常供电，只有供电正常，放大器才能正常工作，因此不能忽视对供电系统的调整。

3. 系统总调试

系统总调试，就是在前端、干线系统、分配网络进行调试结束之后对系统全面进行调整，调整各部分的电平，也称统调。调试的顺序是从前端开始，逐条干线、逐台放大器进行调试。统调是在短时间内连续进行的，并且在温度大约一致的情况下进行，所以统调克服安装时所进行的调试不足。统调工作最好在 10～15℃ 的温度下进行，在统调时，对每个设备边调试边作记录，记录每个频道电平，并要记准日期和温度，把记录资料存档。

（十）系统验收

1. 验收条件

（1）施工单位提供调试记录，图样资料齐全。

（2）系统工程验收测试所必需的设备、仪器齐全，并附有计量合格证。

2. 验收内容

（1）系统图像质量的主要评价。

（2）系统质量的客观测试。

（3）系统施工质量和工艺规范的检查。

（4）系统避雷、安全和接地设施的检查。

3. 施工质量验收

按表 3-5 要求进行施工质量检查验收，并有隐蔽工程的验收单。

表 3-5 施工质量检查要点

检 查 项 目		检 查 要 点
接收天线	天线	（1）振子排列、安装方向正确 （2）各固定部位牢固 （3）各间距合乎要求
	天线放大器	（1）牢固安装在竖杆（架）上 （2）防水措施有效
	馈线	（1）穿金属管保护安装 （2）电缆与各部件的接点正确、牢固、防水
	竖杆（架）及拉线	（1）强度足够 （2）拉线方向正确，拉力均匀

检 查 项 目	检 查 要 点
避雷针及接地	(1) 避雷针安装高度合适 (2) 接地线合乎施工要求 (3) 各部位电气连接良好 (4) 接地电阻≤4Ω
前 端	(1) 设备及部件安装地点恰当 (2) 连接正确、美观、整齐 (3) 进、出电缆符合设计要求，有标记
传输设备	(1) 按设计安装 (2) 各连接点正确、牢固、防水 (3) 空余端正确处理，外壳接地
用户设备	(1) 布线整齐、美观、牢固 (2) 输出口用户盒安装位置正确、安装平整 (3) 用户接地盒、避雷器按要求安装
电缆及接插件	(1) 电缆走向、布线和敷设合理、美观 (2) 电缆弯曲、扭转、盘接不过分 (3) 电缆离地高度及与其他管线间距离要求合适 (4) 架设、敷设的安装构件选用合适 (5) 接插部件牢固、防水、防蚀
供电器、电源线	符合设计要求、施工要求

4. 系统质量的主观评价

图像质量的主观评价采用五级损伤标准。五级损伤标准见表3-6。

表3-6　　　　　　　五 级 损 伤 标 准

图像质量损伤的主观评价	等　　级
不觉察有损伤	5
可觉察，但不讨厌	4
有些讨厌	3
很讨厌	2
不能观看	1

图像和伴音（包括调频广播声音）质量损伤的主观评价项目见表 3-7。

表 3-7　　　　　　　主 观 评 价 项 目

项 目	损伤的主观评价现象
载噪比	噪波，即"雪花干扰"
交扰调制比	图像中移动的垂直或倾斜图案，即"串台"
载波互调比	图像中垂直、倾斜纹或水平条纹，即"网纹"
载波交流声比	图像中上下移动的水平条纹，即"滚道"
回波值	图像中沿水平方向分布在右边一条或多条轮廓线，即"重影"
色/亮度时延差	色、光信号没有对齐，即"彩色鬼影"
伴音和调频广播的声音	背景噪声，如咝咝声、哼声、蜂鸣声和串音等

5. 系统质量的客观测试

参数要求和测试方法应符合 GB/T 6510—1996《电视和声音信号的电缆分配系统》，见表 3-8。

表 3-8　　　　　　　客 观 测 试 项 目

项 目	必需类别	备 注
图像和调频载波电平	A，B，C，D	所有频道，并可协商扩大测试点数目
载噪比	A，B，C	所有频道
载波互调比	A，B，C	每个波段至少测一个频道①
交扰调制比	A，B	每个波段测一个频道②
载波交流声比	A，B	测一次
频道内频响	A	
色/亮度时延差	A	
微分增益	A	
微分相位	A	

① 对于不测的每个频道也应检查有无互调产物。

② 有多频道工作时，允许折片到两个频道来测量，折算方法按各频道不同步的情况考虑。

四、质量通病与防治

（一）导线（电缆）及接插件连接缺陷

原因分析：

（1）电缆离地高度及与其他管线间距离不合要求。

（2）剥除绝缘层时损伤芯线。

（3）接头未按标准规定做。

（4）敷设、架设的安装构件选用不合适。

（5）电源线不符合设计施工要求。

（二）施工质量造成的重影（在用户端收看时存在）

原因分析：

（1）未采用金属外壳封装分支器和分配器。

（2）各分支器、分配器和电缆连接不良。

（3）电缆的屏蔽线和分支器、分配器的地线接触不良。

（4）分配器的分配端有空载或 75Ω 负载电阻接触不良。

（三）天线放大器缺陷

原因分析：

（1）防水措施无效。

（2）未牢固安装在竖杆（架）上。

（3）天线竖杆（架）及拉线强度不够，拉力不均匀，拉线方向不正确。

（四）侵入噪声的产生

原因分析：

（1）用户私自安装终端盒。所选用的电缆、F 接头终端盒及接头松动等都会造成噪声侵入。

（2）用户私自增加用户端。增加反向汇聚噪声，影响反光激光器对反向汇聚噪声和消波失真已调试的平衡点。

（五）干线敷设间距

原因分析：

（1）当电缆与其他线路共沟（隧道）敷设时，其间距应符合以下规定。

1）与通信电缆共沟大于或等于 0.1m。

2) 与220V交流电线路共沟大于或等于0.5m。

（2）电缆与其他线路共杆架设时，两线间最小垂直距离应符合以下规定。

1) 1～10kV电力线同杆平行大于或等于2.5m。

2) 1kV电力线同杆平行大于或等于1.5m。

3) 有线广播同杆平行大于或等于1.0m。

4) 通信电缆同杆平行大于或等于0.6m。

（六）线缆接头不规范

原因分析：

（1）电缆接头处一般应留在检修方便的位置，并留有足够裕量（不小于电缆的最小弯曲半径，能盘成3～4圈即可）。将余缆盘成圈后用铁扎线成捆绑扎，在距串接头两端约5cm处一定要各绑扎1道，这样能使接头处的弧度与所盘余缆的弯度保持一体，F头就不会因电缆张力而弹出，最后将绑扎好的余缆在电杆线架或墙体上固定好不致摇摆即可。

（2）施工时剪钳不利，或用力不当，剪去电缆铜芯线时，留下回钩或毛刺。

（3）接头质量较差，接头内的卡片不能与电缆的铜芯紧密接触，在高频率工作条件下导致信号频率高端的幅度衰减过大，对于馈电电缆还容易引起接头打火造成信号故障。

第三节　公共广播与紧急广播系统

一、质量验收标准

（一）系统检测

（1）系统的输入输出不平衡度、音频线的敷设、接地形式及安装质量应符合设计要求，设备之间阻抗匹配合理。

（2）放声系统应分布合理，符合设计要求。

（3）最高输出电平、输出信噪比、声压级和频宽的技术指标应符合设计要求。

（4）通过对响度、音色和音质的主观评价，评定系统的音响效果。

（二）功能检测

（1）业务宣传、背景音乐和公共寻呼插播。

（2）紧急广播与公共广播共用设备时，其紧急广播由消防分机控制，具有最高优先权，在火灾和突发事故发生时，应能强制切换为紧急广播并以最大音量播出。紧急广播功能检测按 GB 50339—2003《智能建筑工程质量验收规范》第 7 章的有关规定执行。

（3）功率放大器应冗余配置，并在主机故障时，按设计要求备用机自动投入运行。

（4）公共广播系统应分区控制，分区的划分不得与消防分区的划分产生矛盾。

二、设备材料质量控制

（1）扬声器箱的各项技术参数应符合设计要求。

（2）各类线缆具有出厂合格证等质保资料。

（3）调音台的功能应满足合同和使用功能的要求，操作使用方便，工作稳定，接插件性能好，技术性能指标符合设计要求。

（4）周边器材（如均衡器、反馈抑制器、压缩限幅器、电子分频器等）的使用功能和技术性能指标，符合生产厂的产品技术说明书。

以上各类器材设备均应提供生产厂的生产营业执照及相关测试证明。

三、施工质量控制

（一）设备安装要求

（1）广播室设备的位置是由施工图来确定的。一般工厂广播室容量在 500W 及以上的分别设置机械室和录播室，也有的小型广播站把机械室和录音室合设在一起。

（2）广播室设备安装之前，应将吊顶、隔音层、墙壁粉刷和地板做完。有关机柜设备的基础型钢预埋完毕；地线、天线应安装完毕，并引入室内接线端子上；进出线管槽预留位置正确，方可进行设备安装。

（3）设备开箱后，要认真根据设备清单检查设备外表及其附件，保存设备操作使用说明书。

（4）广播室设备的布置应使值班人员在值班座位上能看清大部分设备的正面，能既方便又迅速地对各设备进行操作和调节，监视各设备的运行显示信号。

（5）广播室的设备安装应考虑到维修的方便，各个设备之间不应过分密集。控制台与机架间应有较宽的通道，与落地式广播设备的净距一般不宜小于 1500mm；设备与设备并列布置时，应保证间隔能便于通行，一般不宜小于 1000mm。

（6）设备的安装应平稳、端正，落地式设备应用地脚螺栓加以固定，或用角钢加固在后面的墙上。

（7）对于和外线有关的设备，其装置应尽量靠近外线进入的地方，同时也应考虑使用方便。这类设备最好直接装置于墙上，其装置高度可根据需要而定。一般天地线接线板装置在高度为 1800mm 处，分路配电盘和控制盘装置在高度为 1200mm 处（均指盘柜底边与地面之距离）。

（8）录播室的门旁若装置播音信号灯，信号灯装置高度应约为 2000mm。

（9）设备安装完毕，应调整其垂直度。调整时，采用钢板尺和吊线锤进行。

（二）广播线路的配接

广播系统的线路如何与扩音机配接，以及电声设备间的配接是施工安装中的首要问题。配接得不好不但会使扩音设备发挥不出应有的效能，甚至会损坏设备。在配接过程中，不但要求连线正确，而且配接器材的选用也是保证广播系统的正常工作的重要因素之一。

1. 系统连接器材

（1）连接导线。为了减少噪声干扰，从传声器、录音机、电唱机等信号源送至前级增音机或扩音机的连线、前级增音机与扩音机之间的连线等零分贝以下的低电平线路都应该采用屏蔽线。屏蔽线可选用单芯、双芯或四芯屏蔽电缆。常用连接方式有非平衡式或平衡式（中心不接地或接地），以及四芯屏蔽电缆对角并联等。

扩音机与扬声设备之间的连线可不考虑屏蔽，常采用多股铜芯塑料护套软线，常用连线规格见表3-9。

表 3-9 常用连线规格表

导线规格 [铜丝股数 / 每股铜丝线径（mm）]	导线截面积（mm²）	每根导线每100m长的电阻值（Ω）
2/0.15	0.2	7.5
16/0.15	0.3	6
23/0.15	0.4	4
40/0.15	0.7	2.2
40/0.193	1.14	1.5

（2）线间变压器。定阻抗输出的扩音机与扬声器连接时，常在扩音机与扬声器之间接入线间变压器（输送变压器），以便扩音机能在较高的阻抗输出端输出。目前，国内生产的 SBR 型定阻抗式输送变压器，其标称功率在1～25W 之间。

定电压输出的扩音机与扬声器连接时，为了电压配合，也常在扩音机与扬声器之间接入线间变压器。定阻抗式输送变压器可用于定电压式系统。目前，国内生产的 SBV 型定电压式输送变压器，其标称功率约在5～60W 之间。

线间变压器的传输效率一般约为 80%。由于输送变压器线圈的电感量难以做得很大，限制了低频传输，而线圈的分布电容和漏磁则使得高频信号衰减，因此，线间变压器不但令电声系统的增益降低，同时也使电声系统的频响特性变差。

2. 前端配接

前端配接是指传声器（话筒）、电唱机、收录机等信号源与前级增音机或扩音机之间的配接。

（1）电平配合。信号源输入时应按其输出电平等级接入前级增音机或扩音机的相应输入插孔，否则，如输入电压过低则音量不足，过高则严重过载失真。

（2）阻抗匹配。为了使传输获得高效率，保证频率响应及满足失真度指标的要求，信号源的输出阻抗应与前级扩音机或增音机的输入阻抗相匹配，其匹配原则是：信号源的输出阻抗应接近其负载阻抗但不得高于其负载阻抗。

传声器宜采用低阻抗型，线路的高频损失和电噪声干扰较小，传输线路的允许长度可较长。高阻抗传声器价格便宜，但感应电噪声较大，传输线路的允许长度较短，宜用于较低要求的场合。

3. 末级配接

末级配接指扩音机与扬声设备之间的配接，按扩音机的输出形式不同，可分为定阻抗式和定电压式两种配接方式。

（1）定阻抗式配接。定阻抗输出的扩音机要求负载阻抗接近其输出阻抗，以实现阻抗匹配，提高传输效率。负载阻抗偏高，将出现轻载失配，扩音机的输出电压增高，失真加大，扩音机的实际输出功率降低；负载阻抗偏低，会出现重载失配，失真明显，严重者可能损坏器件。

一般认为阻抗相差不大于 10％时，不至于产生明显的不良影响，可视为配接正常。如果扬声设备的阻抗难以实现正常配接，可选用一定阻值的假负载电阻，从而匹配总负载阻抗。

定阻抗扩音机的输出端一般设有几个抽头，以供连接不同的扬声器及其组合之用。国产扩音机一般标有 4、8、16、100、150 和 250Ω 等若干挡，一般不宜超过 150Ω。一般 16Ω 及以下诸挡统称为低阻抗输出，16Ω 以上诸挡统称为高阻抗输出。

低阻抗输出一般适用于输出导线长度不超过 50m 的场合，由于不必配接输送变压器，失真小，效率高；又由于线路不长，高频损失也小。但如果传送线路过长，线路阻抗增大，将可能影响传输性能。另外，由于阻值范围较小，特别是当扬声器组需要按要求分配不同功率时，就很难凑到所需的匹配阻抗。因此，在实际应用中，为了减小线路阻抗的影响和便于匹配，通常改在扩音机的高阻抗端输出，而在扩音机与扬声器之间接入相应的线间变压器。线间变压器的初级与次级都各有若干不同的阻抗抽头，可以比较方便灵活地实现阻抗匹配。

（2）定电压式配接。定电压式扩音机都标明输出功率和输出电压。小功率扩音机输出电压较低，一般可直接与扬声器连接；大功率扩音机输出电压较高（如 120V、240V），与扬声器连接时需增设输送变压器。

（三）系统检测与验收

1. 广播系统音响效果的评测

表示音响效果的物理参数很多，包括声压、响度、音调、音色、回音及混响时间。对音响效果的评测不仅涉及各项物理参数指标，还涉及心理、生理等因素。因此，GB 50339—2003《智能建筑工程质量验收规范》对音响效果的检测主要强调其输出电平声压级、灵敏度和听众席 50％座位坐满和满座情况下的交混回响时间。应通过主观评测手段综合评价音响效果。

（1）声压级。声音强弱（dB）（见表 3-10）。音源距离加倍，声压级降低 6dB；功率加倍，声压级提高 3dB。

表 3-10 声 压 级

0dB	低声可闻
30dB	钟滴答声
50dB	一般对话
60dB	大声讲话
100dB	天上飞机声
140dB	飞机起飞声

（2）灵敏度。给扬声器 1W 功率的电信号，扬声器 1m 处的声压级，如 A 比 B 大 6dB，相同声压时，A 用 1 只扬声器，B 用 4 只扬声器。

（3）混响时间。当一个稳定的声音信号突然中断后，室内某处声压级降 60dB 所需时间如下：

200Hz 以下所需时间为 0.8～1s；200 到 400Hz 所需时间为 1.0～1.2s。

2. 广播系统的检测验收

（1）安装质量检查，包括系统的输入输出不平衡度、音频线的敷设、电源与接地、设备之间的阻抗匹配，符合设计要求为合格。

（2）通过对声压、灵敏度及交混回响时间的检测，主观评测音响效果。

(3) 评测系统的综合音响效果和扬声器的分布。

(4) 功能检测包括以下方面。

1) 业务宣传、背景音乐和公共寻呼插播。

2) 紧急广播的消防分区功能、最高优先权功能，在火灾等事故发生时，应能立即以最大音量播放。

3) 功率放大器应冗余配置。

(5) 公共广播的分区划分，不得与消防分区的划分产生矛盾。

四、质量通病与防治

（一）金属线管保护地线和防腐缺陷

原因分析及防治：

(1) 金属线管保护地线截面不够，焊接面过小，未符合标准。

(2) 焊接处及减弯刷防腐油漆有遗漏。

（二）导线连接缺陷

原因分析及防治：

(1) 剥除绝缘层时，损伤芯线。

(2) 多股导线连接设备、器具时，未用接线端子，压头时不满圈，不用弹簧垫圈，造成压接点松动。

（三）室内穿线缺陷

原因分析及防治：

(1) 先穿线后戴护口，或者根本不戴护口。导线死扣或背扣，损伤绝缘层。

(2) 穿线过程中弄脏已油漆、粉刷好的墙面和顶板（棚）。

（四）箱、盒安装缺陷

原因分析及防治：

(1) 喇叭箱体不正，方向歪斜。

(2) 开关盒子口抹灰不齐整，盖板盖好后被喷浆弄脏。

（五）音控器不能强切控制紧急广播

原因分析及防治：

(1) 广播系统的线路采用了二线式的功率馈送回路，导致音量调节装置（音控器）不能接收控制信号。

建筑工程质量控制要点便携系列手册

智能建筑工程

（2）音控器在接线时，应区分公共线、信号线和控制线，并严格按照产品接线图端接，紧急广播时，音量调节装置应失效。

（六）功率放大器过热

原因分析及防治：

（1）功率放大器超负荷运行。

（2）功率放大器通风不良。

（3）接线不牢或线径过小。

（4）功放设备安装位置不当，柜后空间太小。

（5）功率放大器容量过小，或扬声器的实配功率超过设计功率。

（6）信号传输线路其芯线截面积不能满足广播系统技术条件的要求，或施工时线缆头和接线端子压接不牢固、接触不良。

（七）扬声器啸叫

原因分析及防治：

（1）话筒附近存在干扰源，形成声反馈。

（2）话筒离扬声器太近，或者二者处于同一声场内，扬声器的一部分声音进入了话筒而形成声反馈，从而产生了啸叫。

第四章 信息网络系统

　　智能建筑工程中的信息网络系统包括计算机网络、应用软件及网络安全等。信息网络系统的工程实施及质量控制、系统检测和竣工验收应符合国家现行的相关规范和要求。

第一节　工程实施及竣工验收

一、工程实施准备

（1）信息网络系统工程实施前应具备下列条件。

1）综合布线系统施工完毕，已通过系统检测并具备竣工验收的条件。

2）设备机房施工完毕，机房环境、电源及接地安装已完成，具备安装条件。

（2）信息网络系统的设备、材料进场验收应进行以下方面。

1）有序列号的设备必须登记设备的序列号。

2）网络设备开箱后通电自检，查看设备状态指示灯的显示是否正常，检查设备启动是否正常。

3）计算机系统、网管工作站、UPS 电源、服务器、数据存储设备、路由器、防火墙、交换机等产品按 GB 50339—2003《智能建筑工程质量验收规范》的相关规定执行。

二、检查验收

（1）网络设备应安装整齐、固定牢靠、便于维护和管理。高端设备的信息模块和相关部件应正确安装，空余槽位应安装空板；设备上的标签应标明设备的名称和网络地址；跳线连接应稳固，走向清楚明确，线缆上应有正确标签。

（2）信息网络系统的随工检查内容应包括以下内容。

1）安装质量检查。机房环境是否满足要求；设备器材清点检查；设备机柜加固检查；设备模块配置检查；设备间及机架内缆线布放；电源检查；设备至各类配线设备间缆线布放；缆线导通检查；各种标签检查；接地电阻值检查；接地引入线及接地装置检查；机房内防火措施；机房内安全措施等。

2）通电测试前设备检查。按施工图设计文件要求检查设备安装情况；设备接地应良好；供电电源电压及极性符合要求。

3）设备通电测试。设备供电正常；报警指示工作正常；设备通电后工作正常及故障检查。

（3）信息网络系统在安装、调试完成后，应进行不少于1个月的试运行，有关系统自检和试运行应符合 GB 50339—2003《智能建筑工程质量验收规范》的相关要求。

三、竣工验收

（1）竣工验收应对信息安全管理制度进行检查，并作为竣工验收的必要条件。

（2）竣工验收的文件资料包括设备的进场验收报告、产品检测报告、设备的配置方案和配置文档、计算机网络系统的检测记录和检测报告、应用软件的检测记录和用户使用报告、安全系统的检测记录和检测报告，以及系统试运行记录。

第二节　计算机网络系统

一、质量验收标准

计算机网络系统的检测应包括连通性检测、路由检测、容错功能检测和网络管理功能检测。

（一）连通性检测

连通性检测方法可采用相关测试命令进行测试，或根据设计要求使用网络测试仪测试网络的连通性。

连通性检测应符合以下要求：

（1）根据网络设备的连通图，网管工作站应能够和任何一台网络设备通信。

（2）各子网（虚拟专网）内用户之间的通信功能检测。根据网络配置方案要求，允许通信的计算机之间可以进行资源共享和信息交换，不允许通信的计算机之间无法通信；保证网络节点符合设计规定的通信协议和适用标准。

（3）根据配置方案的要求，检测局域网内的用户与公用网之间的通信能力。

（二）路由检测

对计算机网络进行路由检测，路由检测方法可采用相关测试命令进行测试，或根据设计要求使用网络测试仪测试网络路由设置的正确性。

（三）容错功能检测

容错功能的检测方法应采用人为设置网络故障、检测系统正确判断故障及故障排除后系统自动恢复的功能，切换时间应符合设计要求。检测内容应包括以下两个方面：

（1）对具备容错能力的网络系统，应具有错误恢复和故障隔离功能，主要部件应冗余设置，并在出现故障时可自动切换。

（2）对有链路冗余配置的网络系统，当其中的某条链路断开或有故障发生时，整个系统仍应保持正常工作，并在故障恢复后应能自动切换回主系统运行。

（四）网络管理功能检测

网络管理功能检测应符合下列要求：

（1）网管系统应能够搜索到整个网络系统的拓扑结构图和网络设备连接图。

（2）网络系统应具备良诊断功能，当某台网络设备或线路发生故障后，网管系统应能够及时报警和定位故障点。

（3）应能够对网络设备进行远程配置和网络性能检测，提供网络节点的流量、广播率和错误率等参数。

二、设备材料质量控制

1. 设备、材料的品牌、型号、规格、数量和产地，与设计（或合同）相符

（1）包装、密封良好，技术文件附件及随机资料齐全、完好，并有装箱清单。

（2）做好外观检查，外壳、漆层应无变形或损伤。

（3）内部插件等的紧固螺钉不应有松动现象。

2. 进行必要的环境检查

例如设备的供电、接地、湿度、温度、洁净度、安全、综合布线、电磁环境等应符合设计要求、产品技术文件规定和安全技术标准。

3. 软件版本应符合设计要求

提供完备齐全的文档，包括软件资料、程序结构说明、安装调试说明、使用和维护说明书等。

4. 设备材料进场验收

（1）必须按照合同技术文件和工程设计文件的要求，对设备、材料和软件进行进场验收。进场验收应有书面记录，并需参加人签字，以及经监理工程师或建设单位验收人员签字。未经进场验收合格的设备、材料和软件，不得在工程上安装和使用。经进场验收的设备、材料应按产品的技术要求妥善保管。

（2）设备材料的进场验收应填写设备材料进场验收检验表。

（3）有序列号的设备必须登记设备的序列号。

（4）网络设备开箱后，需通电自检，查看设备状态指示灯的显示是否正常，检查设备启动是否正常。

（5）计算机系统、网管工作站、UPS电源、路由器、数据存储设备、服务器、防火墙、交换机等产品按下列规定执行。

1）所涉及的产品应包括智能建筑工程各智能化系统中所使用的材料、硬件设备、软件产品和工程中应用的各种系统接口。

2）进行质量检查的产品应包括列入《中华人民共和国实施强制性产品认证的产品目录》或实施生产许可证和上网许可证管理的产品；未列入强制性认证产品目录或未实施生产许可证和上网许可证管理的产品，应按规定程序通过产品检测后方可使用。

3）产品功能、性能等项目的检测应按相应的现行国家产品标准进行；供需双方有特殊要求的产品，可按设计要求或合同规定进行。

4）对不具备现场检测条件的产品，可按要求进行工厂检测，并出具检测报告。

5）硬件设备及材料的质量检查重点应包括安全性、可靠性及电磁兼容性等项目，可靠性检测可参考生产厂家出具的可靠性检测报告。

6）软件产品应按下列内容检查。

①商业化的软件，如操作系统、应用系统软件、数据库管理系统、信息安全软件和网管软件等，应做好使用许可证及其范围的检查。

②由系统承包商编制的用户应用软件、用户组态软件及接口软件等应用软件，除进行系统测试和功能测试之外，还应根据需要进行容量、可靠性、安全性、可恢复性、兼容性、自诊断等多项功能测试，并保证软件的可维护性。

③所有自编软件均应提供完备的文档，包括软件资料、程序结构说明、安装调试说明、使用和维护说明书等。

7）系统接口的质量应按下列要求检查。

①系统承包商应提交接口规范，接口规范应在合同签订时，由合同签订机构负责审定。

②系统承包商应根据接口规范制定接口测试方案，接口测试方案经检测机构批准后实施。系统接口测试应保证接口性能符合设计要求，实现接口规范中规定的各项功能，不发生通信瓶颈及兼容性问题，并保证系统接口的制造和安装质量。

5. 进口产品除以上规定外，还应提供原产地证明和商检证明配套提供的质量合格证明、检测报告及安装、使用、维护说明书等文件资料应为中文文本。

6. 遵守智能建筑办公自动化系统有关标准的要求

三、施工质量控制

（一）网络接口卡检查

（1）网络接口卡的品牌、型号应符合接入网络的设计要求。

（2）应有网络连接线缆测试合格证明。

（3）网络接口卡驱动程序及有关资料应完整、完好，符合设计或产品技术说明。

（4）网络接口卡与网络设备互联的端口相容（如 RJ45、OC3、

OC12 等)。

（二）网络连通性检查

（1）用操作系统发出 Ping 服务器自身 IP 地址的命令，自检网络接口卡运行的正确性。

（2）从网络系统的其他用户发 Ping 命令给服务器，测试服务器网络卡接入网络工作的正确性。

（3）客户机的检查同上类似。

（4）非 TCP/IP 协议的局域网可参照上述方法进行。

（三）连通性测试

连接相关的广域网接入线路（如 DDN、ISDN、Frame-relay、X.25 等）观察接入设备运行状态及 IP 地址，确认正常连接及路由的配置正确。从接在网络集线器端口的站点上 Ping 接在另一端口站点的 IP 地址，检查网络集线器端口的连通性，确认所有的端口均应正常连通。

（四）网管软件测试要点

（1）软件的版本及对应的操作系统平台与设计（或合同）相符。

（2）配置一台网络管理软件所需的计算机，并安装好网络管理软件所需的操作系统。

（3）网络管理软件功能测试，应符合设计和合同要求。确认网络管理软件能够监测所需管理的设备（如交换机、服务器、路由器、PC 机等）的状态和动态地显示网络流量，并据此设置这些设备的属性，使网络系统得到优化。

（4）按照网络管理软件的安装手册和随机文档，安装网络管理软件，并符合设计和相关条文要求。

四、质量通病与防治

（一）计算机连不上局域网，网上邻居看不到其他计算机

1. 现象

使用五类双绞线，把几台计算机和集线器连接，网卡和驱动程序都已经正确安装，但不能互相 Ping 到对方，网上邻居也没有显示连接的计算机，无法完成数据传输。

2. 原因分析

使用双绞线连接的网络是现在最普遍的连接方式，因双绞线价格便宜、连接简单可靠等特点受到了很多人的青睐。但是，很多人都不是很了解双绞线的正确的连接、安装方法，常常连接错误而导致计算机不能互相通信。

3. 防治措施

计算机和集线器相连，应该是使用直连线。直连线的两头线序应是完全一致的。使用这样的网线把计算机和集线器连接起来，才能够进行正常的通信。真正符合要求的双绞线，对线序是严格要求的。不使用正常的线序制作，有可能导致数据传输的速率下降、数据帧不完整和传输距离的缩短等后果。正常情况下，连接计算机和集线器的双绞线，两端的水晶头按照 EIA/AIA-568B 的标准线序应为橙白、橙、绿白、蓝、蓝白、绿、棕白、棕，这样才能保证计算机和集线器之间进行正常的连接和通信。

（二）网络通信故障，数据传输缓慢并不时报错

1. 现象

网络连接导致通信故障，办公室内部网络通信一切正常，但是同其他楼层的办公室进行通信的时候，数据传输缓慢，数据传输错误出现频繁。使用 Ping 命令进行网络检测，Ping 通的频率只有30%左右，严重影响了网络的正常使用。

2. 原因分析

数据传输发生错误的可能性有两种，一种是数据冲突造成的，另一种是电缆长度造成的。

3. 防治措施

双绞线的制作不合乎规范。首先线序不对，这点有些人并不重视，认为两边的顺序一样就可以了，但是事实上，这样会造成传输距离的大大缩短和传输距离的下降；另外，我们还发现双绞线被剥掉的先头有 4cm 多长，一大段裸露的线路暴露在外边。正确的做法应该是，剥掉双绞线头 13mm，把线序排好以后，将整个线缆包在水晶头内，这样才能保证双绞线不会被轻易地从水晶头内拉出来。

楼道中信号转发器对数据传输有一定的干扰和影响。

综合分析，造成网络传输不正常的首要问题是线路，在更换了质量较好的五类线，并且正确地制作了水晶头并设法减少外界干扰后，数据传输正常。

（三）终结器连接不当导致联网计算机不能进行数据通信

1. 现象

终结器导致的同轴电缆连接问题。使用同轴电缆连接的 3 台计算机，接好后，使用 Ping 命令测试没有回应，"网上邻居"中看不到其他电脑，不能够进行数据通信。

2. 原因分析

目前，双绞线因其制作连接简单、更换容易、价格便宜等特点而逐渐代替了同轴细缆，但是，有不少老用户还一直在用传统的 10Base2 细缆，随着同轴电缆使用的减少，其正确的使用方法越来越不被人们所了解，因此而造成制作和连接的不正确。

10Base2 标准使用同轴细电缆连接网络中的所有计算机，计算机间的数据传输速率最高只能达到 10Mbit/s。在同轴电缆连接的网络中，每台计算机是通过一个 T 型的连接器连接的，T 型头有 3 个方向的插槽，其中一个插在计算机网卡的 BNC 口上，另外两个插槽用于连接同轴线缆。

3. 防治措施

由于同轴电缆是总线型的网络，在网络的两端，需要一个电阻值为 50Ω 的终结器，只有正确安装了终结器，才能正常地进行通信。

（四）中继器连接的网段不能正常通信

1. 现象

由于中继器相连了几个网段，某局部网段不能正常通信。

2. 原因分析

中继器是在网络中用来连接网段的物理层设备。中继器的工作原理就是将收到的帧重新产生前导码和放大信号，并把该帧从其他所有的端口上输出。由于中继器在物理层工作，所以它不需要连接数据帧或者数据包的格式，不能控制广播域或者冲突域。中继器对于协议来说也是透明的，它并不关心上层的协议，比如 IP 或者 IPX。

使用中继器，一定要遵守的基本规则是 5-4-3 原则。所谓的 5-4-3 原则，是指网络上两台计算机之间的最大路径不能超过 5 个物理段，这 5 个物理段要用 4 个中继器进行连接，虽然 4 台中继器上都可以连接计算机，但是，连接计算机的物理段不能够超过 3 个。只有这样才能保证网络的可用性，不会造成数据传输的问题。

3. 防治措施

根据 5-4-3 原则，重新设计网络，使其符合 5-4-3 原则，方可保证正常使用。

（五）双机互联不能进行数据通信

1. 现象

双机互联是指网线两头都按照 EIA/TIA-568B 标准制作的双绞线，用于双机互联，也就是直接把两台电脑的网卡和网卡相连，但相互之间不能够 Ping 到对方，"网上邻居"也没有对方计算机，无法完成数据通信。

2. 原因分析

计算机网卡与集线器相连，与两台计算机网卡互连，使用的线缆不是同一个种类。双绞线看起来都差不多，同是两个水晶头，用一段灰色的或者其他颜色的电缆相连，但两者的区别在于制作时的线序不同。

3. 防治措施

双绞线通信的原理：双绞线一共有 4 个线对，也就是 8 根线，但是在传输时，实际上只用了其中两对线，也就是 4 根线。其中一对用于发送数据，另一对用于接收数据，其余的两对线根本没有使用。

对于网卡来说，发送和接收数据用到的电缆是 1、2、3、6 四条。其中，1、2 用于发送数据，3、6 用于接收数据。

如果简单地使用直联线连接两个网卡，造成的结果就是，发送线对上的数据"顶牛"，即接收的针脚永远也接受不到数据，因为电缆的另一方也是等待接收。为了解决这个问题，正确的方法应该是把一方的数据发送端和另一方的数据接收端接起来。简单的记法就是"1/3、2/6 对换"，双绞线一边的线序是按照 EIA/TIA-568B 标准制作的橙白、橙、绿白、蓝、蓝白、绿、棕白、棕，另一边则是按照绿白、绿、橙白、蓝、蓝白、橙、棕白、棕的顺序制作。

（六）网卡设备冲突致使计算机不能联网

1. 现象

在计算机的主板上安装了网卡后，网卡设备冲突，根据 Windows 的提示，安装了网卡的驱动程序。安装完成后不能使用，在"设备管理器"中显示有黄色的警示叹号。

2. 原因分析

故障是由于安装了不正确的驱动程序造成的，由于 Windows98 发布的时候，并没有把一些必要的驱动程序放到系统中，所以，使用系统默认的驱动程序有可能造成设备的冲突，导致设备不能够使用。

3. 防治措施

重新安装驱动程序，依次选择执行"开始"→"设备"→"控制面板"→"选择添加新硬件"，然后在弹出的对话框中单击"下一步"按钮开始重新安装网卡驱动程序，安装过程比较简单，只要按照提示一步步操作即可，操作完成后，重新启动系统，完成安装过程。

（七）网络文件传输故障

1. 现象

一个由集线器相连的星型网络，在服务器端有一个 ZIP 压缩文件，使用一切正常。但将其传到其中一台客户机，文件却不能解压缩。

2. 原因分析

压缩文件和普通的文件（如 MP3 文件）不同，对存储和传输的要求都比较高。MP3 文件如果发生损坏，只是在发生损坏的位置会有一些间断或者爆音，其他位置仍可以正常使用。压缩文件则不同，一旦有任何位置出现错误，都会导致整个文件的损坏，不能够解压缩。

在原文件上传和下载的时候会由于传输错误引发问题，下载后使用时会因文件操作错误、病毒感染、磁盘碎片等故障产生问题。文件下载后，在服务器上使用、解压缩没有问题，但是复制到客户机后却不能够使用，显然，问题不是出现在上传和下载过程中，而是出现在传输到客户机和客户机本地使用的时候。如果客户机本地的硬盘没有问题，也有很好的病毒防护措施，那么问题很可能出现在从服务器到客户机传输的这一段线路上。从网络结构上可以看出，这是一个由多台计算机组成的星型网络。由于使用集线器相连，网络实际上是处于一个冲突域中，与总线型的网络没有什么区别。在网络上存在着大量的传输错误和数据碰撞，从而导致文件传输错误。

3. 防治措施

在目前的网络应用中，这种有大量数据传输的网络比比皆是。但是，由于网络建设的落后，严重制约了网络的更好发展。数据传输错误就是时常发生的一种问题，要解决这种问题，我们可以从以下两个方面考虑解决。

（1）如果资金允许，可以考虑把集线器更换成交换机。随着网络设备的降价，交换机大有取代集线器而成为最常用的局域网连接设备的趋势。由于交换机可以学习主机的硬件地址，在进行数据传输的时候，并不是像集线器一样把数据包广播到网络中，而是直接发送到目的主机，这样就大大减少了数据传输错误发生的可能性，而且也在很大程度上加快了网络的传输速度。

（2）如果在短期内没有升级网络的计划，或者资金条件不允许，那只能在操作中尽量避免数据传输错误的发生。首先，在传输较大文件的时候，不要再向接收主机或者发送主机发送其他数据；其次，在网络中有两台主机进行大数据量的数据传输的时候，其他人尽量不要再进行其他的大数据量数据传输；最后，在传输大量文件的时候，建议打成压缩包，再进行传输。只要接受方收到的压缩文件可以正常解压缩，就能够保证所有的传输文件没有数据错误。

这样做有利于及时发现问题，以防文件在传输过程中存在错误而导致不必要的隐患。

（八）网络翻动故障

1. 现象

一个由集线器连接的网络，有 15 台计算机，总是不能够顺利地使用，网络一会儿通一会儿不通。

2. 原因分析

（1）线缆质量差，引起网络翻动。可以说是最常见的原因，很多网线由于制作的问题，传输效能很差，造成网络的翻动。

（2）接头故障，造成网络翻动。这种情况多出现于串口连接，如 EIA/TIA-232 或者 V.35。由于接口松动或者老化，造成网络的翻动。

（3）线路干扰过大，数据传输受到干扰，造成网络翻动。例如，在网线的周围有电磁设备，比如电磁炉或者变压器。

（4）网络数据量过大，造成广播风暴。这也是一种很常见的原因，主要也是由于网络设计不当造成的。

3. 防治措施

为了防止这种"网络翻动"的现象发生，可采取下述措施。

（1）更换线缆。

（2）插紧接头并用螺钉固定，如果不奏效则更换电缆。

（3）远离电磁设备。

（4）更换网络设备，重新设计网络。

（九）级联网段故障

1. 现象

某个局域网，由于网内的计算机比较多，对集线器进行了级联，级联以后，两个网段之间弧线不能够通信。

2. 原因分析

这种故障是因为连接者不了解集线器的端口属性造成的。集线器的级联口，有的旁边有一个开关，有的则没有；有些低档集线器的级联口也没有明确的标注端口的属性。双绞线有直联线和交叉线两种。

3. 防治措施

如果不知道端口的属性，也就不知道应该使用什么样的双绞线。就只能尝试两种线，哪种线可以进行正常的通信，就使用哪种线缆，直到能够正常通信。

（十）网络不安全

1. 现象

电脑遭到病毒的入侵或黑客的攻击。

2. 原因分析及防治

（1）管理方面有欠缺，没有采取有效的防御措施。

（2）系统有漏洞或存在"后门"（如没有及时给系统打好安全补丁）。

（3）人为的触发（如恶意网站及恶意消息的触发）。

3. 防治措施

（1）加强计算机病毒管理。

（2）专业维护人员定期检查计算机工作运行状况。

（3）对专业维护人员及操作者进行定期培训，加强防护意识。

第三节 应 用 软 件

智能建筑的应用软件应包括智能建筑办公自动化软件、物业管理软件和智能化系统集成等应用软件系统。应用软件的检测应从其涵盖的基本功能、界面操作的标准性、系统可扩展性和管理功能等方面进行检测，并根据设计要求检测其行业应用功能。满足设计要求时为合格，否则为不合格。不合格的应用软件修改后必须通过回归测试。应先对软硬件配置进行核对，确认无误后方可进行系统检测。

一、质量验收标准

（一）软件产品质量检查

（1）商业化的软件，如操作系统、数据库管理系统、应用系统软件、信息安全软件和网管软件等应做好使用许可证及使用范围的检查。

（2）由系统承包商编制的用户应用软件、用户组态软件及接口软件等应用软件，除进行功能测试和系统测试之外，还应根据需要进行容量、可靠性、安全性、可恢复性、兼容性、自诊断等多项功能测试，并保证软件的可维护性。

（3）所有自编软件均应提供完整的文档（包括软件资料、程序结构说明、安装调试说明、使用和维护说明书等）。

（4）应采用系统的实际数据和实际应用案例进行测试。

（二）黑盒法测试内容

应用软件检测时，被测软件的功能、性能确认宜采用黑盒法进行，主要测试内容应包括：

（1）功能测试。在规定的时间内运行软件系统的所有功能，以验证系统是否符合功能需求。

（2）性能测试。检查软件是否满足设计文件中规定的性能，应对软件的响应时间、吞吐量、辅助存储区、处理精度进行检测。

（3）文档测试。检测用户文档的清晰性和准确性，用户文档中所列应用案例必须全部测试。

（4）可靠性测试。对比软件测试报告中可靠性的评价与实际试运行中出现的问题，进行可靠性验证。

（5）互连测试。应验证两个或多个不同系统之间的互连性。

（6）回归测试。软件修改后，应经回归测试验证是否因修改引出新的错误，即验证修改后的软件是否仍能满足系统的设计要求。

（三）软件操作要求

应用软件的操作命令界面应为标准图形交互界面，要求风格统一、层次简洁，操作命令的命名不得具有二义性。

（四）软件扩展性要求

应用软件应具有可扩展性，系统应预留可升级空间以供纳入新功能，宜采用能适应最新版本的信息平台，并能适应信息系统管理功能的变动。

二、设备材料质量控制

（1）服务器/客户机及外围设备等信息平台的设备（包括软、

硬件）的品牌、规格、型号、产地和数量，应符合设计（或合同）要求。

检查时应注意下列几点：

1）做好外观检查，外壳、漆层应无损伤或变形。

2）内部接插件等的紧固螺钉不应有松动现象。

3）包装和密封良好，并有装箱清单。

4）附件及随机资料、技术资料应齐全、完好。

5）操作系统的型号、版本及随机资料符合设计（或合同）要求。

（2）进行必要的环境检查。设备的供电、接地、湿度、温度、洁净度、安全、综合布线、电磁环境等应符合设计要求及产品技术文件规定和安全技术标准。例如：

1）工作温度范围为 10～32.5℃。

2）工作湿度范围为 20％～80％。

3）供电为 198～242V［即 220（1±10％）V］，（50±2）Hz。

4）电源插座应有相线、中性线、接地线。

（3）已经产品化的应用软件及按合同（或设计）需求定制的应用软件，应按照软件工程规范的要求进行验收，并提供完备齐全的文档，包括软件资料、程序结构说明、安装调试说明、使用和维护说明书等。

（4）遵守智能建筑办公自动化系统有关标准。

三、施工质量控制

（一）机房验收

服务器安装前，首先验收计算机机房，应按照 GB 50174—2008《电子信息系统机房设计规范》及 DBJ 08—1983—2000《防静电工程技术规范》要求进行，并应符合设计（或合同）要求。

（二）物理安装检查

（1）机器外壳连接地线，接地线必须与建筑物弱电地线相接。

（2）电源插座应有相线、中性线和接地线。

（3）检查主电源的电压是否符合要求（包括电源功率）。

（4）检查所需的供电要求与供电系统是否相符（如稳压电源或UPS）。

（三）上电检查

（1）执行上电开机程序，应正常完成系统自测试和系统初始化（或相应报告）。

（2）执行服务器检查程序，包括对 CPU、内存、硬盘、I/O 设备、各类通信接口的测试，并做出正常运行结束的报告。

（3）执行主机如服务器、客户机、外围设备主要性能的测试，给出服务器主要性能（内存、主频、容量、硬盘容量等）指标的报告。

（4）外围设备提供的自测试程序，应输出相应的报告信息，确认各类操作的运行正确性。

（四）软件安装检查

（1）检查主机（服务器或客户机）与所安装的软件如操作系统、数据库是否相匹配，应符合设计（或合同）要求。

（2）测试软件系统（操作系统或数据库软件等）要求。

1）常规测试。执行各类系统命令或系统操作（或语句），应完全正确。

2）综合测试。执行软件（如操作系统或数据库的模板）与系统支撑软件及各类系统软件产品的连接测试，应完全正确。

（五）软件测试

（1）按照"合同"或应用软件说明书进行功能测试，并提供功能测试报告。

（2）采用渐增测试方法，测试应用软件各模块间的接口和各子系统之间的接口是否正确，并提供集成测试报告。

（3）设置故障点及异常条件，测试应用软件的可靠性和容错性，并提供相应的测试报告。

（4）按应用软件设计说明书的规定，逐条执行可管理性和可维护性测试，并提供相应的测试报告。

（5）对应用软件的操作界面风格、布局、屏幕切换、常用操作、显示键盘及鼠标的使用等设计抽样进行可操作性测试，并应提供可操作性测试报告。

（六）应用软件安装验证

1. 施工准备

（1）应提供应用软件安装的介质、版本和技术资料。

（2）应保证应用软件安装的环境资源。包括服务器，客户机，操作系统数据库软件/开发工具，内、外存空间，读入设备等。

（3）应制定验证标准，包括安装方法。

2. 软件安装

（1）按照"安装手册"，一步一步地进行安装，直至正常结束。

（2）设置或自定义应用软件的初始参数，执行系统数据初始化过程。

（3）创建用户标识、口令及用户权限等系统安全机制，确保可靠执行。

3. 验证

（1）检查安装的目录及文件数是否准确。

（2）启动引导程序，执行是否准确。

（3）检查用户登录过程包括用户标识及口令输入、口令修改等操作是否准确。

（4）检查应用软件主界面（主菜单）上的应用功能是否正常执行。

第四节 网络安全系统

网络安全系统宜从物理层安全、网络层安全、系统层安全、应用层安全等四个方面进行检测，以保证信息的保密性、真实性、完整性、可控性和可用性等信息安全性能符合设计要求。

一、质量验收标准

（一）安全专用产品

计算机信息系统安全专用产品必须具有公安部计算机管理监察部门审批颁发的《计算机信息系统安全专用产品销售许可证》；特殊行业有其他规定时，还应遵守行业的相关规定。

（二）联网规定

如果与互联网连接，智能建筑网络安全系统必须安装防火墙和防病毒系统。

（三）网络层安全性检测

网络层安全的安全性检测应符合以下要求：

（1）防攻击。信息网络应能抵御来自防火墙以外的网络攻击，使用流行的攻击手段进行模拟攻击，不能攻破判为合格。

（2）互联网访问控制。信息网络应根据需求控制内部终端机的互联网连接请求和内容，使用终端机用不同身份访问互联网的不同资源，符合设计要求判为合格。

（3）信息网络与控制网络的安全隔离。测试方法应按GB 50339—2003《智能建筑工程质量验收规范》第 5.3.2 条的要求，保证做到未经授权，从信息网络不能进入控制网络。符合此要求者判为合格。

（4）防病毒系统的有效性。将含有当前已知流行病毒的文件（病毒样本）通过文件传输、邮件附件、网上邻居等方式向各点传播，各点的防病毒软件应能正确地检测到该含病毒文件，并执行杀毒操作。符合本要求者判为合格。

（5）入侵检测系统的有效性。如果安装了入侵检测系统，使用流行的攻击手段进行模拟攻击（如 DOS 拒绝服务攻击），这些攻击应被入侵检测系统发现和阻断。符合此要求者判为合格。

（6）内容过滤系统的有效性。如果安装了内容过滤系统，则尝试访问若干受限网址或者访问受限内容，这些尝试应该被阻断；然后，访问若干未受限的网址或者内容，应该可以正常访问。符合此要求者为合格。

（四）系统层安全要求

系统层安全应满足以下要求：

（1）操作系统应选用经过实践检验的具有一定安全强度的操作系统。

（2）使用安全性较高的文件系统。

（3）严格管理操作系统的用户账号，要求用户必需使用满足安全要求的口令。

（4）服务器应只提供必需的服务，其他无关的服务应关闭，对可能存在漏洞的服务或操作系统，应更换或者升级相应的补丁程序。扫描服务器，无漏洞者为合格。

（5）认真设置并正确利用审计系统，对一些非法的侵入尝试必须有记录。模拟非法尝试，审计日志中有正确记录者判为合格。

（五）应用层安全要求

应用层安全应符合下列要求：

（1）身份认证。用户口令应该加密传输，或者禁止在网络上传输；严格管理用户账号，要求用户必须使用满足安全要求的口令。

（2）访问控制。必须在身份认证的基础上根据用户及资源对象实施访问控制；用户能正确访问其获得授权的对象资源，同时不能访问未获得授权的资源，符合此要求者判为合格。

（3）完整性。数据在存储、使用和网络传输过程中，不得被篡改、破坏。

（4）保密性。数据在存储、使用和网络传输过程中，不应被非法用户获得。

（5）安全审计。对应用系统的访问应有必要的审计记录。

（六）物理层安全要求

物理层安全应符合下列要求：

（1）中心机房的电源与接地及环境要求应符合 GB 50339—2003《智能建筑工程质量验收规范》第 11 章、12 章的规定。

（2）对于涉及国家秘密的党政机关、企事业单位的信息网络工程，应按《涉密信息设备使用现场的电磁泄漏发射保护要求》BMB5，《涉及国家秘密的计算机信息系统保密技术要求》BMZ1 和《涉及国家秘密的计算机信息系统安全保密评测指南》BMZ3 等国家现行标准的相关规定进行检测和验收。

二、设备材料质量控制

网络安全问题涉及网络和信息技术各个层面的持续过程，从 HUB 交换机、服务器到 PC 机、软盘的存取、局域网上的信息互通以及 Internet 的连接等各个环节，均会引起网络的安全。因此，网络内的产品（包括硬件和软件）均应严格把关。

（1）定购软件和硬件产品时，应遵守一定的指导方针（如购买正版软件），以确保安全。

（2）任何网络内产品的采购必须经过审批。

（3）对于所有的新系统和软件，必须经过风险分析和投资效益分析。

（4）网络安全系统的产品均应符合设计（或合同）要求的产品说明书、合格证或验证书。

（5）防火墙和防病毒软件等产品必须通过公安部计算机信息系统安全产品质量监督检验中心检验，并具有公安部公共信息安全监察局颁发的《计算机信息系统专用产品销售许可证》，当特殊行业有其他规定时，还应遵守行业的相关规定。

三、施工质量控制

（一）配置防火墙的要求

配置防火墙之后，必须满足如下要求：

（1）未经授权，从外网不允许访问到内网的任何主机和服务。

（2）从外网能够且只能够访问到非军事化区内指定服务器的指定服务。

（3）从非军事化区可以根据需要访问外网或内网的指定服务器上的指定服务。

（4）从内网可以根据需要访问外网的指定服务。

（5）从内网可以根据需要访问非军事化区的指定服务器上的指定服务。

（6）防火墙的配置必须针对某个主机、网段或某种服务，并且能够防范 IP 地址欺骗等行为。

（7）配置防火墙后，必须能够隐藏内部网络结构，包括内部 IP 地址分配。

（8）防火墙的配置必须是可以调整的。

（二）网络环境下病毒的防范层次

（1）配置网关型防病毒服务器的防病毒软件，对进出办公自动化系统网络的数据包进行病毒检测和清除。网关型防病毒服务器应尽可能与防火墙统一管理。

（2）配置专门保护邮件服务器的防病毒软件，防止通过邮件正文和邮件附件传播病毒。

（3）配置保护重要服务器的防病毒软件，防止病毒通过服务器访问传播。

（4）对每台主机进行保护，防止病毒通过单机访问（如使用带毒光盘、软盘等）进行传播。

应注意以下名词的特殊意义：

（1）非军事化区。简称 DMZ，在网络结构中，处于不安全外网和安全内网之间的 1 个网段，它可以同时被外网和内网访问到，主要提供一些对外公开的服务，如 HTTP、FTP、EMAIL 和代理服务等。

（2）安全内网。在网络结构中的 1 个受到重点保护的子网，一般是内部办公网络和内部办公服务器，此子网禁止来自外网的任何访问，但可以接受来自非军事化区的访问。

（3）防火墙。在网络中不同网段之间实现边界安全的网络安全设备，主要功能是在网络层控制某一网段对另一网段的访问。一般用在局域网和互联网之间，或局域网内部重要网段和其他网段之间。

（三）实时入侵检测设备特性

（1）必须具备丰富的攻击方法库，能够检测到当前主要的黑客攻击。

（2）必须能够在入侵行为发生之后，立即检测出黑客攻击并进行相应处理。

（3）软件厂商必须定期提供更新的攻击方法库，以检测最新出现的黑客攻击方法。

（4）必须提供包括发送电子邮件、弹出对话窗口、寻呼等在内的多种报警手段。

（5）发现入侵行为之后，必须能够及时阻断这种入侵行为，并进行记录。

（6）不允许占用过多的网络资源，系统启动后，网络速度和不启动时的速度不应有明显区别。

（7）应尽可能与防火墙设备统一配置、统一管理。

（四）网络安全性

（1）检查网络拓扑图，应确保所有办公终端和服务器都在相应的防火墙保护之下。

（2）扫描防火墙，应保证防火墙本身没有任何对外服务的端口（代理内网或 DMZ 网的服务除外）。内网宜使用私有 IP；扫描 DMZ 网的服务器，只能扫描到应该提供服务的端口。

（3）检测防病毒系统的有效性，将一个含有当前已知流行病毒的文件通过文件传输、网上邻居、邮件附件等方式传播，各个位置的防病毒软件应能正确地检测到该含病毒的文件，并执行杀毒操作。

（4）使用一些流行的攻击手段进行模拟攻击，应被入侵检测软件阻断和发现。

（五）应用系统安全

（1）身份认证。严格管理用户账号，要求用户必须使用满足安全要求的口令。

（2）访问控制。必须在身份认证的基础上，根据用户及资源对象实施访问控制；用户能正确访问其获得授权的对象资源，同时不能访问未获得授权的资源时，判为合格。应用系统安全主要针对应用系统，防止未授权用户的非法访问，保护应用系统数据的安全。并注意以下几点。

1）数据完整性。保证数据在网络传输过程中，未被篡改、破坏。

2）数据保密性。保证数据在网络传输过程中，不会被非法用户获得。

3）安全审计。用户对应用系统的访问，应有必要的审计记录；检查应用系统的审计记录，有正确记录者判为合格。

4）数据在网上传输时，根据设计要求应使用必要的加密措施，并采用数字签名、会话密钥、时间戳等安全技术，保证传输数据的完整性和保密性；通过截取传输的数据包，实现了密文传输者判为合格。

（六）操作系统安全性

（1）操作系统版本应使用经过实践检验的，并且具有一定安全强度的操作系统。

（2）使用安全性较高的文件系统。

（3）严格管理操作系统的用户账号，要求用户必须使用符合安全要求的口令。

（4）服务器应只提供必需的服务，其他无关的服务应关闭。对可能存在的漏洞的服务或操作系统，应升级或更换相应的补丁程序；扫描服务器，无漏洞判为合格。

（5）认真设置并正确利用审计系统，对一些非法的侵入尝试必须作记录。模拟非法尝试，审计日志中有正确记录者判为合格。

第五章　建筑设备监控系统

　　建筑设备监控系统用于对智能建筑内各类机电设备进行监测、控制及自动化管理，达到安全、可靠、节能和集中管理的目的。建筑设备监控系统的监控范围为空调与通风系统、变配电系统、公共照明系统、给排水系统、热源和热交换系统、冷冻和冷却水系统、电梯和自动扶梯系统等各子系统。

第一节　工程实施及竣工验收

一、工程实施及质量控制

（一）设备及材料的进场验收

（1）电气设备、材料、成品和半成品的进场验收应符合GB 50303—2002《建筑电气工程施工质量验收规范》中的相关规定。

1）主要设备、材料、成品和半成品进场检验结论应有记录，确认符合GB 50303—2002规定，才能在施工中应用。

2）因有异议送有资质试验室进行抽样检测，试验室应出具检测报告，确认符合GB 50303—2002和相关技术标准规定，才能在施工中应用。

3）依法定程序批准进入市场的新电气设备、器具和材料进场验收，除符合GB 50303—2002规定外，尚应提供安装、使用、维修和试验要求等技术文件。

4）进口电气设备、器具和材料进场验收，除符合GB 50303—2002规定外，尚应提供商检证明和中文的质量合格证明文件、规格、型号、性能检测报告，以及中文的安装、使用、维修和试验要求等技术文件。

5）经批准的免检产品或认定的名牌产品，当进场验收时，不宜作抽样检测。

6）电线、电缆应符合下列规定。

①按批查验合格证，合格证有生产许可证编号，按 GB 5023.1～5023.7—2008《额定电压 450/750V 及以下聚氯乙烯绝缘电缆》标准生产的产品有安全认证标志。

②外观检查。包装完好，抽检的电线绝缘层完整无损，厚度均匀。电缆无压扁、扭曲，铠装不松卷。耐热、阻燃的电线、电缆外护层有明显标识和制造厂标。

③按制造标准，现场抽样检测绝缘层厚度和圆形线芯的直径。线芯直径误差不大于标称直径的 1%；常用的 BV 型绝缘电线的绝缘层厚度不小于表 5-1 的规定。

表 5-1　　　　　　　BV 型绝缘电线的绝缘层厚度

序号	1	2	3	4	5	6	7	8	9	10	11	12	13	14	15	16	17
电线芯线标称截面积（mm²）	1.5	2.5	4	6	10	16	25	35	50	70	95	120	150	185	240	300	400
绝缘层厚度规定值（mm）	0.7	0.8	0.8	0.8	1.0	1.0	1.2	1.2	1.4	1.4	1.6	1.6	1.8	2.0	2.2	2.4	2.6

④对电线、电缆绝缘性能、导电性能和阻燃性能有异议时，按批抽样送有资质的试验室检测。

7）导管应符合下列规定。

①按批查验合格证。

②外观检查。钢导管无压扁，内壁光滑。非镀锌钢导管无严重锈蚀，按制造标准油漆出厂的油漆完整；镀锌钢导管镀层覆盖完整，表面无锈斑；绝缘导管及配件不碎裂，表面有阻燃标记和制造厂标。

③按制造标准现场抽样检测导管的管径、壁厚及均匀度。对绝缘导管及配件的阻燃性能有异议时，按批抽样送有资质的试验室检测。

8）电缆桥架、线槽应符合下列规定。

①查验合格证。

②外观检查。部件齐全，表面光滑、不变形；钢制桥架涂层完整，无锈蚀；玻璃钢制桥架色泽均匀，无破损碎裂；铝合金桥架涂层完整，无扭曲变形，不压扁，表面不划伤。

9）电缆头部件及接线端子应符合下列规定。

①查验合格证。

②外观检查。部件齐全，表面无裂纹和气孔，随带的袋装涂料或填料不泄漏。

（2）各类传感器、变送器、电动阀门及执行器、现场控制器等的进场验收要求。

1）查验合格证和随带技术文件，实行产品许可证和强制性产品认证标志的产品应有产品许可证和强制性产品认证标志。

2）外观检查。铭牌、附件齐全，电气接线端子完好，设备表面无缺损，涂层完整。

（3）网络设备的进场验收按 GB 50339—2003《智能建筑工程质量验收规范》第 5.2.2 条中的有关规定执行。

（4）软件产品的进场验收按 GB 50339—2003《智能建筑工程质量验收规范》第 3.2.6 条中的有关规定执行。

（二）建筑工程要求

（1）已完成机房、弱电竖井的建筑施工。

（2）预埋管及预留孔符合设计要求。

（3）空调与通风设备、给排水设备、动力设备、照明控制箱、电梯等设备安装就位，并应预留好设计文件中要求的控制信号接入点。

（三）安全技术管理规定

施工中的安全技术管理，应符合 GB 50194—1993《建设工程施工现场供用电安全规范》和 JGJ 46—2005《施工现场临时用电安全技术规范》中的下列规定：

（1）建筑施工现场临时用电工程专用的电源中性点直接接地的 220/380V 三相四线制低压电力系统，必须符合下列规定。

1）采用三级配电系统。

2）采用 TN—S 接零保护系统。

3）采用二级漏电保护系统。

（2）临时用电组织设计及变更时，必须履行"编制、审核、批准"程序，由电气工程技术人员组织编制，经相关部门审核及具有法人资格企业的技术负责人批准后实施。变更用电组织设计时应补充有关图纸资料。

（3）临时用电工程必须经编制、审核、批准部门和使用单位共同验收，合格后方可投入使用。

（4）施工现场临时用电设备在 5 台以下和设备总容量在 50kW以下者，应制定安全用电和电气防火措施，并应符合（2）和（3）的规定。

（5）电工必须经过按国家现行标准考核合格后，持证上岗工作。其他用电人员必须通过相关安全教育培训和技术交底，考核合格后方可上岗工作。

（6）安装、巡检、维修或拆除临时用电设备和线路，必须由电工完成，并应有人监护。电工等级应同工程的难易程度和技术复杂性相适应。

（7）各类用电人员应掌握安全用电基本知识和所用设备的性能，并应符合下列规定。

1）使用电气设备前必须按规定穿戴和配备好相应的劳动防护用品，并应检查电气装置和保护设施，严禁设备带"缺陷"运转。

2）保管和维护所用设备，发现问题及时报告解决。

3）暂时停用设备的开关箱必须分断电源隔离开关，并应关门上锁。

4）移动电气设备时，必须经电工切断电源并做妥善处理后进行。

（8）临时用电工程应定期检查。定期检查时，应复查接地电阻值和绝缘电阻值。

（9）临时用电工程定期检查应按分部、分项工程进行，对安全隐患必须及时处理，并应履行复查验收手续。

（10）施工及施工质量检查应符合下列要求。

1) 电缆桥架安装和桥架内电缆敷设，电缆沟内和电缆竖井内电缆敷设，电线、电缆导管和线路敷设，电线、电缆穿管和线槽敷线的施工应按 GB 50303—2002《建筑电气工程施工质量验收规范》中第 12～第 15 章的有关规定执行，在工程实施中有特殊要求时应按设计文件的要求执行。

2) 传感器、电动阀门及执行器、控制柜和其他设备安装时应符合 GB 50303—2002《建筑电气工程施工质量验收规范》第 6 章及第 7 章，设计文件和产品技术文件的要求。

二、竣工验收

(1) 竣工验收应在系统正常连续投运时间超过 3 个月后进行。

(2) 竣工验收文件资料应包括以下内容。

1) 工程合同技术文件。

2) 竣工图纸。

①设计说明。

②系统结构图。

③各子系统控制原理图。

④设备布置及管线平面图。

⑤控制系统配电箱电气原理图。

⑥相关监控设备电气接线图。

⑦中央控制室设备布置图。

⑧设备清单。

⑨监控点（I/O）表等。

3) 系统设备产品说明书。

4) 系统技术、操作和维护手册。

5) 设备及系统测试记录。

①设备测试记录。

②系统功能检查及测试记录。

③系统联动功能测试记录。

6) 其他文件。

①工程实施及质量控制记录。

②相关工程质量事故报告表。

(3) 必要时各子系统可分别进行验收，验收时应作好验收记录，签署验收意见。

第二节　通风与空调系统

一、质量验收标准

（1）建筑设备监控系统应对空调系统进行温湿度及新风量自动控制、预定时间表自动启停、节能优化控制等控制功能进行检测。应着重检测系统测控点（温度、相对湿度、压差和压力等）与被控设备（风机、风阀、加湿器及电动阀门等）的控制稳定性、响应时间和控制效果，并检测设备连锁控制和故障报答的正确性。

（2）检测数量为每类机组按总数的 20% 抽检，且不得少于 5 台，每类机组不足 5 台时全部检测。被检测机组全部符合设计要求为检测合格。

二、设备材料质量控制

（1）BAS 至受控设备之间的线槽、电缆、电管、电线材料与空调系统相连的应用软件。以上产品都应具有出厂合格证，详细的技术参数说明和质量保证书，并符合设计（或合同）要求及国家现行有关标准和规范。

（2）由空调系统供应商提供的设备与 BAS 相连的接口，则应提供设备的通信接口卡、通信协议和接口软件等产品质保资料及相关协议文件（含技术协调详细资料）。

（3）空调系统的供电及控制设备和二次线路设计必须满足 BAS 提出的监控、状态、参数、报警等要求。

三、施工质量控制

（一）温、湿度传感器安装位置要求

（1）应远离有较强振动，电磁干扰的区域。

（2）不应安装在有阳光直射的位置。

（3）室外型温、湿度传感器应设有防风雨的防护罩。

（4）应尽可能远离门、窗和出风口位置，与之距离不应小于 2m。

（5）并列安装的传感器，距离高度应一致，高度差不应大于1mm，同一区域内高度差不应大于5mm。

（6）风管式温、湿度传感器安装位置要求。

1）应安装在风速平稳、能反映风温的位置。

2）应在风管保温层完成后，安装在风管直管段应避开风管死角的位置和蒸汽放空口位置。

3）应安装在便于调试、维修的地方。

（7）水管温度传感器安装位置要求。

1）不宜在焊缝及其边缘上开孔和焊接。

2）感温段大于管道口径的1/2时，应安装在管道的顶部。感温段小于管道口径的1/2时，应安装在管道的侧面或底部。

3）安装位置应在水流温度变化灵敏并具有代表性的地方，不宜选择在阀门等阻力部件附近，以及水流死角和振动较大的位置。

4）开孔与焊接工作，必须在工艺管道的防腐、吹扫、衬里和压力试验前进行。

（二）线缆连接

（1）温度传感器至 DDC 之间的连接应尽量减少因接线引起的误差。

（2）1kΩ 铂温度传感器的接线总电阻应小于 1Ω。

（3）镍温度传感器的接线电阻应小于 3Ω。

（三）电动风门驱动器安装

（1）安装前应按安装使用说明书的规定检查线圈、阀体间的电阻、供电电压、控制输入等是否符合设计和产品说明书的要求。风阀控制器的输出力矩必须与风阀所需的相配，符合设计要求，且宜进行模拟动作。它不能直接与风门挡板轴相连接时，可通过附件与挡板轴相连，其附件装置必须保证风阀控制器旋转角度的调整范围。

（2）风阀控制器宜面向便于观察的位置安装，与风阀门轴的连接应固定牢固。

（3）风阀控制器上的开闭箭头的指向应与风门开闭方向一致。

（4）风阀的机械机构开闭应灵活，没有卡阻或松动现象。

（四）流量传感器安装

（1）涡轮式流量变送器应安装在便于维修并避免管道振动，避免强磁场及热辐射的场所。

（2）涡轮式流量传感器安装时要水平，流体的流动方向必须与传感器壳体上所示的流向标志一致。如无标志，可按下列方向判断流向：流体的进口端导流器比较尖，中间有圆孔；流体的出口端导流器不尖，中间没有圆孔。

（3）当可能产生逆流时，流量变送器后面装设止回阀，流量变送器应装在测压点上游侧，距测压点 $(3.5\sim5.5)d$ 的位置，测温应设置在下游侧，距流量传感器 $(6\sim8)d$ 的位置（d 为管道外径，下同）。

（4）流量传感器上游应留有 $10d$ 长度的直管，下游留有 $5d$ 长度的直管。

（5）流量传感器需要装在一定长度的直管上，以确保管道内流速平稳。

（6）若传感器前后的管道中安装有阀门、弯管、管道缩径等影响流量平稳的设备，则直管段的长度还需相应增加。

（7）信号的传输线宜采用有屏蔽和绝缘保护层的电缆，宜在DDC 侧一点接地。

（五）压力、压差传感器安装

（1）应在风管保温层完成之前安装风管型压力、压差传感器。

（2）应安装在便于调试、维修的位置。

（3）应安装在温度传感器和湿度传感器的上游侧。

（4）风管型压力、压差传感器应安装在风管的直管段，如不能安装在直管段，则应避开风管内通风死角和蒸汽放空口的位置。

（5）水管型蒸汽压力与压差传感器安装的开孔与焊接工作必须在工艺管道的防腐、吹扫、衬里和压力试验前进行。不宜安装在管道焊缝及在其边缘处上开孔及焊接。其直压段大于管道口径的 2/3时，可安装在管道顶部；小于管道口径的 2/3时，可安装在侧面或底部和水流流速稳定的位置，不宜选在阀门等阻力部件的附近和水流流速死角及振动较大的位置。

（6）除以上要求外，两者的安装还应符合设计和产品说明书的要求。

（六）风机盘管温控器、电动阀安装

（1）温控开关与其他开关并列安装时，高度差不应大于 1mm，在同一室内，其高度差不应大于 5mm。当温控开关外形尺寸与其他开关不一样时，以底边高度为准。

（2）电动阀阀体上箭头的指向应与水流方向一致。

（3）风机盘管电动阀应安装于风机盘管的回水管上。

（4）客房节能系统中风机盘管温控系统应与节能系统连接。

（5）四管制风机盘管的冷热水管电动阀共用线应为零线。

（七）系统调试

（1）审查调试人员资质。空调系统调试必须配备专业人员负责调度，组成调试班子，其中包括负责现场施工的技术质量人员。

（2）制定调试计划（大纲），包括各方面的配合。经有关部门、监理审查通过后，再进行调试。

（3）严格执行工程项目的质量管理程序，做好工程每个环节的质量检验及验收工作。

（4）实行跟踪检查。按 BAS 的调试程序进行，如图 5-1 所示。

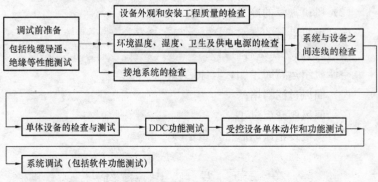

图 5-1　BAS 调试程序图

（八）系统验收

（1）验收准备工作检查。

1）工程设计文件齐全，包括施工图样、设备技术说明书等。

115

2）施工过程文件齐全，包括设备开箱记录、调试记录、试运行记录、人员培训记录、隐蔽验收资料、单体设备的调试记录、施工记录、系统调试报告等。

（2）抽查单体设备安装质量和性能。其传感器和执行器、DDC等抽检率为 5％；当小于 10 台时，全部抽检。

（3）系统功能测试检查。

1）DDC 功能测试。模拟量信号精度测试、开关量信号测试、控制功能测试、实时性能测试、可靠性测试。

2）系统联动功能测试。抽检各类单体设备的联动功能及空调系统联动功能。

3）系统维护功能测试。

4）空调系统与 BAS、FAS 联动功能的测试。

5）抽检率为 10％～100％。

四、质量通病与防治

（一）冷凝水不能排出

冷凝水不能排出，其原因如下：

（1）设备安装时未按说明书要求进行，安装完后冷凝水管没有逐台进行通水试验。

（2）风机盘管的冷凝水管坡度不正确。

（3）风机盘管的集水盘、排水口被堵塞。

（二）空调机组运行时结霜

空调机组运行时结霜，其原因如下：

（1）回风过滤器堵塞。

（2）回风阀开启过小。

（3）风机皮带松动后排风量不够。

第三节 变配电系统

一、质量验收标准

（1）建筑设备监控系统应对变配电系统的电气参数和电气设备工作状态进行监测，检测时应利用工作站数据读取和现场测量的方法对电压、电流、有功（无功）功率、功率因数、用电量等各项参数的测量和记录进行准确性和真实性检查，显示的电力负荷及上述各参数的动态图形能比较准确地反映参数变化情况，并对报警信号进行验证。

（2）检测方法为抽检，抽检数量按每类参数抽 20%，且数量不得少于 20 点，数量少于 20 点时全部检测。被检参数合格率 100%时为检测合格。

（3）对高低压配电柜的运行状态、电力变压器的温度、应急发电机组的工作状态、储油罐的液位、蓄电池组及充电设备的工作状态、不间断电源的工作状态等参数进行检测时，应全部检测，合格率 100%时为检测合格。

二、设备材料质量控制

（1）由 BAS 供货商提供的设备和材料均应具有出厂合格证、详细的技术参数说明和质量保证书，并符合设计（或合同）要求。

（2）如果以通信方式与 BAS 相连，则由供配电供应商对供电柜设备提供通信卡、通信协议和接口软件，并符合双方技术协议要求及产品有关的质保资料要求。

（3）高压供电柜、配电箱等设备的二次线路设计必须符合 BAS 提出的监测、运行状态与报警的要求。

（4）柜、屏、台、箱、盘上应有铭牌、型号、规格及电压等级须符合设计要求。实行生产许可证和安全认证制度的产品须有许可证编号和安全认证标志。不间断电源柜须有出厂试验记录。

（5）柜、屏、台、箱、盘器面应涂层完整、无损伤和明显碰撞凹陷现象，尺寸正确无变形，柜内元器件无损坏丢失，接线无脱落脱焊。柜（盘）运到现场应存放在室内，或放在干燥的、能避风沙、雨雪的场所，对有特殊保管要求的电气元件，则按产品规定妥善保管。

三、施工质量控制

（一）设备接地

电量变送柜或开关柜外壳及其有金属管的外接管应有接地跨接线，外壳应有良好的接地，满足设计及相关规范要求。

（二）监测设备安装与调试

相应监测设备的 TV、TA 输出端通过电缆接入电量变送器柜，必须根据设计和产品说明书提供的接线图接线，并检查其量程是否匹配（包括输入阻抗、电流、电压的量程范围），再将其对应的输出端接入 DDC 相应的监测端，并检查量程是否匹配。

（三）变送器安装

常用的电量变送器有电压变送器、电流变送器、频率变送器、功率因数变送器、有功功率变送器和有功电量变送器。

（1）安装在监测设备（高、低压开关柜）内或者设置一个单独的电量变送器柜，可将全部的变送器放在该柜内。

（2）变送器接线时，严禁其电压输入端短路和电流输入端开路。在变送器通电前，必须检查是否通断。

（3）必须检查变送器输入、输出端的范围，与设计和 DDC 所要求的信号是否相符。

（四）低压配电箱开关试验

（1）每路配电开关及其保护装置的型号、规格，应符合设计要求。

（2）相间和相对地间的绝缘电阻值不应小于或等于 $0.5M\Omega$。

（3）电气装置的交流工频耐压试验电压为 $1kV$，当绝缘电阻值大于 $10M\Omega$ 时，可采用 $2500V$ 绝缘电阻表测量，试验持续时间 $1min$，无击穿闪络现象。

（五）电量计费测试检查

根据系统设计的要求，启动电量计费测试程序，检查其输出打印报告的数据，与用计算方法或用常规电能计量仪表得到的数据进行比较，其测试数据应满足设计和计量要求。

（六）模拟量输入信号的精度测试检查

在变送器输出端测量其输出信号的数值，通过计算与主机 CRT 上显示数值进行比较，其误差应满足设计和产品的技术要求。

（七）保护导体

低压成套配电柜、控制柜（屏、台）和动力、照明配电箱（盘）应有可靠的电击保护，柜（屏、台、箱、盘）内保护导体应有裸露的连接外部保护导体的端子。当设计无要求时，柜（屏、台、箱、盘）内保护导体最小截面积不应小于表 5-2 的规定。

表 5-2 　　　　　　　　　　　　保护导体的截面积

相线截面积 S （mm²）	相应保护导体的最小截面积 S_p （mm²）
$S \leqslant 16$	S
$16 < S \leqslant 35$	16
$35 < S \leqslant 400$	$S/2$
$400 < S \leqslant 800$	200
$S > 800$	$S/4$

注　S 指柜（屏、台、箱、盘）电源进线相线截面积。

（八）照明配电箱（盘）安装

（1）箱（盘）内配线整齐，无绞接现象。导线连接紧密，不断股，不伤芯线。垫圈下螺钉两侧压的导线截面积相同，同一端子上导线连接不多于 2 根，防松垫圈等零件齐全。

（2）箱（盘）内开关动作灵活、可靠；带有漏电保护的回路，漏电保护装置动作电流不应大于 30mA，动作时间不应大于 0.1s。

（3）照明箱（盘）内，分别设置零线（N）和保护地线（PE）汇流排，零线和保护地线经汇流排配出。

（九）机柜检查

（1）控制开关及保护装置型号、规格符合设计要求。

（2）主开关的辅助开关切换动作应与主开关动作一致。

（3）闭锁装置动作准确、可靠。

（4）柜、屏、台、箱、盘上的标识器件表明被控设备编号及名称，或操作位置。接线端子有编号，且工整、清晰、不易脱色。

（5）回路中的电子元器件不应参加交流工频耐压试验，48V 及以下回路也可不做交流工频耐压试验。

（十）线槽敷设

（1）电线在线槽内有一定的余量，不得有接头。

（2）电线按回路编号分段绑扎，绑扎点间距不大于 2m。

（3）同一回路的相线和零线，敷设于同一金属线槽内。

（4）同一电源的不同回路无抗干扰要求的线路可敷设于同一线槽内。敷设于同一线槽内有抗干扰要求的线路用隔板隔离，或采用屏蔽电线且屏蔽护套一端接地。

（十一）空载送电试运行

（1）由供电部门检查合格，进行电源进线并核相确认无误后，按操作程序进行合闸操作。

（2）先合进线柜开关，检查电压表三相电压指示是否正常，电流表指示是否正常。

（3）再合变压器柜开关，观察电压、电流指示是否正常。

（4）当变压器投入运行时，再依次将各高压开关柜合闸，并随时观察电压、电流指示是否正常。如有异常，立即断开进线柜开关，查找原因。

（5）如果高压联络柜和变压器并联运行有要求，可分别进行合闸调试运行，经调试运行电压、电流应指示正常符合设计规定。变压器并列运行应满足相应的技术条件，否则会造成事故。

（6）经过空载运行试验检验无误后，进行带负载运行试验，当观察电压、电流等指示正常，高压开关柜内无异常情况，运行正常时，即可交付使用。在调试过程中，应做好调试记录。

四、质量通病与防治

（一）配电箱安装质量不达标

原因分析及防治措施如下：

（1）配电箱应有铭牌，回路编号齐全，正确并清晰，安装位置符合设计要求。

（2）箱体内外清洁，无损伤，施工质量员应严格把关，达不到要求的箱盒不许安装。

（3）箱盖板紧贴墙面，开闭灵活，箱体开孔合适，做到一管一孔，应利用敲落孔或用机械开孔，严禁用气割或电焊开孔。

（4）总配电箱内应装设接地端子，施工中若导线被剪断，应将断线拉掉，重新穿线。

（二）电源系统干扰

防治措施如下：

（1）选用电压比较稳定的进线电源，如微机（计算机）设备专供电源。

（2）对电源变压器要装低频磁屏。

（3）对干扰不太严重的场合，采用交流稳压、一阶低通滤波直流稳压等方式供电；对干扰严重的场合，应在交流稳压器之前加隔离变压器，即在变压器的初级、次级之外分别加屏蔽层，初级屏蔽层接交流地，次级屏蔽层接电路地。

第四节 公共照明系统

一、质量验收标准

（1）建筑设备监控系统应对公共照明设备（公共区域、过道、园区和景观）进行监控，应以光照度、时间表等为控制依据，设置程序控制灯组的开关。检测时应检查控制动作的正确性，并检查其手动开关功能。

（2）检测方式为抽检，按照明回路总数的 20% 抽检，数量不得少于 10 路，总数少于 10 路时应全部检测。抽检数量合格率为 100% 时为检测合格。

二、设备材料质量控制

（1）照明配电箱应有铭牌，回路编号正确、齐全并清晰。

（2）照明器具应有出厂合格证，并符合设计技术或合同要求。

（3）配电箱的器材一定符合合同要求（BAS 提出的开关控制信号、运行/手动和故障报警开关、电能计量仪表）或双方技术协议要求。

（4）检查 BAS 控制照明回路（系统）有关供电容量规定、用电终端器具和线缆的配套性，查看产品技术说明书是否符合设计要求。

（5）灯具内配线严禁外露，灯具配件齐全，无变形、机械损伤、油漆剥落、灯罩破裂、灯箱歪翘等现象。

（6）照明灯具使用的导线，其电压等级不应低于交流 500V，其最小线芯截面积符合表 5-3 的规定。

表 5-3 　　　　　　　　　　　导线线芯最小截面积

灯具安装场所及用途		线芯最小截面积（mm²）		
		铜芯软线	铜　线	铝　线
灯头线	民用建筑室内	0.5	0.5	2.5
	工业建筑室内	0.5	1.0	2.5
	室　外	1.0	1.0	2.5

三、施工质量控制

（一）配电箱安装

配电箱体应安装牢固平正，倾斜度应小于 1‰，垂直允许偏差为：体高 500mm 以下，为 1.5mm；体高 500mm 以上，为 3mm。保证箱门能方便开启，盘盖应紧贴墙面，四周无缝隙。

（二）配电箱盘检查与调试

（1）将柜内工具、杂物等清理出柜，并将柜体内外清扫干净。

（2）电器元件各紧固螺栓牢固，刀开关、空气开关等操作机构应灵活自如，不应出现卡滞或操作力过大现象。

（3）开关电器的通断应可靠，接触面接触良好，辅助接点通断准确可靠。

（4）母线连接应良好，其附件、安装件及绝缘支撑件应安装牢固可靠。

（5）电工指示仪表与互感器的变比，极性应连接正确可靠。

（6）熔断器的熔芯规格选用是否正确，继电器的整定值是否符合设计要求，动作是否准确可靠。

（7）绝缘电阻摇测，测量母线线间和对地电阻，测量二次接线间和对地电阻，应符合现行国家施工验收规范的规定。在测量二次回路电阻时，不应损坏其他半导体元件，摇测绝缘电阻时应将其断开。绝缘电阻摇测时应作记录。

（三）设备单体测试

（1）按设计图纸和通信接口的要求，检查强电柜与 DDC 通信方式的接线是否正确，数据通信协议、格式、速率、传输方式应符合设计要求。

（2）系统监控点的测试检查。根据设计图纸和系统监控点表的要求，按有关规定的方式逐点进行测试。确认受 BAS 控制的照明配电箱设备运行正常情况下，启动顺序、照度或时间控制程序，按照明系统设计和监控要求，按顺序、时间程序或分区方式进行测试。

第五节　给 排 水 系 统

一、质量验收标准

（1）建筑设备监控系统应对给水系统、排水系统和中水系统进行液位、压力等参数检测及水泵运行状态的监控和报警进行验证。检测时应通过工作站参数设置或人为改变现场测控点状态，监视设备的运行状态，包括自动调节水泵转速、投运水泵切换及故障状态报警和保护等项是否满足设计要求。

（2）检测方式为抽检，抽检数量按每类系统的 50%，且不得少于 5 套，总数少于 5 套时全部检测。被检系统合格率为 100% 时视为检测合格。

二、设备材料质量控制

（1）明确划分 BAS 供应商与给排水系统供应商之间的设备材料供应界面。双方所供设备必须满足系统设计要求或双方签订的界面技术协议。

（2）BAS 供货商应提供下列产品。

1）各种水箱水池的传感器或者液位开关。

2）BAS 至给排水系统的线槽、电缆、电管等材料。

3）与给排水系统相连的应用软件。

以上产品均应具有出厂合格证、详细技术参数说明和质保资料，并符合设计（或合同）要求。

（3）给排水系统供应商提供的设备，如与 BAS 以通信方式相连，则应提供满足控制和监测要求的通信卡、通信协议和接口软件，并符合双方的技术协议或合同的要求。

（4）给排水系统的供电设备及二次线路设计必须满足 BAS 的控制和监测要求，并且双方应有书面协议。

三、施工质量控制

（1）按设计监控要求，检查各类水泵的 DDC 与电气控制柜之间的接线是否正确，严防强电串入 DDC。

（2）检查各类水泵等受控设备，在手动控制状态下是否运行正常。

（3）检查各类受控传感器（水位传感器、温度传感器、水量传感器）或水位开关，安装应符合规范要求，接线应正确。

（4）按规定的要求检测设备的 AO、AI、DO、DI 点，确认其满足设计监控点和联运连锁的要求。

四、质量通病与防治

给排水管道、管件和阀门渗水、漏水，应采取下述防治措施：

（1）设备和材料进场，严把质量关。

（2）给水镀锌管采用螺纹连接，不允许使用黑管件或焊接。

（3）承插排水管，承插接口及卫生器具与排水管接口结构和填料，应符合设计与规范要求。在安装时，排水管道接口必须密实且有柔性。接口四周宜先填油麻，使管道四周缝隙均匀，打实固定，再用石棉水泥捻口。打口要求灰口密实饱满，平整光滑，填料凹入承口边缘不大于 5mm，且无抹口，养护良好。

第六节　热源和热交换系统

一、质量验收标准

（1）建筑设备监控系统应对热源和热交换系统进行系统负荷调节、预定时间表自动启停和节能优化控制。检测时应通过工作站或现场控制器对热源和热交换系统的设备运行状态、故障等的监视、记录与报警进行检测，并检测对设备的控制功能。

（2）核实热源和热交换系统能耗计量与统计资料。

（3）检测方式为全部检测，被检系统合格率为 100% 时为检测合格。

二、设备材料质量控制

（1）由 BAS 供货商提供的产品，均应具有出厂合格证，质量保证资料（含检测试验报告）及详细的技术参数说明，并符合设计（或合同）要求、有关规范和标准。

（2）由热源供应商提供的设备，除符合产品生产厂提供的技术标准外，还应提供 BA 系统监测要求的信号和满足 BA 系统监测与控制要求的通信卡、通信协议（包括传输速率、格式等）和接口软件等产品质保资料及相关协议文件。

（3）热水系统的供电及二次线路的设计，必须满足 BA 系统控制、监测的要求。

三、施工质量控制

（一）水管型压力和压差传感器安装

（1）水管型压力和压差传感器的取压段大于管道口径的 2/3 时，可安装在管道顶部。如取压段小于管道口径的 2/3，应安装在管道的底部或侧面。

（2）安装位置应选在水流流速稳定的地方，不宜选在阀门等阻力部件的附近、水流束呈死角处，以及振动较大的地方。

（3）高压水管传感器应装在进水管侧，低压水管应装在回水管侧。

（4）应安装在温度传感器和湿度传感器的上游侧。

（二）蒸汽压力传感器安装

（1）蒸汽压力传感器，应安装在管道顶部或下半部与工艺管道水平中心线成 45°夹角的范围内。

（2）安装位置应选在蒸汽压力稳定的地方，不宜选在阀门等阻力部件的附近或蒸汽流动呈死角处，以及振动较大的地方。

（3）也应安装在温度传感器和湿度传感器的上游侧。

（三）支架安装

明装支架不得半明半暗，管架、卡子螺栓不允许以小代大、以次充好；支架安装应机械开孔，不准使用气焊割孔或电焊扩孔。支架、木砖和托架要求与器具接触紧密。

四、质量通病与防治

（一）现象

（1）温度传感器的安装位置不适当。

（2）温度传感器的选型不当。

（3）采样数量过少。

（二）原因分析

（1）施工图上没有明确传感器的安装位置，或受现场安装条件的限制无法正确安装。

（2）不熟悉传感器的测量范围及其安装环境。

（3）采样区域面积太大，一个采样点不能完全反映检测参数。

（三）防治措施

（1）将传感器的敏感元件移至最能代表被测量介质的温度点即可。

（2）选择传感器之前，先了解被测量介质的特性（如是测量液体还是蒸汽）及控制精度。施工时应避免安装在有振动的场合，远离热源和门窗，避免暴露在阳光下；对于插入式传感器，还应将感温体插入被测介质管道的中心。

（3）当空调区域面积过大时，可设置多个采样点，然后取平均值作为控制比较参数。

第七节　冷冻和冷却水系统

一、质量验收标准

（1）建筑设备监控系统应对冷水机组、冷冻冷却水系统进行系统负荷调节、预定时间表自动启停和节能优化控制。检测时应通过工作站对冷水机组、冷冻冷却水系统设备控制和运行参数、状态、故障等的监视、记录与报警情况进行检查，并检查设备运行的联动情况。

（2）核实冷冻水系统能耗计量与统计资料。

（3）检测方式为全部检测，满足设计要求时为检测合格。

二、设备材料质量控制

（1）明确划分 BAS 供应商与冷冻和冷却水系统供应商之间的设备材料供应界面。双方所供设备必须满足系统设计要求或双方签订的界面技术协议，应符合供应商所提供的技术标准和有关标准、规范的要求。

（2）由 BAS 供货商提供下列设备材料。

1）各种阀门传感器、水管温度传感器、压差开关、压差与压力传感器等设备。

2）BAS 至空调冷水系统设备之间的线槽、电缆、电管等材料。

3）与冷水系统相连的应用软件。

以上产品应具有出厂合格证、质量保证资料（含检测试验报告），以及详细的技术参数说明，并符合设计（或合同）要求和有关规范、标准的要求。

（3）由冷冻和冷却系统供应商提供的设备，除应符合生产厂家提供的技术标准外，还应提供 BAS 监测要求的信号，满足 BAS 监测与控制要求的通信卡、通信协议（包括格式、传输速率等）和接口软件等软、硬件产品的质保资料和相关协议文件。

（4）冷水系统的供电和控制设备及二次线路设计，必须满足 BA 系统的监控、状态、报警、参数等要求。

三、施工质量控制

（一）模拟量测试

（1）按设计要求和设备说明书确认其有源或无源的模拟量输入输出的类型、量程（容量）与设定值（设计值）。

（2）用程序方式或手控方式对全部的 AI/AO 测试点进行扫描测试，记录各测点的数值，并观察受控设备的工作状态和运行情况，注意与实际情况是否一致。

（3）使用程序和手动方式测试其每一测试点，在其量程范围内读取 3 个测点（全量程的 10%、50% 和 90%），其测试精度应达到该设备使用说明书规定的要求。

（二）数字量测试

（1）信号电平的检查。按设计要求和设备说明书，确认其逻辑值与干接点输入相对应。或其输出的电压、电流范围和允许工作容量与继电器开关量的输出 ON/OFF 相对应。电压输入/输出或电流输入/输出的信号/开关特性必须符合设备使用书和设计要求。脉冲或累加信号按设备说明书和设计要求，确认其发生脉冲数与接收脉冲数一致，并符合设备说明书规定的最小频率、最小峰值电压、最小脉冲宽度，以及最大频率、最大脉冲宽度、最大峰值电压。

（2）用程序方式或手动方式对全部测试点进行测试并记录，观察受控设备的电气控制开关工作状态是否正常或受控设备运行是否正常。

（3）按工程规定的功能进行检查，应符合要求。如按设计要求进行三态（快、慢、停）和间歇控制（1s、5s、10s）的检查；又如数字量信号输入、报警、正常、线路开路、线路短路等的检查。

（三）冷源设备检查

（1）检查冷冻和冷却系统的控制柜的全部电气元器件有无损坏，内部与外部接线是否正确无误，或提供生产出厂合格证。严防强电电源串入DDC，交流强电地与直流弱电地应分开。

（2）按监控点表要求检查冷冻和冷却系统的温度传感器、湿度传感器、风阀、电动阀、压差开关等设备的位置、接线是否正确。输入/输出信号类型、量程应和设置相一致。

（3）手动位置时，确认各单机在非BA系统受控状态下运行正常。确认DDC控制器和I/O模块的地址码设置正确。

（4）确认DDC送电并接通主电源开关，观察DDC控制器和各元件状态是否正常。

（5）按设计和产品技术说明书规定，在确认主机、冷却泵、冷水泵、风机、电动蝶阀等相关设备单独运行正常下，检查全部AO、AI、DO、DI是否应满足设计和监控点表的要求。然后，确认系统在关闭或启动自动控制两种情况下，各设备按设计和工艺要求顺序投入或退出运行两种方式均正确。

（四）运行投入

（1）增减空调机运行台数，增加其冷热负荷，检验平衡管流量的数值和方向；确认能启动或停止冷热机组的台数，以满足负荷需要。

（2）按设计和产品技术说明规定模拟冷却水温度的变化，确认冷却水温度旁通控制和冷却塔高、低速控制的功能，并检查旁通阀动作方向是否正确。

（3）模拟一台设备故障停运，或者整个机组停运，检验系统是否自动启动一个预定的机组投入运行。

四、质量通病与防治

水池液位信号误报。

（一）现象

（1）安装位置不当。

（2）安装高度不当。

（3）密封性能太差。

（二）原因分析

（1）施工时未注意水池的进、出水管道的位置。

（2）设计人员不熟悉水系统的控制流程及工艺，或者施工时粗心大意。

（3）传感器质量太差。

（三）防治措施

（1）按照产品资料要求，参考《建筑电气安装工程图集》进行安装，避免安装在水流动荡的地方。

（2）液压传感器的安装高度应按照设计要求，并在现场根据水位调试后确定，连接线的长度应保证浮球能在全量程范围内自由活动。

（3）选用优质传感器，浸没在水中的缆线禁止接头。

第八节　电梯和自动扶梯系统

一、质量验收标准

（1）建筑设备监控系统应对建筑物内电梯和自动扶梯系统进行监测。检测时应通过工作站对系统的运行状态与故障进行监视，并与电梯和自动扶梯系统的实际工作情况进行核实。

（2）检测方式为全部检测，合格率为 100％ 时为检测合格。

二、设备材料质量控制

（1）明确划分建筑设备监控系统供应商与电梯供应商之间的设

备材料供应界面，见表5-4。双方所供设备必须满足系统设计要求或双方签订的界面技术协议，应符合供应商提供的技术标准和有关的国家现行标准、规范。

表5-4　　　　　　　电梯设备与弱电系统的工程界面

序号	设备材料名称	设备材料供应界面	设计界面	技术界面	施工界面
1	摄像机	A. 供应摄像机 B. 供应视频线和电缆	A. 提出安装位置的要求 B. 设计线路走向	A. 提出开口尺寸，以及视频线和电源线的型号规格	A. 安装与接线 B. 负责电缆敷设
2	楼层显示器	A. 提供设备 B. 提供干接点信号	A. 提供接线图	A. 提供运行状态、楼层（N）故障、报警、上行、下行和停止等干接点信号	A. 负责将运行状态、故障报警信号引至BAS的管线敷设和接线，将楼层显示信号引至安保系统
3	读卡机	A. 提供读卡机 B. 提供读卡机信号电缆和电源线	A. 提供电梯侧接线图及读卡机安装位置和开孔尺寸 B. 线路设计走向	A. 提出读卡机的外形尺寸和开口尺寸要求 B. 提供停层限制的干接点信号要求	A. 安装读卡机及机房至安保控制室之间的管线敷设及接线 B. 负责开孔、电源电缆线敷设
4	电视机	A. 提供设备 B. 提供视频电缆和电源线	A. 负责电缆敷设走向和安装支架开孔位置与尺寸	A. 提出电视机安装位置和固定方式	A. 安装与接线
5	电梯迫降	A. 提供控制信号模块和管线材料 B. 提供迫降和返回干接点	A. 提供接线图	A. 提供干接点信号要求	A. 管线敷设及接线
6	扬声器	A. 提供扬声器 B. 提供电缆	A. 提供接线图	A. 提出电线要求和扬声器尺寸	A. 负责安装接线 B. 负责开孔

（2）应由建筑设备监控系统供应商提供摄像机、楼层显示器、电视机、读卡机、控制信号模块和管线、扬声器等设备材料，并应具有出厂合格证和详细的技术参数说明，并符合设计（或合同）要求及有关规范、标准。

（3）由电梯供应商提供的摄像机的视频线和电缆，为楼层显示器的干接点信号。读卡机信号电缆和电源线，电视机用的视频电缆和电源线，提供迫降和返回干接点及扬声器电缆等原材料、半成品、构配件及电梯设备，均应提供完整的质量保证文件和其他技术文件，包括进口电梯的商检证明。凡运到现场的设备、材料等，均应有产品合格证。应做好开箱检查、验收工作，并对设备和材料安排适宜的存放场所。

（4）由电梯供应商提供的设备与建筑设备监控系统相连的接口，应提供接线图及线路走向，各种干接点信号［如运行状态、楼层（N）故障、报警、运行、上行、下行、停止及停层限制的干接点等信号］，并有相关的产品质保资料，且符合双方的技术协议要求。

三、施工质量控制

（一）安装准备

（1）首先对机房和井道进行检查和验收。对地下室的工作环境（如防水、防湿措施）进行评估。对电梯及环境卫生进行检查和验收。井道垂直度应符合要求，存在的问题应进行整改、完善。

（2）对安装企业施工人员的控制。核查电梯安装企业的资质等级、营业范围和委托代理书。抓好人员资质审查与控制工作，从事电梯安装的人员要有相应的上岗证和操作证。

（3）做好设计交底和图纸会审工作。审查施工组织设计，施工方案、方法和工艺计划，以及施工质量保证措施等。

（二）机房环境要求

（1）机房环境应符合设计图纸要求，应有足够的面积、高度和承重能力。机房应通风良好，机房内的空气温度应保持在5～40℃之间。吊钩的位置应正确，且应符合设计的载荷承受要求。

（2）以电梯井道顶端电梯安装时设立的样板架为基准，将样板架的纵向、横向中心轴线引入机房内，并通过基准线来确定曳引机设备的相对位置，用其来检查机房地坪上限速器、曳引机等设备定位线的正确程度。限速器离墙应大于 100mm，各机械设备离墙距离应大于 300mm。

（3）按照图纸要求来检查预留孔、吊钩的位置尺寸。曳引钢丝绳、限速钢丝绳在穿越楼板孔时，钢丝绳边与孔四边的间距均应有 20～40mm 的间隙，在机内通井道的孔应在四周筑有台阶，台阶的高度应在 50mm 以上，以防止工具、杂物、零部件、油、水等落入井道内。

（4）运行地点的月平均最高相对湿度不超过 90％，同时该月平均最低温度不高于 25℃。

（5）介质中无爆炸危险、腐蚀金属和破坏绝缘的气体及导电尘埃。

（6）供电电压波动应在 ±7％ 范围内。

（7）机房地面应能承受 6865Pa 的压力，并应采用防滑、防尘材料。

（8）机房门窗应防风雨，机房入口楼梯或爬梯应设扶手，通向机房的通道应畅通，机房门应加装锁。门的外侧应设有下列简短字句的须知："机房重地，未经许可禁止入内"。

（9）机房应配备灭火器材，可采用二氧化碳灭火器。

（10）机房地面包括几个不同高度，相差大于 0.5m 时，应设置平台或楼梯，且应有安全护栏，护栏高度不应小于 0.9m，在供维修人员活动的空间或工作的平台以上的净高度不应小于 1.8m。

当机房地面有任何深度大于 0.5m、宽度小于 0.5m 的坑和槽坑时，均应设有封盖。

（三）机房、井道布线

（1）机房和井道内的布线应按照制造厂所提供的布线图或技术要求来进行施工，不得擅自改变。如需改变，应征得制造厂的同意，并出具修改图。

（2）导线和无护套的电缆线应全部进线槽和导管，不得裸露安装。当电梯配有护套电缆和控制软电缆时，则允许其敷设在墙上，但不可以明敷在地面上。

（3）导线和无护套的电缆线进导管和线槽后须有护口保护，以防止导线破损，造成短路。

（4）安装在机房和井道内的墙上的控制软电缆和护层电缆应敷设平直、排列整齐、固定牢固，且固定间距宜为 300～500mm，间距偏差不大于 30mm，距接线盒两侧各 100～150mm 处分别固定一挡。

（四）限速器安全钳联动试验

对于渐进式安全钳和瞬时式安全钳，轿厢内应载有均匀分布为 125% 的额定载荷，轿内无人，机房操作轿厢以检修速度向下运行，人为令限速器动作，限速器上的限位开关应先动作，此时轿厢应立即停止运行，然后短接限速器与安全钳电气开关。轿厢继续向下运行，迫使限速器钢丝绳夹住并拉动安全钳，使安全钳可靠动作。安全钳楔块夹住导轨，使轿厢立即停止运行，此时测量对于原正常位置轿底倾斜度不应大于 5%。

（五）配管、电线槽安装

（1）配管、电线槽安装一般分明敷、暗敷两种，井道内配管、电线槽应注意平直、美观。电梯在井道内的配管、电线槽一般采用明敷安装；机房内配管一般采用暗敷安装，弯曲半径不小于管外径的 6 倍。

（2）为了布局合理，使井道内配管和电线槽便于检修，垂直总管（槽）宜装在离召唤按钮距离较近的墙上，金属电线管弯曲后，其夹角不应小于 90°。应控制管路的弯曲质量，弯曲处不应有裂缝和折扁等现象。

（3）电管线槽安装垂直线路在井道内的中心线允许偏差为 5‰，全长最大偏差不应大于 20mm。在机房内垂直度、水平度允许偏差为 2‰。明配电管管卡与终端、电气器具或接线盒边缘距离为 150～200mm。

（六）层门试验

（1）门锁是用来锁住房门不被随便打开的重要保护机构，当电梯在运行而并未停止站时，各层层门都被锁住，以防乘客从外面将门扒开。只有当电梯停止站时，层门才能被安装在轿门上的开门刀片带动而开启。

(2) 当电梯检修人员需从外部打开层门时，要用一种符合安全要求的三角钥匙开关才能把门打开。如果是非三角钥匙开关的就不符合规定要求。

(3) 如电梯层门中的任何一扇门没有关闭，电梯就不能启动并运行，严禁将层门门锁的电气开关短接。

（七）导轨安装

1. 导轨形式及尺寸

用导轨安装校正尺检查每个导轨支架处的两列导轨内表面距离，不得出现负公差。按工艺要求在导轨的任意高度上，用专用导轨安装校正尺检查两列导轨侧工作面的平行度。

2. 导轨垂直度

每列导轨侧顶面及工作面，对安装基准线的偏差：在导轨支架处测量，对设有安全钳的对重导轨每 5m 不应超过 0.6mm；对不设安全钳的对重导轨每 5m 不应超过 1mm。

3. 导轨接口

(1) 导轨接口处应用塞尺检查。对设有安全钳的导轨接口处，在全长上不应有由于压板硬性固定而造成的连续缝隙，缝隙中更不允许有填充物。导轨接口处的局部缝隙不应大于 0.5mm。对于不设安全钳的导轨接口处，缝隙不应大于 1.0mm。

(2) 导轨接口处允许有台阶。但对于设有安全钳的导轨接口处，台阶不应大于 0.05mm，修光长度应大于 150mm；对于不设安全钳的导轨接口处，台阶不应大于 0.15mm。

（八）主电源开关

(1) 每台电梯均应有独立的能切断主电源的开关，其开关容量应能切断电梯正常使用情况下的最大电源，通常不小于主电动机额定电流的 2 倍。

(2) 主电源开关应安装在靠近机房入口处的位置，并能让人方便、迅速地接近，安装高度宜为 1.3～1.5m。

(3) 电源开关与线路熔断丝应相匹配，不应盲目用铜丝替代。

（4）电梯动力电源应与照明电源分别敷设。

（5）电梯动力电源线和控制线路应分别敷设，电子线路及微信号应按产品要求隔离敷设。

（6）电梯主电源开关不应切断下列供电电源。

1）轿厢照明与通风。

2）机房内电源插座。

3）机房与滑轮间的照明。

4）电梯井道照明。

5）轿顶与底坑的电源插座。

6）报警装置。

（7）如果机房内安装多台电梯，各台电梯的主电源开关对该台电梯的控制装置及主电动机应有相应的标识，且应检查单相三眼检修插座是否有接地线，接地线应接在上方，左零右相接线应正确。

（8）对无机房电梯的主电源除遵循上述条款外，该主电源开关应设置在井道外面，并设在能使工作人员较为方便接近的地方，且安全防护措施应有专人负责。

（9）机房内应有固定式照明。用照度仪测量机房地表面上的照度，应大于200lx，在机房内靠近入口（或设有多个入口）的适当高度应设有 1 个开关，以便于进入机房时能控制机房照明，且在机房内应设置 1 个或多个电源检修插座，这些插座应是 2P＋PE 型 250V。

（10）机房内接地线与零线应始终分开，不得串接，接地电阻值不应大于 40Ω。

（九）读卡机和摄像机安装

（1）按 BA 系统承包商提供的读卡机和摄像机的安装示意图及其尺寸，设计所需控制电梯中的具体安装方式，负责将相应控制器、摄像机电缆引到接线端子板上。包括读卡机设备的电梯箱到电梯机房之间增加的 RS-485 通信线，线径等于或大于 0.5mm/芯线。

（2）配合 BA 系统承包商对 BA 设备进行接线和测试工作。由读卡机控制的电梯的电梯机房的按键控制板上，所有的按键接线均应预留并接端子排，以供 BA 系统连接。

（十）接地线

（1）电梯电源进线时，保护地线（PE）应直接接入接地总汇流排上，不得通过其他设备再接入接地总汇流排上。

（2）每台电梯保护地线（PE）的所有回路支线应从控制柜内接地汇流排引出，成为一个独立系统，互不干扰。保护地线（PE）严禁通过设备串联连接，保护地线（PE）必须采用黄绿双色线。

（3）电梯设备应有可靠保护地线，并应从控制柜接地排上引出。金属软管外壳应安全、可靠，但不得作为电气设备的接地体。当采用塑包金属软管外壳时，可不作保护接地。

（4）保护接地线截面积应符合下列规定。

1）相线截面积在 16mm^2 及以下时，保护地线（PE）应与相应相线截面积相等。

2）相线截面积在 16～35mm^2 时，保护地线（PE）为 16mm^2。

3）相线截面积在大于 35mm^2 时，保护地线（PE）应为相线截面积的 1/2。

（5）线槽及电管末端应有可靠接地，且电管与电管、线槽与线槽间的连接均应可靠地跨接，线槽的接地螺栓应从内向外穿，螺母在外侧，且应有平垫圈及弹簧垫圈。接地线应明显，跨接线不应小于 2.5mm^2。

（6）每个接地端子的每侧接线宜为一根，不得超过两根。对于螺栓连接的端子，当接两个接地线时，中间应加平垫圈隔开。

（7）保护地线桩头或端子连接应牢固、紧密，且应有垫片和紧固件（弹簧垫片）。

（8）开关铜接头只能在压接后搪锡用。选用压接铜接头规格应与导线规格相匹配。压接铜接头应用专用工具进行压接。铜接头接触面必须经过搪锡或是镀锌处理。

（9）接地支线应采用黄绿双色的绝缘导线，并应符合上述的规定。

（十一）绝缘电阻

（1）绝缘电阻的测试数据是电梯安装分部工程竣工验收中必须提供的质量保证资料。在施工前须对电动机、电缆进行绝缘电阻测试，施工中应用绝缘电阻表对主回路、控制回路、照明回路、门电动机等每一回路进行绝缘电阻测试并作好测试记录。测试用绝缘电阻表应在计量仪器有效周期之内，绝缘电阻表的连接线需用绝缘良好的单芯线。但有集成线路板的电梯控制回路，严禁使用绝缘电阻表测量绝缘电阻，以免击穿。这时可采用高阻抗的万用表来进行绝缘电阻值的测量。

(2) 为了防止电梯设备金属外壳带电，电梯接地系统必须良好，接地部位在电梯机房中有控制柜、控制屏、电气铁壳开关、选层器、曳引机等设备；在轿厢上有接线盒；在井道中有配管、线槽、轿厢配管等；厅门外有召唤按钮、层楼指示盒等。

(3) 动力电路和电气安全装置电路线绝缘电阻值不应小于 0.5MΩ，控制、信号、照明等其他电路绝缘电阻值也不应小于 0.5MΩ。

(十二) 平衡系数检验

(1) 在进行舒适感调试前进行平衡系数的测试，电梯平衡系数的测定可通过电流测量并结合速度测量（用于交流电动机）或电压测量（用于直流电动机）来确定。客梯的平衡系数一般取 40%~45%。

(2) 通过电压、电流测量来确定平衡系数的方法是应在轿厢以空载和额定载荷 0、20%、40%、60%、80%、100%、110% 作上下运行。当轿厢与对重运行到同一水平位置时，记录电压和电流值，并绘制电压—负荷曲线图，或电流—负荷曲线图，向下运行曲线的交点的横坐标值即为电梯的平衡系数，如平衡系数大于制造厂的规定值，则应加大配重重量，确保平衡系数在规定范围内。

(十三) 曳引机能力试验

(1) 做 125% 超载试验最重要一点是对曳引机能力的测试，也是对电梯的动态运行的试验。轿厢空载上行及行程下部范围 125% 额定载荷下行，分别停层 3 次以上，轿厢应被可靠地制动（空载上行工况应平层），当在 125% 额定载荷以正常运行速度下行时，切断制动器与电动机供电，轿厢应被可靠制动。

（2）应特别注意观察曳引钢丝绳有无滑移现象，且应观察轿厢在最低层站时的启动、制动状态。

（3）应检查当对重支承在被其压缩的缓冲器上时，电动机向上运转空载轿厢是否不能再被向上提起。

（十四）电梯运行试验

（1）在通电持续率为 40％的情况下，达到全程范围，按 120 次/h，每天不少于 8h，以空载（轿厢内可含 1 人）、半载与额定载荷，各启动、制动运行 1000 次，进行连续无故障考核。如有故障，在故障排除后算起，应达到连续 3000 次无故障。同时检查制动器、电动机温升与渗漏不应超过规范标准，此时电梯应运行平稳，制动可靠且无撞击声。

（2）制动器温升不应超过 60K，曳引机减速器油温升不超过 60K，且温度不应超过 85℃。电动机温升不超过 GB/T 12974—1991《交流电梯电动机通用技术条件》的规定。

（3）曳引机减速器除蜗杆轴伸出一端渗漏油面积平均每小时不超过 150mm^2 外，其余各处不得有油渗漏。

（十五）平层试验

（1）在进行平层准确度调整前，应先将电梯的舒适度调整好。

（2）平层准确度是指轿厢到站停靠后，轿厢地坎上平面对层门地坎上平面垂直方向的误差值。

（3）平层准确度检验时分别以轿厢空载、额定载重量作上下运行试验，分别测量出各层平层准确度。空载时，无论上行还是下行，轿厢地坎应低于层门地坎的平层准确度。

1）额定速度不大于 0.63m/s 的电梯，应为±15mm。

2）额定速度大于 0.63m/s 且不大于 1.0m/s 的电梯，应为±30mm。

3）额定速度大于 1.0m/s 的电梯，应为±15mm。

（4）实际上平层准确度都是在一定条件下调整的结果，当电压、继电器动作电压有变动时，各层的平层误差就会不一致，应使误差在调整时控制在精度 65％内较合适。同时应注意，空载、额定载荷时出现的正负误差应基本一致。

（十六）运行速度检验

轿厢内加入平衡载荷 50%，向下运行半行程中段（除去加减速段）时的速度不应大于额定速度的 5%，且不应小于额定速度的 8%。

四、质量通病与防治

（一）现象

电梯平层准确度差。

（二）原因分析

（1）井道隔磁板固定螺栓松动，位置产生偏差，不能起到良好的隔磁作用，从而造成电梯运行至该层门区时，可编程控制器接收信号不准确，不能发出减速停车的指令。

（2）轿顶永磁感应器失灵，当两片接触片接近门区的一段距离时不能弹开。

（三）防治措施

（1）应更换永磁感应器。

（2）应调整井道门区隔磁板的纵向距离，使之符合要求。

第九节 子系统通信接口

一、质量验收标准

建筑设备监控系统与带有通信接口的各子系统以数据通信的方式相连时，应在工作站监测子系统的运行参数（含工作状态参数和报警信息），并和实际状态核实，确保准确性和响应时间符合设计要求；对可控的子系统，应检测系统对控制命令的响应情况。

数据通信接口应按以下规定对接口进行全部检测，检测合格率为 100% 时为检测合格。

（1）系统承包商应提交接口规范，接口规范应在合同签订时由合同鉴定机构负责审定。

（2）系统承包商应根据接口规范制订接口测试方案，接口测试方案经检测机构批准后实施。系统接口测试应保证接口性能符合设计要求，实现接口规范中规定的各项功能，不发生兼容性及通信瓶颈问题，并保证系统接口的制造和安装质量。

二、设备材料质量控制

（1）构成 BA 系统的各设备子系统硬件接口（如适配器卡等）、通信缆线、通信方式及信息传输等确定必须相互匹配。它们的软、硬件产品的品牌、版本、规格、型号、产地和数量应符合设计及产品技术标准要求，并符合双方签订的技术协议要求。

1）做好外观检查。外部设备（如 Modem）和内部插接件应完好无损，无变形。

2）随机资料（尤其是技术参数）、性能指标等技术资料应齐全。

3）缆线符合设计合同要求，应具有产品出厂检验资料、合格证。

4）通信软件的型号、版本、介质及随机资料应符合设计技术要求。

（2）通信接口应符合智能建筑统一规划的要求，就是各子系统的信息接口、协议等应符合国家标准。在订货时统一预留，各子系统的供应商应共同遵守、承诺技术协议，为集成创造条件。

三、施工质量控制

（一）信号匹配

（1）数据信息、各计算机设备之间数据传输速率及其格式。

（2）音频信号包括电话和广播信号。

（3）视频信号包括监视和电视用摄像机信号。

（4）控制与监视信号，即 AO、AI、DO、DI 及脉冲、逻辑信号等的量程，接点容量方面的匹配。

（5）其他专业受楼宇自动控制系统集成控制各类设计的主要技术参数及所提供设备的主要技术参数之间的匹配。

（二）应用软件界面确认

（1）各子系统之间应用软件界面。如 BMS 中 BA 系统可以具备 FA、SA 的二次监控功能，除了 BA 与 FA、SA 之间具备硬件接口外，BA 系统还应具备二次监控的软件。

（2）系统和子系统的应用软件的接口界面软件，如各供应商

（冷冻机、锅炉、供电设备）将其设备的遥测、遥控和运行信号通过硬件和标准接口的数据通信方式向外传输，则子系统应用软件必须有一套与此相适应的接口界面软件。

（3）新老界面。为保护原有设备不受损失，子系统应具备二次软件开发的功能。

（三）系统通信检查

（1）通信的可靠性检查。应有较强的检错与纠错能力，挂在网络上的任一装置的任何部分的故障，都不应导致整个系统的故障。

（2）该系统与其他子系统采取通信方式连接，则按系统设计要求进行测试。

（3）主机及其相应设备通电后，启动程序检查主机与本系统其他设备通信是否正常，确认系统内设备无故障。

（四）系统电磁兼容

检查电磁兼容问题（EMC 检查）。系统或设备在其电磁环境中能正常工作，且不对该环境中任何事物构成不能承受的电磁干扰的能力。这必须在接地、滤波、屏蔽等方面加强检查，有效解决电磁兼容问题。

（五）过压保护

系统应有过电压保护措施，因为计算机通信网络接口和数字逻辑控制的电子设备对电源线的干扰与电压波动十分敏感。由于计算机内工作电压一般只有 5V，所以一旦干扰串入电源，后果不堪设想。

四、质量通病与防治

（一）现象

受监控设备或系统同 BA 系统以数据通信的方式相连时，通信接口的实时性较差。

（二）原因分析

系统通信接口不符合设计要求，存在兼容性及通信瓶颈问题。

（三）防治措施

保证接口性能符合设计要求，并严格进行系统接口测试，实现接口规范中规定的各项功能，避免发生兼容性及通信瓶颈问题。

第十节 中央管理站与操作分站

一、质量验收标准

（1）对建筑设备监控系统中央管理工作站与操作分站功能进行检测时，应主要检测其监控和管理功能，检测时应以中央管理工作站为主，对操作分站主要检测其监控和管理权限以及数据与中央管理工作站的一致性。

（2）应检测中央管理工作站显示和记录的各种测量数据、运行状态、故障报警等信息的实时性和准确性，以及对设备进行控制和管理的功能，并检测中央站控制命令的有效性和参数设定的功能，保证中央管理工作站的控制命令被无冲突地执行。

（3）应检测中央管理工作站数据的存储和统计（包括检测数据和运行数据）、历史数据趋势图显示、报警存储统计（包括各类参数报警、通信报警和设备报警）情况，中央管理工作站存储的历史数据时间应大于 3 个月。

（4）应检测中央管理工作站数据报表生成及打印功能，以及故障报警信息的打印功能。

（5）应检测中央管理工作站操作的方便性，人机界面应符合友好、汉化、图形化要求，图形切换流程应清楚易懂，便于操作。对报警信息的显示和处理应直观有效。

（6）应检测操作权限，确保系统操作的安全性。

以上功能全部满足设计要求时为检测合格。

二、设备材料质量控制

（1）处理机系统、显示设备、操作键盘、打印设备、存储设备以及操作台等组成的管理工作站（中央与区域分站）的设备（包括软件、硬件），其品牌、型号规格、产地和数量应符合设计（或合同）要求。

1）做好外观检查，外壳、漆层应无损伤或变形。

2）内部插接件等固紧螺钉不应有松动现象。

3）附件、随机资料及技术资料应齐全、完好。

4）包装和密封良好，并有装箱清单。

5）操作系统、应用软件等型号、版本、介质及随机资料应符合设计和合同要求。

（2）进行必要的环境检查。设备的供电、接地、湿度、温度、洁净度、安全、电磁环境、综合布线等应符合设计要求、产品技术文件规定和安全技术标准。电源插座应有相线、中性线和接地线。

（3）已经产品化的应用软件（如操作系统、数据库、系统软件、组态软件和网管软件等）对其使用范围及许可证进行验收，并进行必要的功能测试和系统测试。

（4）按合同或设计需求定制的软件，应按照软件工程规范要求进行验收。应提供软件资料、程序结构说明、安装调试说明、使用和维护说明书等完备齐全的文档。

三、施工质量控制

（一）设备安装与连接

（1）应垂直、平正、牢固，其垂直度允许偏差为每米 1.5mm；水平方向的倾斜度允许偏差为每米 1mm。

（2）相邻设备顶部高度允许偏差为 2mm，相邻设备接缝处平面度允许偏差为 1mm。

（3）相邻设备接缝的间隙不超过 2mm，相邻设备连接超过 5 处时，平面度的最大允许偏差为 5mm。

（4）按系统设计图检查主机、网络控制设备、打印机、UPS、HUB 集线器等设备之间的连接电缆型号，连接方式应正确，符合设计及产品设备的技术要求。

（5）必须检查主机与 DDC 之间的通信线，且须有备用线。

（二）中央管理工作站的检测

中央管理工作站是对楼宇内各子系统的 DDC 站数据进行采集、控制、刷新和报警的中央处理装置。检测的项目如下：

（1）在中央管理工作站上观察现场状态的变化，中央管理工作站屏幕上的状态数据是否不断被刷新。

（2）通过中央管理工作站控制下属系统模拟输出量或数字输出量，观察现场执行机构或对象是否动作正确、有效及动作响应返回中央管理工作站的时间。

（3）人为促使中央管理工作站失电。重新恢复送电后，中央监控站能否自动恢复全部监控管理功能。

（4）人为在 DDC 站的输入侧制造故障时，观察在中央监控站屏幕是否有报警故障数据登录，并发出声响提示及其响应时间。

（5）检测中央管理工作站是否对进行操作的人员赋予操作权限，以确保 BA 系统的安全。应从非法操作、越权操作的拒绝给予证实。

（6）人机界面是否汉化，由中央监控站屏幕以画面查询、控制设备状态、观察设备运防过程是否直观操作方便，来证实界面的友好性。

（7）检测中央管理工作站显示器和打印机是否能以报表图形及趋势图方式，提供所有或重要设备运行的时间、区域、状态和编号的信息。

（8）检测中央管理工作站是否具有设备组的状态自诊断功能。

（9）检测系统是否提供可进行系统设计、应用、建立图形的软件工具。

（10）检测中央管理工作站所设的控制对象参数，现场所测得的对象参数是否与设计精度相符。

（11）检测中央管理工作站显示各设备运行状态数据是否准确、完整。

（三）操作分站的检测

操作分站（DDC 站）是一个可以独立运行的（下位机）计算机监控系统，对现场各种变送器、传感器的过程信号不断进行采集、计算、控制、报警等，通过通信网络传送到（上位机）中央管理工作站的数据库，供中央管理工作站进行实时控制、显示、报警、打印等。

检测操作分站的项目如下：

（1）人为制造中央管理工作站停机，观察各操作分站（DDC 站）能否正常工作。

（2）人为制造操作分站（DDC 站）断电，重新恢复送电后，子系统能否自动恢复失电前设置的运行状态。

（3）人为制造操作分站（DDC 站）与中央管理工作站通信网络中断，现场设备是否保持正常的自动运行状态，且中央管理工作站是否有 DDC 站高线故障报警信号登录。

（4）检测操作分站（DDC 站）时钟是否与中央管理工作站时钟保持同步，以实现中央管理工作站对各类操作分站（DDC 站）进行监控。

四、质量通病与防治

中央监控界面操作不方便。

（一）现象

（1）中央监控界面不能提供全汉化的中文界面。

（2）中央监控界面缺乏人性化设计，人机界面不符合友好化、图形化的要求。

（二）原因分析

（1）由于目前 BA 系统主要还是从国外引进，在 BA 产品选型以后，造成既成事实。

（2）BA 调试工程师比较重视对硬件的监控功能和调试工作的实现，而忽视对图形监控界面的设计。

（三）防治措施

（1）BA 系统设计人员应该熟知中央监控软件的相关规定，并熟悉市场上主流 BA 产品可以实现的功能，以便用户选用合适的BA 产品。

（2）图形中心方式由于其一系列动态、彩色的模拟图形，快捷、直观的操作界面以及较短的培训周期，得到了广泛推广。目前BA 软件均包含强大的图形组态工具，BA 软件编制工程师应该在此方面多花费些精力。

第十一节　系统其他功能性检测

系统其他功能性检测的质量验收标准如下：

（1）系统实时性检测。采样速度、系统响应时间应满足合同技术文件与设备工艺性能指标的要求；抽检 10％且不少于 10 台，少于 10 台时全部检测，合格率为 90％及以上时为检测合格。

报警信号响应速度应满足合同技术文件与设备工艺性能指标的要求；抽检 20％且不少于 10 台，少于 10 台时全部检测，合格率为 100％时为检测合格。

（2）系统可维护功能检测。应检测应用软件的在线编程（组态）和修改功能，在中央站或现场进行控制器或控制模块应用软件的在线编程（组态）、参数修改及下载，全部功能得到验证为合格，否则为不合格。

设备、网络通信故障的自检测功能，自检必须指示出相应设备的名称和位置，在现场设置设备故障和网络故障，在中央站观察结果显示和报警，输出结果正确且故障报警准确者为合格，否则为不合格。

（3）系统可靠性检测。系统运行时，启动或停止现场设备，不应出现数据错误或产生干扰，影响系统正常工作。检测时采用远动或现场手动启/停现场设备，观察中央站数据显示和系统工作情况，工作正常的为合格，否则为不合格。

切断系统电网电源，转为 UPS 供电时，系统运行不得中断。电源转换时系统工作正常的为合格，否则为不合格。

中央站冗余主机自动投入时，系统运行不得中断；切换时系统工作正常的为合格，否则为不合格。

（4）现场设备安装质量检查。现场设备安装质量应符合 GB 50303—2002《建筑电气工程施工质量验收规范》第 6 章及第 7 章，设计文件和产品技术文件的要求，检查合格率达到 100％ 时为合格。

1）传感器。每种类型传感器抽检 10％且不少于 10 台，传感器少于 10 台时全部检查；

2）执行器。每种类型执行器抽检 10％且不少于 10 台，执行器少于 10 台时全部检查；

3）控制箱（柜）。各类控制箱（柜）抽检 20％且不少于 10 台，少于 10 台时全部检查。

（5）现场设备性能检测。

1）传感器精度测试，检测传感器采样显示值与现场实际值的一致性。依据设计要求及产品技术条件，按照设计总数的 10% 进行抽测，且不得少于 10 个，总数少于 10 个时全部检测，合格率达到 100% 时为检测合格。

2）控制设备及执行器性能测试，包括控制器、电动风阀、电动水阀和变频器等，主要测定控制设备的有效性、正确性和稳定性。测试核对电动调节阀在零开度、50% 和 80% 的行程处与控制指令的一致性及响应速度；测试结果应满足合同技术文件及控制工艺对设备性能的要求。

检测为 20% 抽测，但不得少于 5 个，设备数量少于 5 个时全部测试，检测合格率达到 100% 时为检测合格。

（6）根据现场配置和运行情况对以下项目作出评测。

1）控制网络和数据库的标准化、开放性。

2）系统的冗余配置，主要指控制网络、工作站、服务器、数据库和电源等。

3）系统可扩展性。控制器 I/O 接口的备用量应符合合同技术文件要求，但不应低于 I/O 口实际使用数的 10%。机柜至少应留有 10% 的卡件安装空间和 10% 的备用接线端子。

4）节能措施评测。包括空调设备的优化控制、冷热源自动调节、照明设备自动控制、风机变频调速、VAV 变风量控制等。根据合同技术文件的要求，通过对系统数据库记录分析、现场控制效果测试和数据计算后作出是否满足设计要求的评测。

结论为符合设计要求或不符合设计要求。

第六章 火灾自动报警与消防联动系统

火灾自动报警及消防联动系统必须执行《工程建设标准强制性条文》的有关规定。火灾自动报警及消防联动系统的监测内容应逐项实施，检测结果符合设计要求为合格，否则为不合格。火灾自动报警及消防联动系统的竣工验收应按 GB 50166—2007《火灾自动报警系统施工及验收规范》关于竣工验收的规定及各地方的配套法规执行。

第一节 火灾自动报警与消防联动系统的质量验收标准

一、检验规定

（1）在智能建筑中，火灾自动报警及消防联动系统的检测应按 GB/T 50166—2007《火灾自动报警系统施工及验收规范》的规定执行。

（2）火灾自动报警及消防联动系统应是独立的系统。

（3）除 GB/T 50166—2007《火灾自动报警系统施工及验收规范》中规定的各种联动外，当火灾自动报警及消防联动系统还与其他系统具备联动关系时，建设单位应组织有关人员依据合同文件和设计文件，按规范规定的检测项目、检测数量和检测方法，制定系统检测方案并经检测机构批准实施，但检测程序不得与 GB/T 50166—2007《火灾自动报警系统施工及验收规范》的规定相抵触。

（4）火灾自动报警系统的电磁兼容性防护功能，应符合 GB 16838—2005《消防电子产品 环境试验方法及严酷等级》的有关规定。

二、火灾报警控制器

检测火灾报警控制器的汉化图形显示界面及中文屏幕菜单等功

能，并进行操作试验。

三、接口和通信

（1）检测消防控制室向建筑设备监控系统传输、显示火灾报警信息的一致性和可靠性，检测与建筑设备监控系统的接口、建筑设备监控系统对火灾报警的响应及其火灾运行模式，应采用在现场模拟发出火灾报警信号的方式进行。

（2）检测消防控制室与安全防范系统等其他子系统的接口和通信功能。

四、火灾探测器

检测智能型火灾探测器的数量、性能及安装位置，普通火灾探测器的数量及安装位置。

五、新型消防设施

新型消防设施的设置情况及功能检测应包括：

（1）早期烟雾探测火灾报警系统。

（2）大空间早期火灾智能检测系统、大空间红外图像矩阵火灾报警及灭火系统。

（3）可燃气体泄漏报警及联动控制系统。

六、紧急广播系统

公共广播与紧急广播系统共用时，应符合 GB 50116—1998《火灾自动报警系统设计规范》的要求，并执行下列规定：

（1）系统的输入输出不平衡度、音频线的敷设、接地形式及安装质量应符合设计要求，设备之间阻抗匹配合理。

（2）放声系统应分布合理，符合设计要求。

（3）最高输出电平、输出信噪比、声压级和频宽的技术指标应符合设计要求。

（4）通过对响度、音色和音质的主观评价，评定系统的音响效果。

（5）功能检测应包括以下方面。

1）业务宣传、背景音乐和公共寻呼插播。

2）紧急广播与公共广播共用设备时，其紧急广播由消防分机控制，具有最高优先权，在火灾和突发事故发生时，应能强制切换为紧急广播并以最大音量播出。

3）功率放大器应冗余配置，并在主机故障时，按设计要求备用机自动投入运行。

4）公共广播系统应分区控制，分区的划分不得与消防分区的划分产生矛盾。

七、其他系统对火灾报警的协调

安全防范系统中相应的视频安防监控（录像、录音）系统、门禁系统、停车场（库）管理系统等对火灾报警的响应及火灾模式操作等功能的检测，应采用在现场模拟发出火灾报警信号的方式进行。

当火灾自动报警及消防联动系统与其他系统合用控制室时，应满足 GB 50116—1998《火灾自动报警系统设计规范》和 GB/T 50314—2006《智能建筑设计标准》的相应规定，但消防控制系统应单独设置，其他系统也应合理布置。

第二节 火灾和可燃气体探测系统

一、设备材料质量控制

（1）进入现场的设备材料应仔细、逐一验收，并作必要的检查，做好"两个核对"，即与订货合同相核对，与设计图样相核对，做到正确无误。产品应具有详细的型号和技术参数及相关的测试报告，防止器件重复订货。设备器材外包装应无损伤变形。

（2）把好设备、材料的入库关和检验关，做到不合格品不得进入施工现场，更不准使用，并对不合格品挂牌，单独存放，维修后降级使用或退回供方。

（3）把好采购关，对供方的质量体系进行评定，以确定供方产品的质量保证能力，宜选定通过国家认定或注册的供方。

（4）安装的设备及器材运到施工现场后，应严格进行开箱检查，并按清单造册登记，设备及器材的型号、规格应符合设计要求。产品的技术文件应齐全，具有合格证和铭牌。

（5）火灾探测器（包括感烟式、感温式、感光式、可燃气体探测式和复合式等）接口模块和线缆等设备材料的材质、型号、规格应符合设计和国家现行技术标准的规定，并有出厂合格证。

（6）配电线路采用的缆线、导管、桥架等器材应达到耐火、耐热的设计标准。

1）耐火配线。按典型火灾温升曲线对线路进行试验，从受火作用起，到火灾温升曲线达到 840℃时，在 30min 内仍能有效供电。

2）耐热配线。从受火作用起，到火灾温升曲线达到 380℃时，在 15min 内仍能有效供电。

二、施工质量控制

（一）火灾探测器的选择

（1）火灾探测器的选择应符合下列要求。

1）对火灾初期有阻燃阶段，产生少量的热和大量的烟，很少或没有火焰辐射的场所，应选择感烟探测器。

2）对火灾发展迅速，可产生大量热、烟和火焰辐射的场所，可选择感温探测器、感烟探测器、火焰探测器或其组合。

3）对火灾发展迅速，有强烈的火焰辐射和少量的烟、热的场所，应选择火焰探测器。

4）对火灾形成特征不可预料的场所可根据模拟试验的结果选择探测器。

5）对生产、使用或聚集可燃气体或可燃液体蒸汽的场所应选择可燃气体探测器。

（2）对不同高度的房间可按表 6-1 选择点型火灾探测器。

表 6-1　　　　对不同高度的房间点型火灾探测器的选择

房间高度 h (m)	感烟探测器	感温探测器			火焰探测器
		一　级	二　级	三　级	
12<h≤20	不适合	不适合	不适合	不适合	适合
8<h≤12	适合	不适合	不适合	不适合	适合
6<h≤8	适合	适合	不适合	不适合	适合
4<h≤6	适合	适合	适合	不适合	适合
h≤4	适合	适合	适合	适合	适合

（3）下列场所宜选择点型感烟探测器。

1）饭店、旅馆、教学楼、办公楼的厅堂、办公室、卧室等。

2）电子计算机机房、通信机房、电影或电视放映室等。

3）书库、档案库等。

4）走道、楼梯、电梯机房等。

5）有电气火灾危险的场所。

（4）符合下列条件之一的场所不宜选择光电感烟探测器。

1）可能产生黑烟、蒸汽和油雾。

2）有大量粉尘、水雾滞留。

3）在正常情况下有烟滞留。

（5）符合下列条件之一的场所不宜选择离子感烟探测器。

1）相对湿度通常大于95％。

2）气流速度大于5m/s。

3）有大量粉尘、水雾滞留。

4）在正常情况下有烟滞留。

5）可能产生腐蚀性气体。

6）产生醇类、醚类、酮类等有机物质。

（6）符合下列条件之一的场所宜选择感温探测器。

1）相对湿度通常大于95％。

2）无烟火灾。

3）有大量粉尘。

4）在正常情况下有烟和蒸汽滞留。

5）厨房、锅炉房、发电机房、烘干车间和吸烟室等。

6）其他不宜安装感烟探测器的厅堂和公共场所。

（7）可能产生阴燃火或发生火灾时不及时报警而造成重大损失的场所，不宜选择感温探测器；温度在0℃以下的场所，不宜选择定温探测器；温度变化较大的场所，不宜选择差温探测器。

（8）火焰探测器的选择。

1）符合下列条件之一的场所宜选择火焰探测器。①火灾时有强烈的火焰辐射；②液体燃烧火灾等无阻燃阶段的火灾；③需要对火焰做出快速反应。

2）符合下列条件之一的场所不宜选择火焰探测器。①可能发生无烟火灾；②在火焰出现前有浓烟扩散；③探测器的镜头易被污染；④探测器的"视线"易被遮挡；⑤探测器易受阳光或其他光源直接或间接照射；⑥在正常情况下有明火作业以及 X 射线、弧光等影响。

（9）下列场所宜选择可燃气体探测器。

1）使用管道煤气或天然气的场所。

2）煤气站和煤气表房以及存储液化石油气罐的场所。

3）有可能产生一氧化碳气体的场所宜选择一氧化碳气体探测器。

4）其他散发可燃气体和可燃蒸汽的场所。

（10）装有联动装置、自动灭火系统及用单一探测器不能有效确认火灾的场合宜采用感烟探测器、感温探测器、火焰探测器（同类型或不同类型）的组合。

（11）无遮挡大空间或有特殊要求的场所宜选择红外光束感烟探测器。

（12）下列场所或部位宜选择缆式线型定温探测器。

1）电缆隧道、电缆竖井、电缆桥架、电缆夹层等。

2）开关设备、配电装置、变压器等。

3）各种皮带输送装置。

4）控制室、计算机室的闷顶内、地板下及重要设施隐蔽处等。

5）其他环境恶劣不适合安装点型探测器的危险场所。

（13）下列场所宜选择空气管式线型差温探测器。

1）可能产生油类火灾且环境恶劣的场所。

2）不易安装点型探测器的夹层、闷顶。

（二）点型火灾探测器的设置数量和布置

（1）探测区域的每个房间内至少应设置一只火灾探测器。

（2）在有梁的顶棚上设置感烟探测器、感温探测器时，应符合下列规定。

1）当梁突出顶棚的高度小于 200mm 时，可不计梁对探测器保护面积的影响。

2）当梁突出顶棚的高度为 200～600mm 时，应按确定梁对探测器保护面积的影响和一只探测器能够保护的梁间区域的个数设置。

3）当梁突出顶棚的高度超过 600mm 时，被梁隔断的每个梁间区域至少应设置一只探测器。

4）当被梁隔断的区域面积超过一只探测器的保护面积时，被隔断的区域应按上述（1）的规定计算探测器的设置数量。

5）当梁间净距小于 1m 时，可不计梁对探测器保护面积的影响。

（3）在宽度小于 3m 的内走道顶棚上设置探测器时，宜居中布置。感温探测器的安装间距不应超过 10m；感烟探测器的安装间距不应超过 15m；探测器至端墙的距离不应大于探测器安装间距的一半。

（4）探测器周围 0.5m 内不应有遮挡物。

（5）探测器至墙壁、梁边的水平距离不应小于 0.5m。

（6）房间被设备、书架或隔断等分隔，其顶部至顶棚或梁的距离小于房间净高的 5% 时，每个被隔开的部分至少应安装一只探测器。

（7）探测器至空调送风口边的水平距离不应小于 1.5m，并宜接近回风口安装。探测器至多孔送风顶棚孔口的水平距离不应小于 0.5m。

（8）当屋顶有热屏障时，感烟探测器下表面至顶棚或屋顶的距离应符合表 6-2 的规定。

表 6-2　　　　感烟探测器下表面至顶棚或屋顶的距离

探测器的安装高度 h (m)	感烟探测器下表面至顶棚或屋顶的距离 d（mm）					
	顶棚或屋顶坡度 θ					
	$\theta \leqslant 15°$		$15° < \theta \leqslant 30°$		$\theta > 30°$	
	最小	最大	最小	最大	最小	最大
$h \leqslant 6$	30	200	200	300	300	500
$6 < h \leqslant 8$	70	250	250	400	400	600
$8 < h \leqslant 10$	100	300	300	500	500	700
$10 < h \leqslant 12$	150	350	350	600	600	800

由于屋顶受辐射热作用或因其他因素影响，在顶棚附近可能会产生空气滞留层，从而形成热屏障。火灾时，该热屏障将在烟雾和气流

通向探测器的道路上形成障碍作用，影响探测器探测烟雾。同样，带有金属屋顶的仓库，在夏天时屋顶下边的空气可能被加热而形成热屏障，使得烟在热屏障下边开始分层；而冬天，降温作用也会妨碍烟的扩散。这些都将影响探测器的灵敏度，而这些影响通常还与屋顶或顶棚形状及安装高度有关。为此，按表 6-2 规定感烟探测器下表面至顶棚或屋顶的必要距离安装探测器，从而减少上述影响。

在人字形屋顶和锯齿型屋顶情况下，热屏障的作用特别明显。图 6-1 给出探测器在不同形状顶棚或屋顶下，其下表面至顶棚或屋顶的距离 d 的示意图。

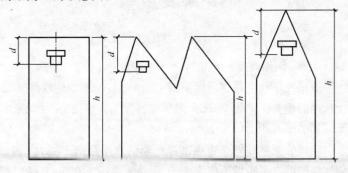

图 6-1　感烟探测器在不同形状顶棚或屋顶下
表面至顶棚或屋顶的距离 d

感温探测器通常受这种热屏障的影响较小，因此感温探测器总是直接安装在顶棚上（吸顶安装）。

（9）锯齿型屋顶和坡度大于 $15°$ 的人字形屋顶应在每个屋脊处设置一排探测器，探测器下表面至屋顶最高处的距离应符合上述（8）的规定。

（10）探测器宜水平安装。当倾斜安装时，倾斜角 θ 不应大于 $45°$。当倾斜角 θ 大于 $45°$ 时，应加木台安装探测器，如图 6-2 所示。

（11）在电梯井、升降机井设置探测器时，其安装位置宜在井道上方的机房顶棚上。

（三）线型火灾探测器的设置

（1）红外光束感烟探测器的光束轴线至顶棚的垂直距离宜为

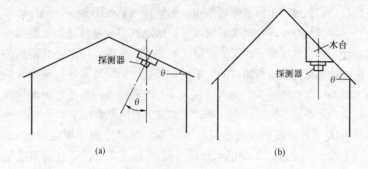

图 6-2　探测器的安装角度

(a) $\theta \leqslant 45°$时；(b) $\theta > 45°$时

θ—屋顶的法线与垂直方向的交角

0.3～1.0m，距地高度不宜超过 20m。

一般情况下，当顶棚高度不大于 5m 时，探测器的红外光束轴线至顶棚的垂直距离为 0.3m；当顶棚高度为 10～20m 时，光束轴线至顶棚的垂直距离可为 1.0m。

（2）相邻两组红外光束感烟探测器的水平距离不应大于 14m。探测器至侧墙水平距离不应大于 7m，且不应小于 0.5m。探测器的发射器和接收器之间的距离不宜超过 100m，若超过规定距离探测烟的效果将会很差。为有利于探测烟雾，探测器的发射器和接收器之间的距离不宜超过 100m，见图 6-3。

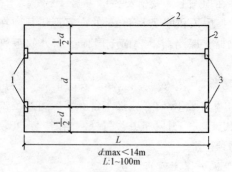

d:max<14m
L:1~100m

图 6-3　红外光束感烟探测器在相对两面墙壁上安装平面示意图

1—发射器；2—墙壁；3—接收器

（3）缆式线型定温探测器在电缆桥架或支架上设置时，宜采用接触式布置，即敷设于被保护电缆（表层电缆）外护套上面，如图 6-4 所示。在各种皮带输送装置上设置时，在不影响正常运行和维护的情况下，应根据现场情况而定，宜将探测器设置在装置的过热点附近，如图 6-5 所示。

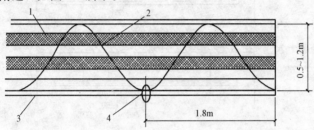

图 6-4　缆式线型定温探测器在电缆桥架或支架上接触式布置示意图

1—动力电缆；2—探测器热敏电缆；3—电缆桥架；4—固定卡具

注　固定卡具宜选用阻燃塑料卡具。

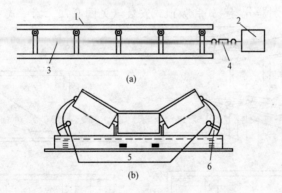

图 6-5　缆式线型定温探测器在皮带输送装置上设置示意图

（a）侧视图；（b）正视图

1—传送带；2—探测器终端电阻；3、5—探测器热敏电缆；

4—拉线螺旋；6—电缆支撑件

（4）空气管式线型差温探测器设置在顶棚下方，至顶棚的距离宜为 0.1m。相邻管路之间的水平距离不宜大于 5m；管路至墙壁的距离宜为 1～1.5m，如图 6-6 所示。

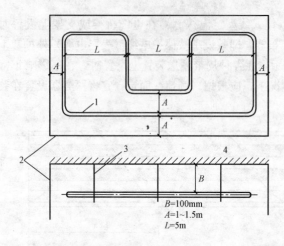

图 6-6 空气管式线型差温探测器在顶棚下方设置示意图

1—空气管；2—墙壁；3—固定点；4—顶棚

（四）可燃气体探测器布置

探测器分墙壁式和吸顶式安装（见图 6-7）。墙壁式可燃气体

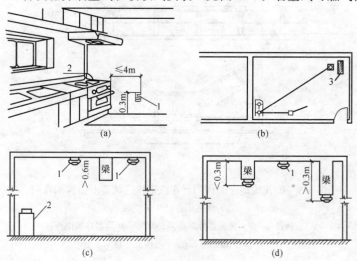

图 6-7 有煤气灶房间内探测器安装位置

(a) 安装位置一；(b) 安装位置二；(c) 安装位置三；(d) 安装位置四

1—可燃气体探测器；2—煤气灶；3—排气口

探测器应装在距煤气灶 4m 以内，距地面高度为 0.3m；探测器吸顶安装时，应装在距煤气灶 8m 以内的屋顶板上，如果屋内有排气口，可燃气体探测器允许装在排气口附近，但位置应距煤气灶 8m 以上；如果房间内有梁，且高度大于 0.6m，探测器应装在有煤气灶的梁的一侧，探测器在梁上安装时距屋顶不应大于 0.3m。

（五）探测器安装与接线

探测器的接线，实质上就是探测器底座的接线。在实际施工中，底座的安装和接线是同时进行的，典型探测器的安装与接线方式，如图 6-8～图 6-17 所示。

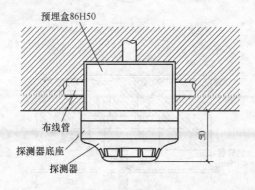

图 6-8 探测器安装方式

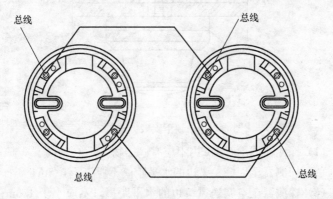

图 6-9 探测器接线方式

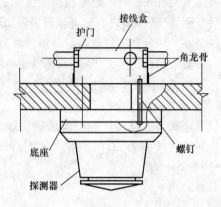

图 6-10 吊顶下安装方式（一）

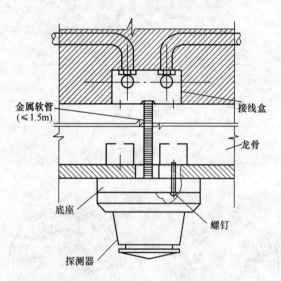

图 6-11 吊顶下安装方式（二）

（1）探测器周围 0.5m 内不应有遮挡物。

（2）探测器至墙壁、梁边的水平距离不应小于 0.5m。

（3）探测器至空调送风口边的水平距离，不应小于 1.5m；至多孔送风顶棚孔口的水平距离，不应小于 0.5m。

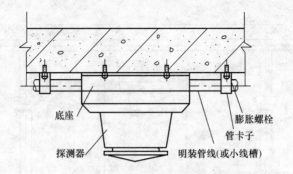

底座

探测器

膨胀螺栓

管卡子

明装管线(或小线槽)

图 6-12　顶板下明配管方式

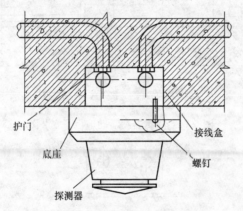

护门

底座

探测器

接线盒

螺钉

图 6-13　顶板下暗配管安装图

（4）在宽度小于 3m 的内走道顶棚上设置探测器时，宜居中布置。感温探测器的安装间距，不应超过 10m；感烟探测器的安装间距，不应超过 15m。探测器距端墙的距离，不应大于安装间距的一半。

（5）探测器宜水平安装，当必须倾斜安装时，倾斜角度不应大于 45°。

（6）探测器的底座应固定牢靠，其导线连接必须可靠压接或焊接。当采用焊接时，不得使用带腐蚀性的助焊剂。

（7）探测器的"＋"线应为红色，"－"应为蓝色，其余线应根据不同用途采用其他颜色区分，但同一工程中相同用途的导线颜

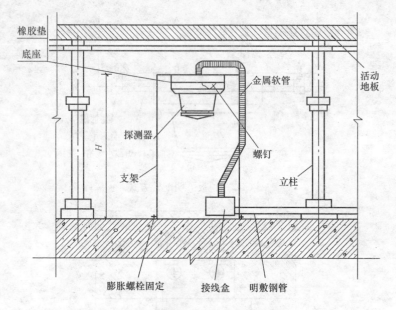

图 6-14　探测器在活动地板下安装图

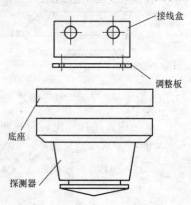

图 6-15　探测器用标准接线盒安装图

色应一致。

（8）探测器底座的外接导线应留有不小于 15cm 的余量，入端处应有明显标志。

（9）探测器底座的穿线孔宜封堵，安装完毕后的探测器底座应

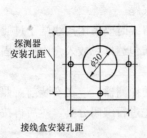

探测器安装孔距

接线盒安装孔距

图 6-16　调整板图

安装说明：探测器可采用专用接线盒，亦可采用标准接线盒，安装必要时加调整板调整安装孔距。

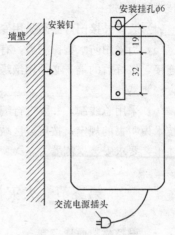

墙壁　安装钉　安装挂孔φ6

交流电源插头

图 6-17　可燃气体探测报警器安装示意

采取防护措施。

（10）探测器的确认灯应面向便于工作人员观察的主要入口方向。

（11）探测器在即将调试时方可安装，在安装前应妥善保管，并应采取防尘、防潮、防腐措施。

（六）探测器安装注意事项

（1）各类探测器有终端型和中间型之分。每分路（一个探测区内的火灾探测器组成的一个报警回路）应有一个终端型探测器，以实现线路故障监控。一般的感温探测器的探头上有红点标记的为终端型，无红色标记的为中间型；感烟探测器上的确认灯为白色发光二极管的为终端型，而确认灯为红色发光二极管的则为中间型。

（2）最后一个探测器加终端电阻 R，其阻值大小应按产品技术说明书中的规定取值，并联探测器的数值一般取 $5.6k\Omega$。有的产品不需接终端电阻，但是有的终端器为一个半导体硅二极管（ZCK型或 ZCZ型）和一个电阻并联，应注意安装二极管时，其负极应接在 +24V 端子或底座上。

（3）并联探测器数目一般以少于 5 个为宜，其他相关要求见产

163

品技术说明书。

（4）装设外接门灯必须采用专用底座。

（5）当采用防水型探测器，有预留线时要采用接线端子过渡分别连接，接好后的端子必须用绝缘胶布包缠好，放入盒内后再固定火灾探测器。

（6）采用总线制，并要进行编码的探测器，应在安装前对照厂家技术说明书的规定，按层或区域事先进行编码分类，然后再按照上述工艺要求安装探测器。

第三节　火灾报警控制系统

一、设备材料质量控制

（1）控制器的型号、技术性能应符合设计要求、规范和标准的规定，并有检验报告和出厂合格证书及技术说明书。消防主机应具有图形显示及中文屏幕菜单等功能，并需进行操作试验。

（2）备用电源（如镍镉电池、铅酸蓄电池、免维护碱性蓄电池等）应有合格证或质保资料及技术说明书。

（3）对进口设备进行开箱全面检查。进口设备应有国家商检部门的有关检验证明。一切随机的原始资料，自制设备的设计计算资料、测试记录、图纸、验收鉴定结论等应全部清点、整理归档。同时应提供原产地证明和商检证明。配套提供的质量合格证明、检测报告及使用、安装、维护说明书等文件资料应为中文文体（或附中文译文）。

二、施工质量控制

（一）安装准备

（1）机房环境检查。消防控制室应符合规范要求，地线、电源必须符合设计要求。

（2）进场的控制设备由施工承包单位按规定要求进行检验，尤其是功能检查，并写出试验或检验报告，经有关方确认方准进场。

（3）进行图纸会审及技术交底，设备安装位置、方向、缆线走向、槽板支吊架等应符合图纸要求，并与现场进行核对，发现问题及时协商解决。

（二）安装质量控制

（1）火灾报警控制器（以下简称控制器）在墙上安装时，其底边距地（楼）面高度宜为1.3～1.5m。落地安装时，其底宜高出地坪0.1～0.2m。

（2）控制器靠近其门轴的侧面距离不应小于0.5m，正面操作距离不应小于1.2m。落地式安装时，柜下面有进出线地沟；从后面检修时，柜后面板距离不应小于1m，当有一侧靠墙安装时，另一侧距离不应小于1m。

（3）控制器的正面操作距离，设备单列布置时不应小于1.5m，双列布置时不应小于2m。在值班人员经常工作的一面，控制盘前距离不应小于3m。

（4）控制器应安装牢固，不得倾斜。安装在轻质墙上时应采取加固措施。

（5）配线应整齐，避免交叉，并应固定牢固，电缆芯线和所配导线的端部均应标明编号，应与图纸一致。

（6）端子板的每个接线端，接线均不得超过两根。

（7）导线应绑扎成捆，导线、引入线穿线后，在进线管处应封堵。

（8）控制器的主电源引入线应直接与消防电源连接，严禁使用电源插头。主电源应有明显标识。

（9）控制器的接地应牢固，并有明显标识。

（10）竖向的传输线路应采用竖井敷设，每层竖井分线处应设端子箱，端子箱内的端子宜选择压接或带锡焊接的端子板，其接线端子上应有相应的标号。分线端子除作为电源线、火警信号线、故障信号线、自检线、区域号外，宜设两根公共线供给调试作为通信联络用。

（11）消防控制设备的外接导线，当采用金属软管作套管时，其长度不宜大于2m，且应采用管卡固定，其固定点间距离不应大于0.5m。金属软管与消防控制设备的接线盒（箱）应采用锁母固定，并应根据配管规定接地。

（12）消防控制设备外接导线的端部应有明显标志。

（13）消防控制设备盘（柜）内不同电压等级、不同电流的类别的端子应分开，并有明显标志。

（14）控制器（柜）接线应牢固、可靠，接触电阻小，而线路绝缘电阻要保证不小于 20MΩ。

（三）区域火灾报警控制器安装要点

（1）安装时首先根据施工图，确定好控制器的具体位置，量好箱体的孔眼尺寸，在墙上划好孔眼位置，然后进行钻孔。孔应垂直墙面，使螺栓间的距离与控制器上孔眼位置相同。在安装控制器时，应平直端正，否则，应调整箱体上的孔眼位置。

（2）区域火灾报警控制器一般为壁挂式，可以直接安装在墙上，也可以安装在支架上。控制器底边距地面的高度不应小于 1.5m。靠近其门轴的侧面距墙不应小于 0.5m，正面操作距离不应小于 1.2m。

（3）控制器安装在墙面上，可采用膨胀螺栓固定。如果控制器质量小于 30kg，则使用 $\phi 8 \times 120mm$ 膨胀螺栓；如果控制器质量大于 30kg，则采用 $\phi 10 \times 120mm$ 的膨胀螺栓固定。

（4）报警控制器安装在支架上，应先将支架加工好，并进行防腐处理。支架上钻好固定螺栓的孔眼，然后将支架装在墙上，再将控制箱装在支架上，安装方法同上。

（四）集中火灾报警控制器安装

（1）集中火灾报警控制器一般为落地式安装，柜下面有进出线地沟。如果需要从后面检修时，柜后面板距离不应小于 1m，当有一侧靠墙安装时，另一侧距墙不应小于 1m。

（2）集中报警控制器的正面操作距离，当设备单列布置时不应小于 1.5m，双列布置时不应小于 2m，在值班人员经常工作的一面，控制盘前距离不应小于 3m。

（3）集中火灾报警控制箱（柜）、操作台的安装，应将其安装在型钢基础底座上，一般采用 8～10 号槽钢，也可以采用相应的角钢。型钢底座的制作尺寸应与报警控制器外形尺寸相符。

（4）火灾报警控制设备经检查后，如果内部器件完好、清洁整齐、各种技术文件齐全并且盘面无损坏时，可将设备安装就位。

（5）报警控制设备固定好后，用抹布将各种设备擦干净，并应进行内部清扫，柜内不应有杂物。同时应检查机械活动部分是否灵活，导线连接是否紧固。

（6）一般设有集中火灾报警器的火灾自动报警系统的控制柜都较大。竖向的传输线路应采用竖井敷设，每层竖井分线处应设端子箱，端子箱内最少有 7 个分线端子，分别作为电源负线、火警信号线、故障信号线、区域号线、自检线、备用 1 分线和备用 2 分线。两根备用公共线是供给调试时作为通信联络用的。由于楼层多、距离远、在调试过程中用步话机联络不上，所以必须使用临时电话进行联络。

（五）手动火灾报警按钮的设置

（1）每个防火分区应至少设置一个手动火灾报警按钮。从一个防火分区内的任何位置到最邻近的一个手动火灾报警按钮的距离，不应大于 30m。

（2）手动火灾报警按钮宜设置在公共活动场所的出入口处。

（3）手动火灾报警按钮应设置在明显的和便于操作的部位。当安装在墙上时，其底边距地高度宜为 1.3～1.5m，且应有明显的标志。

（六）系统供电

（1）火灾自动报警系统应设有主电源和直流备用电源。

（2）火灾自动报警系统的主电源应采用消防电源，直流备用电源宜采用火灾报警控制器的集中设置的蓄电池或专用蓄电池。当直流备用电源采用消防系统集中设置的蓄电池时，火灾报警控制器应采用单独的供电回路，并应保证在消防系统处于最大负载状态下不影响报警控制器的正常工作。

（3）火灾自动报警系统主电源的保护开关不应采用漏电保护开关。

（4）火灾自动报警系统中的 CRT 显示器、消防通信设备等的电源，宜由 UPS 装置供电。

（七）布线

（1）火灾自动报警系统的传输线路和 50V 以下供电控制线路，

应采用电压等级不低于交流 250V 的铜芯绝缘导线或铜芯电缆。采用交流 220V/380V 的供电和控制线路，应采用电压等级不低于交流 500V 的铜芯电缆或铜芯绝缘导线。

（2）火灾自动报警系统的传输线路的线芯截面选择，除应满足自动报警装置技术条件的要求外，还应满足机械强度的要求。铜芯绝缘导线、铜芯电缆线芯的最小截面面积不应小于表 6-3 的规定。

表 6-3　　　　铜芯绝缘导线和铜芯电缆的线芯最小截面面积

序　号	类　别	线芯的最小截面面积（mm²）
1	穿管敷设的绝缘导线	1.00
2	线槽内敷设的绝缘导线	0.75
3	多芯电缆	0.50

（3）火灾自动报警系统的传输线路布线方式应采用穿金属管、经阻燃处理的硬质塑料管或封闭式线槽保护。

火灾自动报警系统的传输线路穿线导管与低压配电系统的穿线导管相同，应采用金属管、经阻燃处理的硬质塑料管或封闭式线槽等几种，敷设方式采用明敷或暗敷。

当采用硬质塑料管时，就应采用阻燃型，其氧指数不应小于30。如采用线槽配线，要求用封闭式防火线槽；如采用普通型线槽，其线槽内的电缆为干线系统时，此电缆宜选用防火型。

（4）消防控制、通信和警报线路采用暗敷时，宜采用金属管或经阻燃处理的硬质塑料管保护，并应敷设在不燃烧体的结构层内，且保护层厚度不宜小于 30mm。当采用明敷时，应采用金属管或金属线槽保护，并应在金属管或金属线槽上采取涂防火涂料等防火保护措施。

采用经阻燃处理的电缆时，可不穿金属管保护，但应敷设在电缆竖井或吊顶内有防火保护措施的封闭式线槽内。由于消防控制、通信和警报线路与火灾自动报警系统传输线路相比较更加重要，所以这部分的穿线导管选择要求更高，只有在暗敷时才允许采用阻燃型硬质塑料管，其他情况下只能采用金属管或金属线槽。

消防控制、通信和警报线路的穿线导管，一般要求敷设在非燃烧体的结构层内（主要指混凝土层内），其保护层厚度不宜小于

30mm。因管线在混凝土内可以起到保护作用，防止火灾发生时消防控制、通信和警报线路中断，使灭火工作无法进行，从而造成更大的经济损失。

（5）火灾自动报警系统用的电缆竖井，宜与电力、照明用的低压配电线路电缆竖井分别设置。如受条件限制必须合用，两种电缆应分别布置在竖井的两侧。

（6）从线槽、接线盒等处引到探测器底座盒、控制设备盒、扬声器箱的线路，均应加金属软管保护。

（7）火灾自动报警系统的传输网络不应与其他系统的传输网络合用。

（8）火灾探测器的传输线路，宜选择不同颜色的绝缘导线或电缆。正级"＋"线应为红色，负极"－"线应为蓝色。同一工程中相同用途导线的颜色应一致，接线端子应有标号。

（9）接线端子箱内的端子宜选择压接或带锡焊接点的端子板，其接线端子上应有相应的标号。

第四节　消防联动系统

一、设备材料质量控制

（1）把好设备、材料采购关，对供方的质量体系进行评定，以确定供方产品的质量保证能力。宜选定国家认定或注册的供方。

（2）消防联动设备和控制装置应符合设计要求或双方签订的技术协议文件要求。

（3）对进口设备，除开箱全面检查外，一切随机原始资料、自制设备的设计计算资料、图纸、测试记录和验收鉴定结论等应全部清点、整理归档。

二、施工质量控制

（一）材料选用

（1）阻燃型电线穿金属管应埋设在非燃体内，也可采用电缆桥架架空敷设。

（2）耐火电缆宜配以铜皮防火型电缆或选用耐火型电缆桥架。

（3）当变电所与水泵房属于同一防火分区时，供电电源干线可采用耐火电缆或耐火母线沿防火型电缆架明敷。不同防火分区时，应尽可能采用铜皮防火型电缆。

（4）不同系统、不同电压及不同电流类别的线路，不应穿于同一根管内或线槽的同一槽孔内。但电压为 50V 及以下回路、同一台设备的电力线路和无防干扰要求的控制回路可除外。此时电压不同的回路的导线，可以包含在一根多芯电缆内或其他的组合导线内，但对于安全超低压回路的导线，必须集中地或单独地按其中存在的最高电压绝缘起来。

（5）防排烟装置包括送风机、排烟机、各类阀门等，一般布置较分散，其配电线路防火既要考虑供电主回路线路，也要考虑联动控制线路。

（6）防排烟装置配电线路明敷时，应采用耐火型交联低电压电缆或铜皮型电缆。暗敷时，可采用一般耐火电缆。

（7）控制和联动线路应采用耐火电缆。

（二）线路连接与接地

（1）配电线路和控制线路在敷设时，应尽量缩短线路长度，避免穿越不同的防火分区。

（2）配电线（或接线）箱内采用端子板汇接各种导线，并应按不同用途、不同电压、电流类别等需要分别设置不同端子板，并将交、直流不同电压的端子板增设保护罩进行隔离，以保护人身和设备安全。

（3）单芯铜导线剥去绝缘层后，可以直接接入接线端子板，剥削绝缘层的长度，一般比端子板插入孔深度长 1mm 为宜。对于多芯铜线，剥去绝缘层后应挂锡再接入接线端子。

（4）箱内端子板接线时，应使用对线耳机，两人分别在线路两端逐根核对导线编号。将箱内留有余量的导线绑扎成束，分别设置在端子板两侧，左侧为控制中心引来的干线，右侧为火灾探测器及其他设备的控制线路，在连接前应再次摇测绝缘电阻值。每一回路线间的绝缘电阻值不应小于 10MΩ。

（5）消防控制室专设工作接地装置时，接地电阻值不应大于

4Ω。采用共同接地时，接地电阻值不应大于 1Ω。

(6) 由消防控制室接地板引至各消防设备的接地线，应选用铜芯绝缘软线，其线芯截面积不应小于 4mm^2。

(7) 当采用共同接地时，应采用专用接地干线由消防控制室接地板引至接地体。专用接地干线应选用截面积不小于 25mm^2 的塑料绝缘铜芯电线或电缆两根。

(8) 接地装置施工完毕后，应及时做好隐蔽工程验收工作。

三、质量通病与防治

(一) 系统布线缺陷

1. 现象

(1) 将不同系统、不同电压等级、不同电流类别的线路，穿在同一线槽内或同一管内，线槽内未设分隔板。

(2) 未按原设计线管规定线数布线，随意增加，强行拽线。

(3) 在线槽中布线不整齐，没按类别、楼层绑扎成束。

(4) 采用非标准导线，或随意降低缆线等级。

2. 原因分析

(1) 设计不详细或不明确。

(2) 施工人员不熟悉安装规程及消防规范，不按规范施工，将广播线 (70～110V) 与主回路线 (DC 24V) 穿在一起，将电源线 (AC 220V) 与主回路线 (DC 24V) 穿在一起或偷工减料等。

3. 防治措施

(1) 设计人员应严格执行消防规范。

(2) 施工人员应严格按规范、规程施工，加强监理。

(二) 报警系统中煤气泄漏和报警器误报

1. 原因分析

(1) 住户厨房空间小，但煤气告警器灵敏度高，并且是老式的热水器，煤气灶都存在燃烧不足、直排烟等缺陷。

(2) 可燃气体探测器安装位置过于靠近这些燃烧源，从而导致误报警。

2. 防治措施

(1) 使用燃烧源时，尽量打开门窗，保持良好的通风，避免误报警。

（2）将可燃气体探测器按产品规定安装在适当位置，离燃烧源适当距离。

（三）系统接地缺陷

1. 现象

（1）设备箱柜内无接地汇流排或无接地标识；控制室未设置专用接地板。

（2）接地干线不合格（截面不宜小于 25mm^2）。

（3）当采用交流电源供电时，主机、联动箱柜等设备金属外壳和支架未作保护接地。

2. 原因分析

（1）设计和施工人员不重视系统接地问题，在设计和施工时未严格按规范执行，致使接地板没做或做得不规范，安装不牢靠。

（2）设备厂家未按规范要求生产，或施工人员在设备到场时没认真检查。

3. 防治措施

（1）火灾自动报警系统应设专用接地干线，并应在消防控制室设置专用接地板。

（2）由消防控制室接地板引至各消防设备的专用接地线，应选用铜芯绝缘导线，其截面不应小于 4mm^2。

（3）专用接地干线应选用铜芯绝缘导线，其截面不应小于 25mm^2。

（4）设备采用交流供电时，设备金属支架和金属外壳等应作保护接地，接地线应与电气保护接地干线（PE 线）相连接。

（5）设计和施工人员应重视系统接地问题，并严格按规范执行。设备到场时应认真检查。

（四）防排烟系统不能正常动作

1. 原因分析

防排烟系统不能正常工作的原因包括管理脏乱、无序，施工质量差，多处堵塞、渗漏，造成松脱、锈蚀等问题；阀门不灵活，开启也不能联动风机，达不到设计中的排烟和送风的风量值和风压值要求；失去了正常排烟和送风的效果，起不到保障安全的作用。

2. 防治措施

加强对各种风阀的维护，对拉筋、弹簧等动作部件，应检查润滑剂质量效果。另外检查控制线路，保证联动功能正常。加强对风道的检查，减少泄漏量。

（五）报警系统联动调试缺陷

1. 原因分析

（1）在采用智能型火灾自动报警系统时，消防水泵、防排烟风机等重要控制设备，在消防控制室未设置手动直接控制装置；有的虽然已经设计和施工，但其线路采用阻燃（ZRKVV）控制线，而没采用耐火（NHKVV）控制线。

（2）消防电梯迫降仅通过模块信号自动控制。

（3）广播系统没有设置为独立系统，受每层模块控制，往往和警铃一并动作，警铃、广播一起响，很难听清广播的内容。

2. 防治措施

（1）消防水泵、防排烟风机控制设备，当采用智能型模块控制时，还应在消防室设置手动直接控制装置。

（2）消防控制室在确认火灾后，应能控制电梯全部停于首层，并接收其反馈信号。因此，从消防室到电梯机房应有直接控制的线路，以保证电梯可靠迫降。

（3）火灾发生后，及时向火区发出火灾警报，有秩序地组织人员疏散，是保证人身安全的首要问题。根据国内情况，一般工程的火灾报警信号和应急广播的范围都是在消防控制室手动操作。

（4）设计、安装人员应加强规范的学习，认真学习并理解规范的条文说明，了解掌握火灾自动报警系统联动要求。

（六）报警系统与防火卷帘联动调试缺陷

1. 原因分析

（1）地下车库防火卷帘的两侧设计的多个普通感温探测器，是由一个模块带的，仅有一个地址，无法实现"与"门信号的编程。

（2）防火卷帘的联动关系不明确。主要体现在两点，一是对防火卷帘的用途不清楚，二是接到什么样信号卷帘才动作不了解，因此造成设计混乱。

2. 防治措施

(1) 疏散通道上的防火卷帘两侧，应设置火灾探测组及其报警装置。装哪种探测器应结合保护区现场条件而定。如果是车库，则应在卷帘两侧安装智能型温感探测器。

(2) 用于防火分隔的卷帘，当接到火灾确认信号后，卷帘应一次下降到底。用于疏散通道的防火卷帘，当接到第一个火灾信号后，卷帘应先下降到 1.8m 位置；当接到第二个火灾信号后，卷帘再下降到底。

目前，用于疏散通道的防火卷帘，还有一种联动方法，当接到第一个火灾信号后，卷帘不动作；等接到第二个火灾信号后，卷帘下降到 1.8m 位置，等延时 20s 后，再下降到底。

(3) 设计人员应了解防火卷帘功能、正确设计功能不同卷帘的联动关系。此外，安装、调试人员应正确编程，严格按图纸、规范要求施工。

(七) 报警系统与气体灭火系统联动调试缺陷

1. 原因分析

(1) 气体灭火系统的信号未能返回消防控制中心。

(2) 气体灭火系统的报警控制系统，对防护区的通风口、排烟口、风机等设备没有联动，不能形成封闭空间。

2. 防治措施

设计、安装人员应严格遵守相关规范。

第七章 安全防范系统

智能建筑工程中的安全防范系统的工程实施及质量控制、系统检测和竣工验收，在符合 GB 50339—2003《智能建筑工程质量验收规范》相关规定的同时，还须遵守国家公共安全行业的有关法规。安全防范系统的范围应包括视频安防监控系统、入侵报警系统、出入口控制（门禁）系统、巡更管理系统、停车场（库）管理系统等各子系统。

第一节 工程实施及系统检测

一、设备进场验收

（1）安全技术防范产品必须经过国家或行业授权的认证机构（或检测机构）认证（检测）合格，并取得相应的认证证书（或检测报告）。

（2）安全防范系统线缆敷设、设备安装前，建筑工程应具备下列条件。

1）预埋管、预留件、桥架等的安装符合设计要求。

2）机房、弱电竖井的施工已结束。

（3）安全防范系统的电缆桥架、电缆沟、电缆竖井、电线导管的施工及线缆敷设，如有特殊要求应以设计施工图的要求为准，并应遵照 GB 50348—2004《安全防范工程技术规范》中的下述规定执行。

1）线缆敷设应符合下列规定。

①综合布线系统的线缆敷设应符合现行国家标准 GB 50311—2007《综合布线系统工程设计规范》的规定。

②非综合布线系统室内线缆的敷设，应符合下列要求。

a. 无机械损伤的电（光）缆，或改、扩建工程使用的电（光）缆，可采用沿墙明敷方式。

b. 在新建的建筑物内或要求管线隐蔽的电（光）缆应采用暗

175

管敷设方式。

c. 下列情况可采用明管配线。

（a）易受外部损伤。

（b）在线路路由上，其他管线和障碍物较多，不宜明敷的线路。

（c）在易受电磁干扰或易燃易爆等危险场所。

d. 电缆和电力线平行或交叉敷设时，其间距不得小于 0.3m。电力线与信号线交叉敷设时，宜成直角。

③室外线缆的敷设，应符合现行国家标准 GB 50198—1994《民用闭路监视电视系统工程技术规范》中第 2.3.7 条的要求。

④敷设电缆时，多芯电缆的最小弯曲半径应大于其外径的 6 倍，同轴电缆的最小弯曲半径应大于其外径的 15 倍。

⑤线缆槽敷设截面利用率不应大于 60%，线缆穿管敷设截面利用率不应大于 40%。

⑥电缆沿支架或在线槽内敷设时应在下列各处牢固固定。

a. 电缆垂直排列或倾斜坡度超过 45°时的每一个支架上。

b. 电缆水平排列或倾斜坡度不超过 45°时，在每隔 1～2 个支架上。

c. 在引入接线盒及分线箱前 150～300mm 处。

⑦明敷设的信号线路与具有强磁场、强电场的电气设备之间的净距离宜大于 1.5m。当采用屏蔽线缆或穿金属保护管，或在金属封闭线槽内敷设时，距离宜大于 0.8m。

⑧线缆在沟道内敷设时，应敷设在支架上或线槽内。当线缆进入建筑物后，线缆沟道与建筑物间应隔离密封。

⑨线缆穿管前应检查保护管是否畅通，管口应加护圈，防止穿管时损伤导线。

⑩线在管内或线槽内不应有接头和扭结。导线的接头应在接线盒内焊接或用端子连接。

⑪同轴电缆应一线到位，中间无接头。

2）光缆敷设应符合下列规定。

①敷设光缆前，应对光纤进行检查。光纤应无断点，其衰耗值应符合设计要求。核对光缆长度，并应根据施工图的敷设长度来选

配光缆。配盘时应使接头避开河沟、交通要道和其他障碍物。架空光缆的接头应设在杆旁 1m 以内。

②敷设光缆时，其最小弯曲半径应大于光缆外径的 20 倍。光缆的牵引端头应做好技术处理，可采用自动控制牵引力的牵引机进行牵引。牵引力应加在加强芯上，其牵引力不应超过 150kg，牵引速度宜为 10m/min；一次牵引的直线长度不宜超过 1km，光纤接头的预留长度不应小于 8m。

③光缆敷设后，应检查光纤有无损伤，并对光缆敷设损耗进行抽测。确认没有损伤后，再进行接续。

④光缆接续应由受过专门训练的人员操作，接续时应采用光功率计或其他仪器进行监视，使接续损耗达到最小。接续后应做好保护，并安装好光缆接头护套。

⑤在光缆的接续点和终端应做永久性标志。

⑥管道敷设光缆时，无接头的光缆在直道上敷设时应由人工逐个人扎同步牵引。预先做好接头的光缆，其接头部分不得在管道内穿行。光缆端头应用塑料胶带包扎好，并盘圈放置在托架高处。

⑦光缆敷设完毕后，宜测量通道的总损耗，并用光时域反射计观察光纤通道全程波导衰减特性曲线。

二、施工质量检查和观感质量验收

（1）安全防范系统施工质量检查和观感质量验收，应根据合同技术文件、设计施工图进行。

1）对电（光）缆敷设与布线应检验管线的防水、防潮，电缆排列位置，布放、绑扎质量，桥架的架设质量，缆线在桥架内的安装质量，焊接及插接头安装质量和接线盒接线质量等。

2）对接地线应检验接地材料、接地线焊接质量、接地电阻等。

3）对系统的各类探测器、摄像机、云台、防护罩、控制器、辅助电源、电锁、对讲设备等的安装部位、安装质量和观感质量等进行检验。

4）同轴电缆的敷设、摄像机、机架、监视器等的安装质量检验应符合 GB 50198—1994《民用闭路监视电视系统工程技术规范》

的有关规定。

5）控制柜、控制箱与控制台等的安装质量检验应遵照GB 50303—2002《建筑电气工程施工质量验收规范》第6章有关规定执行。

（2）系统承包商应对各类探测器、控制器、执行器等部件的电气性能和功能进行自检，自检采用逐点测试的形式进行。

（3）在安全防范系统设备安装、施工测试完成后，经建设方同意可进入系统试运行，试运行周期应不少于1个月。系统试运行时应作好试运行记录。

三、系统检测

（1）安全防范系统的系统检测应由国家或行业授权的检测机构进行检测，并出具检测报告，检测内容、合格判据应执行国家公共安全行业的相关标准。

（2）安全防范系统检测应依据工程合同技术文件、施工图设计文件、工程设计变更说明和洽商记录、产品的技术文件进行。

（3）安全防范系统进行系统检测时应提供下列记录。

1）设备材料进场检验记录。

2）隐蔽工程和过程检查验收记录。

3）工程安装质量和观感质量验收记录。

4）设备及系统自检测记录。

5）系统试运行记录。

（4）安全防范系统综合防范功能检测应包括以下方面。

1）防范范围、重点防范部位和要害部门的设防情况、防范功能，以及安防设备的运行是否达到设计要求，有无防范盲区。

2）各种防范子系统之间的联动是否达到设计要求。

3）监控中心系统记录（包括监控的图像记录和报警记录）的质量和保存时间是否达到设计要求。

4）安全防范系统与其他系统进行系统集成时，应按GB 50339—2003《智能建筑工程质量验收规范》第3.2.7条的规定检查系统的接口、通信功能和传输的信息等是否达到设计要求。

（5）安全防范综合管理系统的检测。综合管理系统完成安全防范系统中央监控室对各子系统的监控功能，具体内容按工程设计文件要求确定。

1）检测内容。

①各子系统的数据通信接口。各子系统与综合管理系统以数据通信方式连接时，应能在综合管理监控站上观测到子系统的工作状态和报警信息，并和实际状态核实，确保准确性和实时性。对具有控制功能的子系统，应检测从综合管理监控站发送命令时子系统响应的情况。

②综合管理系统监控站。对综合管理系统监控站的软、硬件功能的检测，包括以下方面。

a. 检测子系统监控站与综合管理系统监控站对系统状态和报警信息记录的一致性。

b. 综合管理系统监控站对各类报警信息的显示、记录、统计等功能。

c. 综合管理系统监控站的数据报表打印、报警打印功能。

d. 综合管理系统监控站操作的方便性，人机界面应友好、汉化、图形化。

2）综合管理系统功能应全部检测，功能符合设计要求为合格，合格率为 100% 时为系统功能检测合格。

第二节　视频安全防范监控系统

一、质量验收标准

（1）检测内容。

1）系统功能检测。云台转动，镜头、光圈的调节，调焦、变倍，图像切换，防护罩功能的检测。

2）图像质量检测。在摄像机的标准照度下进行图像的清晰度及抗干扰能力的检测。检测方法：按 GB 50339—2003《智能建筑工程质量验收规范》第 4.2.9 条的规定对图像质量进行主观评价，主观评价应不低于 4 分；抗干扰能力按 GA/T 367—2001《视频安防监控系统技术要求》进行检测。

3）系统整体功能检测。功能检测应包括视频安防监控系统的监控范围、现场设备的接入率及完好率；矩阵监控主机的切换、控制、编程、巡检、记录等功能。

对数字视频录像式监控系统还应检查主机死机记录、图像显示和记录速度、图像质量、对前端设备的控制功能，以及通信接口功能、远端联网功能等。

对数字硬盘录像监控系统除检测其记录速度外，还应检测记录的检索、回放等功能。

4）系统联动功能检测。联动功能检测应包括与出入口管理系统、入侵报警系统、巡更管理系统、停车场（库）管理系统等的联动控制功能。

5）视频安防监控系统的图像记录保存时间应满足管理要求。

（2）摄像机抽检的数量应不低于 20％且不少于 3 台，摄像机数量少于 3 台时应全部检测。被抽检设备的合格率为 100％时为合格；系统功能和联动功能全部检测，功能符合设计要求时为合格，合格率为 100％时为系统功能检测合格。

（3）视频安防监控系统检验项目、检验要求及测试方法应符合表 7-1 的要求。

表 7-1　视频安防监控系统检验项目、检验要求及测试方法

序号	检验项目		检验要求及测试方法
1	系统控制功能检验	编程功能检验	通过控制设备键盘可手动或自动编程，实现对所有的视频图像在指定的显示器上进行固定或时序显示、切换
		遥控功能检验	控制设备对云台、镜头、防护罩等所有前端受控部件的控制应平稳、准确
2	监视功能检验		（1）监视区域应符合设计要求。监视区域内照度应符合设计要求，如不符合要求，检查是否有辅助光源 （2）对设计中要求必须监视的要害部位，检查是否实现实时监视、无盲区

序号	检验项目	检验要求及测试方法
3	显示功能检验	（1）单画面或多画面显示的图像应清晰、稳定 （2）监视画面上应显示日期、时间及所监视画面前端摄像机的编号或地址码 （3）应具有画面定格、切换显示、多路报警显示、任意设定视频警戒区域等功能 （4）图像显示质量应符合设计要求，并按国家现行标准 GB 50198—1994《民用闭路监视电视系统工程技术规范》对图像质量进行 5 级评分
4	记录功能检验	（1）对前端摄像机所摄图像应能按设计要求进行记录，对设计中要求必须记录的图像应连续、稳定 （2）记录画面上应有记录日期、时间及所监视画面前端摄像机的编号或地址码 （3）应具有存储功能。在停电或关机时，对所有的编程设置、摄像机编号、时间、地址等均可存储，一旦恢复供电，系统应自动进入正常工作状态
5	回放功能检验	（1）回放图像应清晰，灰度等级、分辨率应符合设计要求 （2）回放图像画面应有日期、时间及所监视画面前端摄像机的编号或地址码，应清晰、准确 （3）当记录图像为报警联动所记录图像时，回放图像应保证报警现场摄像机的覆盖范围，使回放图像能再现报警现场 （4）回放图像与监视图像比较应无明显劣化，移动目标图像的回放效果应达到设计和使用要求
6	报警联动功能检验	（1）当入侵报警系统有报警发生时，联动装置应将相应设备自动开启。报警现场画面应能显示到指定监视器上，应能显示出摄像机的地址码及时间，应能单画面记录报警画面 （2）当与入侵探测系统、出入口控制系统联动时，应能准确触发所联动设备 （3）其他系统的报警联动功能，应符合设计要求
7	图像丢失报警功能检验	当视频输入信号丢失时，应能发出报警
8	其他功能项目检验	具体工程中具有的而以上功能中未涉及的项目，其检验要求应符合相应标准、工程合同及正式设计文件的要求

第七章 安全防范系统

181

二、设备材料质量控制

（1）组成视频监控系统的前端设备（如 CCD 摄像机、云台、镜头、防护罩、解码器、一体化摄像机等）、矩阵控制器、终端设备（如多画面分割器、监视器、频报警器、PC 数字式录像机、电梯层面显示器等）、传输缆线（如同轴电视、双绞线、光纤等）等器材设备应符合设计要求，且具有开箱清单、产品技术说明书、合格证等质保资料，数量应符合图纸和合同的要求。

（2）摄像机的主要性能及技术参数。如色彩、照度、清晰度、同步、电源自动增益控制（AGC）、电子亮度控制、自动白平衡、逆光补偿等应符合设计要求和产品技术指标要求。

（3）镜头的焦距、Cs/C 接口标准、自动光圈、光通量等选择应符合设计要求。

（4）同轴电缆、双绞线等缆线应符合设计或合同要求，其性能技术指标应符合相关标准及规范。

（5）黑白/彩色专用监视器、数码光盘记录、录像机（时滞录像机）、计算机硬盘录像应符合设计要求和产品技术标准。

（6）控制设备，如视频矩阵切换器、双工多画面视频处理器、多画面分割器、视频分配器等应符合设计或合同要求，并应符合产品技术要求。

（7）设备产品的企业应提供"生产登记批准书"的批准文件或"安全认证"的有关文件。

三、施工质量控制

（一）施工准备

（1）对施工现场进行检查，符合下列要求方可进场、施工。

1）施工对象已基本具备进场条件，如安全用电、作业场地等均已符合施工要求。

2）施工区域内建筑物的现场情况和预留管道、预留孔洞、预埋件及地槽等符合设计要求。

3）使用道路及占用道路（包括横跨道路）情况应符合施工要求。

4）允许清楚同杆架设的杆路及自立杆杆路的情况，符合施工要求。

5）敷设直埋电缆和管道电缆的路由状况清楚，并已对各管道标出路由标志。

6）当施工现场有影响施工的障碍物时，已提前清除。

（2）对施工准备进行检查，符合下列要求方可施工。

1）设计文件和施工图纸齐全。

2）施工人员熟悉施工图纸及有关资料，包括工程特点、工艺要求、施工方案、施工质量及验收标准。

3）设备、器材、辅材、机械、工具以及通信联络工具等满足连续施工和阶段施工的要求。

4）有源设备通电检查，各项功能正常。

（3）工程施工应按正式设计文件和施工图纸进行，不得随意更改。若确需局部调整和变更的，须填写"更改审核单"或监理单位提供的更改单，经批准后方可施工。

（4）施工中应做好隐蔽工程的随工验收工作。管线敷设时，建设单位或监理单位应会同设计、施工单位对管线敷设质量进行随工验收，并填写"隐蔽工程随工验收单"或监理单位提供的隐蔽工程随工验收单。

（二）系统的安装程序

（1）系统的安装主要包括云台与摄像机的安装、线路敷设、监控室控制及监视设备的安装和电源及接地保护装置的安装等。

（2）为了提高系统安装的施工效率，一般情况下，施工程序如图 7-1 所示。

（三）云台安装

1. 云台安装要求

（1）云台的安装应牢固可靠，转动时无晃动。

（2）应根据产品技术条件和系统设计要求，检查云台的转动角度范围是否满足要求。

（3）在云台附近或吊顶内可安装解码器（但须留有检修孔）。

2. 手动云台的安装

手动云台结构简单，使用、安装和调节都很方便，而且价格低

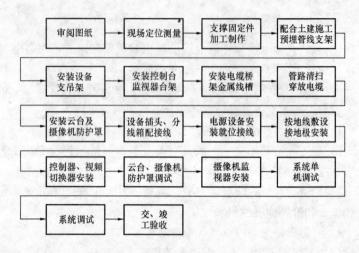

图 7-1 闭路电视系统安装施工程序图

廉，因而在实践中得到广泛应用。

（1）图 7-2 所示为一种半固定式手动云台，这种云台采用 4 个

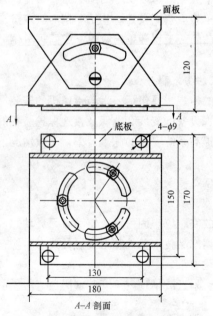

图 7-2 YTB-Ⅰ型半固定云台安装尺寸

螺栓将云台底板固定在建筑物梁、屋架或自制的钢支架上，使云台保持水平。将云台固定好以后，旋松底板上的3个螺母，可以调节摄像机的水平方位。当水平方位调节好后，即旋紧3个固定螺母。

为了调节摄像机的俯仰角度，可以松开云台侧面螺母，调节完毕后便旋紧侧面螺母，使摄像机固定在要求的位置上。这种半固定式手动云台的摄像机固定面板上有若干个固定孔，可以供多种摄像机及其防护罩使用。

（2）图 7-3 所示为另一种类型的半固定云台示意图。它可以与各种吊装架和壁装架配套使用，也可以安装在建筑物的梁或屋架上。这种云台调整非常灵活方便，只需紧固螺钉即可。摄像机水平方向的旋转是依靠云台面板上的螺钉来调整的，俯仰角是通过调节侧板螺母确定的。云台的底座应该平稳牢固。

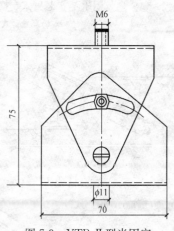

图 7-3　YTB-Ⅱ型半固定云台安装尺寸

（3）手动云台除了半固定式以外，还有悬挂式手动云台和横臂式手动云台，如图 7-4 所示。这两种云台的特点是将手动云台与悬吊支架、壁装支架制作成为一体化产品，使用方便，安装简单，特别适合于轻型监视用固体摄像机的安装。

（4）常见的几种手动云台的安装与应用，如图 7-5 所示。悬挂式手动云台主要安装在天花板上，但必须固定在天花板上面的承重主龙骨上，也可安装在平台上，如图 7-5（a）所示。横壁式手动云台则安装在垂直的柱、墙面上，如图 7-5（b）所示。半固定式手动云台安装于平台或凸台上，如图 7-5（c）所示。

3. 电动云台的安装

电动云台分为室内和室外两种类型。

（1）图 7-6 所示为 YT-Ⅰ型室内电动云台，用它可以带动摄像

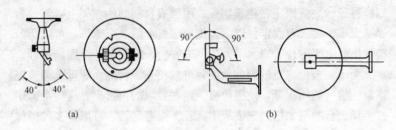

图 7-4　悬臂式、横臂式手动云台示意图

（a）悬臂式；（b）横臂式

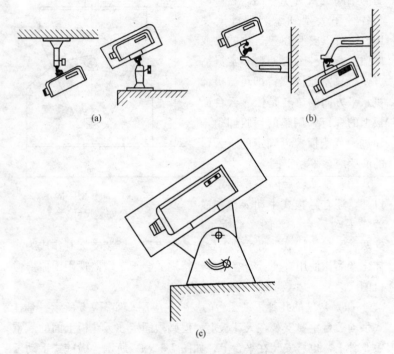

图 7-5　手动云台的安装

（a）悬挂式手动云台安装与应用；（b）横壁式手动云
台安装与应用；（c）半固定式手动云台安装与应用

机寻找固定或活动目标，具有平稳、转动灵活的特点。这种云台可
以水平旋转320°，垂直旋转±45°，也可以直接将摄像机安装在云

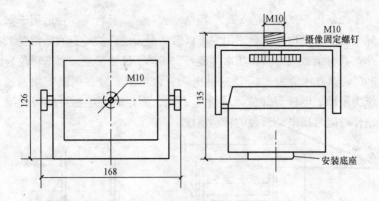

图7-6　YT-Ⅰ型电动云台安装尺寸

台上或通过摄像机防护罩再安装摄像机。

图7-7所示是一种适用于室内的电动云台，其型号为 YT-Ⅱ型，它具有体积小、无回差、无惯性及转动灵活平稳等特点。其水平转角为 330°，垂直转角为 ±45°。

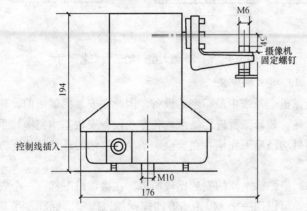

图7-7　YT-Ⅱ型电动云台安装尺寸

上述两种室内型电动云台均可安装于平台、屋梁、标准吊支架和自制钢架上，支架应不影响电动云台的转动，并保持足够的安全距离。电动云台的质量是手动云台质量的 5 倍以上。支持电动云台的支吊架，一定要安装牢固可靠，在云台旋转时不发生抖动现象。

（2）图 7-8 所示是 YT-25 型电动云台。该云台是一种适用于室外安装的大型电动云台，用它可以带动全天候防护外套的摄像机工作，具有负载能力强、防水性能好、转动平稳的特点。水平转角为300°，垂直转角为±45°。这种电动云台可以安装在钢制支架、建筑物屋顶、电杆等部位，质量为 22kg，固定时要牢固可靠，支架制作时应考虑电动云台的转动惯性。

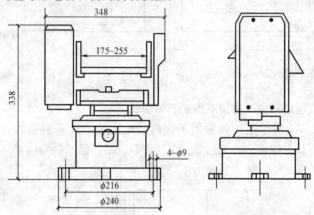

图 7-8　YT-25 型大型电动云台安装尺寸

（四）摄像机安装

摄像机是系统中最精密的设备。因此在安装摄像机前，建筑物内的土建、装修工程应已结束，各专业设备安装基本完毕，系统的其他项目均已施工完毕，在安全、干净、整洁的环境条件下方可安装。

（1）摄像机本体的安装比较简单。在摄像机下部有一个安装固定螺孔，可以用一个 M6 或 M8 的螺栓加以固定。标准支吊架、各种云台等设备均配备这种固定摄像机的螺栓。

（2）摄像机安装前应按下列要求进行检查。

1）将摄像机逐个通电后进行检测和粗调，在摄像机处于正常工作状态后，方可安装。

2）检查云台的水平、垂直转动角度，并根据设计要求定准云台转动起点方向。

3）检查摄像机在防护套内紧固情况。

4）检查摄像机防护套的雨刷动作。

5）检查摄像机底座与支架或云台的安装尺寸。

（3）在搬动、架设摄像机过程中，不得打开镜头盖。

（4）先对摄像机进行初步安装，经通电试看、细调，检测各项功能，观察监视区域的覆盖范围和图像质量，符合要求后方可固定。

（5）在高压带电设备附近架设摄像机时，应按带电设备的要求，确定安全距离。

（6）摄像机镜头应避免强光直射，保证摄像管靶面不受损伤。镜头视场内，不得有遮挡监视目标的物体。摄像机镜头应从光源方向对准监视目标，并应避免逆光安装；当需要逆光安装时，应降低监视区域的对比度。

（7）从摄像机引出的电缆宜留有 1m 的余量，不得影响摄像机的转动。摄像机的电源线和电缆均应固定，并不得用插头承受电缆的自重。

（8）摄像机及其配套装置，如镜头、防护罩、雨刷、支架等，安装应牢固，运转应灵活，应注意防破坏，并与周边环境相协调。

（9）信号线和电源线应分别引入，外露部分用软管保护，并不应影响云台的转动。

（10）在强电磁干扰环境下，摄像机安装应与地绝缘隔离。

（11）电梯厢内的摄像机应安装在厢门上方的左侧或右侧，并能有效监视电梯厢内乘员面部特征。

（12）为了保证摄像机正常工作，在恶劣环境下使用时，还需要实施一系列保护措施。例如，在高温多尘的场合，对目标实行远距离监视控制和集中调度的摄像机，要加装风冷防尘保护设施。

（五）视频安防监控系统调试

（1）按 GA/T 367—2001《视频安防监控系统技术要求》等国家现行相关标准的规定，检查并调试摄像机的聚焦、监控范围、环境照度与抗逆光效果等，使图像清晰度、灰度等级达到系统设计要求。

（2）检查并调整对云台、镜头等的遥控功能，排除机械冲击和遥控延迟等不良现象，使监视范围达到设计要求。

（3）检查并调整视频切换控制主机的操作程序、字符叠加、图像切换等功能，保证工作正常，满足设计要求。

（4）调整监视器、打印机、录像机、图像处理器、解码器、编码器等设备，保证工作正常，满足设计要求。

（5）当系统具有报警联动功能时，应检查并调试自动开启摄像机电源、自动切换音频/视频到指定监视器、自动实时录像等功能。系统应叠加摄像时间、摄像机位置（含电梯楼层显示）的标识符，并显示稳定。当系统需要灯光联动时，应检查灯光打开后图像质量是否达到设计要求。

（6）检查并调试监视图像与回放图像的质量，在正常工作照明环境条件下，监视图像质量不应低于表 3-3 规定的 4 级，回放图像质量不应低于表 3-3 规定的 3 级，或至少能辨别人的面部特征。

四、质量通病与防治

（一）图像模糊

1. 现象

（1）远距离的摄像机画面不清楚，有干扰杂波。

（2）图像模糊不清或很近距离才清晰。

（3）摄像机监视画面很白，看不清晰物体。

2. 原因分析

（1）选用的同轴电缆不符合标准。视频线路长接触不好，屏蔽层破损或线路长期被水浸，导致线路发霉。

（2）线路长信号损耗大，造成图像模糊。摄像机质量差或镜头焦距没调好，护罩镜面有遮挡物等直接影响录像的效果。

（3）所选用的摄像机逆光补偿功能差或摄像机所安装的方位正对着强光。

3. 防治措施

（1）用仪表测试视频线路的电阻，长期被水浸的线路应做防水处理，线路长的监控点加装放大器。必须需要接头处要焊接；要选用符合标准的同轴电缆。

（2）镜头焦距安装前要先调试好，安装时要注意保护外罩的镜面不被刮划，在工程设计前要了解产品的质量和性能。不能选用没有合格证明的设备。

（3）摄像机的安装方位不要正对着强光，对有强光的地方要选择有逆光补偿功能的摄像机。

（二）视频信号不稳定或丢失

1. 现象

（1）监视器屏幕突然出现蓝屏或单个画面不停闪动、忽隐忽现。

（2）带云台的摄像机转动到某位置图像经常没有或没有图像。

2. 原因分析

（1）线路接触不好。测试线路和电压正常的情况下，可以把录像机的输入端口互换检查，图像正常可以认为是录像机个别输入端口出现故障，如果还没有图像就要检测摄像机的好坏。带云台的摄像机由于长时间运转造成机内触点松动，接触不良或长时间运转导致连接线路扭断。

（2）部分施工人员缺乏责任心，为了便利，在顶棚上或其他部位布线时不套管保护缆线，时间长了，导致缆线被虫鼠咬断。

3. 防治措施

（1）安装前需注意旋转线路的保护。

（2）安装工艺规范化，增加线路通断的测试，加强教育施工单位的责任心。

第三节　入侵报警系统

一、质量验收标准

（1）检测内容。

1）探测器的盲区检测，防动物功能检测。

2）探测器的防破坏功能检测应包括报警器的防拆报警功能，信号线开路、短路报警功能，电源线被剪的报警功能。

3）探测器灵敏度检测。

4）系统控制功能检测应包括系统的撤防、布防功能，关机报警功能，系统后备电源自动切换功能等。

5）系统通信功能检测应包括报警信息传输、报警响应功能。

6）现场设备的接入率及完好率测试。

7）系统的联动功能检测应包括报警信号对相关报答现场照明系统的自动触发、对监控摄像机的自动启动、视频安防监视画面的自动调入、相关出入口的自动启闭、录像设备的自动启动等。

8）报警系统管理软件（含电子地图）功能检测。

9）报警信号联网上传功能的检测。

10）报警系统报警事件存储记录的保存时间应满足管理要求。

（2）探测器抽检的数量应不低于 20％且不少于 3 台，探测器数量少于 3 台时应全部检测。被抽检设备的合格率为 100％时为合格；系统功能和联动功能全部检测，功能符合设计要求时为合格，合格率为 100％时为系统功能检测合格。

二、设备材料质量控制

（1）各类报警器（开关、震动、次声、超声波、被动与主动红外、微波、激光、视频运动、多种技术复合等报警器）、传输缆线及报警控制器，必须具备产品的技术说明书、合格证等质保资料，并应符合设计要求和相关行业标准。

（2）微波入侵探测器、被动/主动红外入侵探测器和防盗报警器等产品应在包装或说明书上标明生产许可证标记和编号及批准日期。标记和编号为 XKHZ，且应提供相应的产品检验报告。

三、施工质量控制

（一）线路敷设

（1）应符合设计图纸的要求和有关标准规范的规定。有隐蔽工程的应作隐蔽验收。

（2）线缆回路应进行绝缘测试，并作测试记录，绝缘电阻值大于 20MΩ。

（3）电源线、地线应按规定连接。电源线与信号线应分槽（或管）敷设，以防干扰。采用联合接地时，接地电阻不应大于 1Ω。

（二）探测器安装

（1）各类入侵探测器，应根据可选用产品的特性及警戒范围要求进行安装。

（2）周界入侵探测器的安装位置要对准，防区要交叉，室外入侵探测器的安装应符合产品使用要求和防护范围。

（3）底座和支架应固定牢靠，其导线连接应采用可靠连接方式。

（4）外接导线应留有适当的余量。

（三）报警器安装

（1）选择安装位置时应尽可能使入侵者都能处于红外警戒的光束范围内。

（2）要使入侵者的活动有利于横向穿越光束带区，这样可以提高探测灵敏度。

（3）为了防止误报警，不应将 PIR 探头对准任何温度会快速改变的物体，诸如电加热器、暖气、火炉、空调器的白炽灯、出风口等强光源，以及受到阳光直射的门窗等热源，以免由于热气流的流动而引起误报警。

（4）警戒区内注意不要有高大的遮挡物遮挡及电风扇叶片的干扰。

（5）PIR 永远不能安装在某些热源（如加热器、暖气片、热管道等）的上方或其附近，否则也会产生误报警。PIR 应与热源保持至少 1.5m 以上的间隔距离。

（6）PIR 不要安装在强电设备附近。

（7）PIR 一般安装在墙角，安装高度为 2～4m，一般为 2～2.5m。

（四）入侵报警系统调试

（1）按国家现行入侵探测器系列标准、GA/T 368—2001《入侵报警系统技术要求》等相关标准的规定，检查与调试系统所采用探测器的探测范围、灵敏度、漏报警、误报警、报警状态后的恢复、防拆保护等功能与指标，应基本符合设计要求。

（2）按现行国家标准 GB 12663—2001《防盗报警控制器通用技术条件》的规定，检查控制器的本地、异地报警、防破坏报警、布撤防、报警优先、自检及显示等功能，应基本符合设计要求。

（3）检查紧急报警时系统的响应时间，应基本符合设计要求。

（五）入侵系统功能检测

1. 系统检测项目（见表 7-2）

表 7-2 　　　　　入侵报警系统控制功能及通信功能检测

检测项目		功　　能	抽查百分数（%）	技术要求	检查记录							
					1	2	3	4	5	…	…	N
前端设备	各类探测器	通电试验	10									
		探测器灵敏度调整										
		防拆、防破坏功能										
		环境对探测器工作有无干扰的情况										
报警管理	控制器	通电试验	10									
		控制功能										
		动作实时性										
	报警管理	设防、撤防										
		防拆报警功能										
		系统自检，巡检功能										
		报警信息查询										
		手/自动触发报警功能										
		报警打印										
		报警储存										
	信息处理	声、光报警显示										
		报警区域号显示										
		电子地图显示										
		报警响应时间		<4s								
		报警接通率		>98%								
		声音复核、对讲功能										
		统计功能、报表打印										

注 每类控制器总数在 10 台以下时至少检测 3 台或 100%检测。

2. 检测要求

（1）检查系统与计算机集成系统的联网接口，以及该系统对防盗、防入侵报警的集中控制和管理能力。

（2）系统应能按时间、按区域（部位）任意编程，可设防或撤防。

（3）系统应能显示报警时间、部位，并能记录及提供联动电视监控、灯光等控制接口信号。

（4）检查防盗报警控制器的编程功能、自检功能、布撤防及旁路功能，以及报警发生时的声光显示与记录功能。

（5）检查报警系统的可靠度，应满足设计技术要求及相关标准。

（6）探测器抽检的数量应不低于10％，探测器数量少于10台时至少检测3台或全部检测。被抽检设备的合格率达90％时为合格；系统功能和联动功能检测全部，合格率为100％时为合格。

（7）测试紧急按钮到控制器的直接响应时间一般不大于1s，到系统微机处理器的响应时间一般为3s以内。

（8）紧急按钮通过市话网至报警中心的响应时间不应大于20s（电话线路处于主叫状态）。检查报警信号是否优先（即报警优先抢占话路），是否有防破坏措施；检查当电话线破坏时系统是否另有辅助办法与报警中心联系。

（9）检查系统的主电源和备用电源，其容量应分别符合相关标准的要求。在备用电源连续充、放电3次后，主电源和备用电源应能自动切换。

四、质量通病与防治

（一）现象

（1）在布防的情况下，防区的报警器经常误报，严重影响安全保卫工作。

（2）周界红外对射防区经常误报。

（二）原因分析

（1）所选用的探测器无防宠物的检测功能，探测器未安装在温度适宜的环境。

（2）探测器靠近围墙边的绿化带，这些植物经常高出围墙，风吹草动时树枝摆动隔断红外线，引起报警。

（三）防治措施

（1）老鼠出没的地方要经常灭鼠，还需要防止其他动物闯入探测器的有效监测区域或选用有防宠物功能的探测器。

（2）根据现场的实际情况调节探测器的灵敏度至最佳效果，围墙边的树枝条要定期修剪。

第四节　出入口控制（门禁）系统

一、质量验收标准

（1）检测内容。

1）出入口控制（门禁）系统的功能检测。①系统主机在离线的情况下，出入口（门禁）控制器独立工作的准确性、实时性和储存信息的功能。②系统主机对出入口（门禁）控制器在线控制时，出入口（门禁）控制器工作的准确性、实时性和储存信息的功能，以及出入口（门禁）控制器和系统主机之间的信息传输功能。③检测掉电后，系统启用备用电源应急工作的准确性、实时性和信息的存储和恢复能力。④通过系统主机、出入口（门禁）控制器及其他控制终端，实时监控出入控制点的人员状况。⑤系统对非法强行入侵及时报警的能力。⑥检测本系统与消防系统报警时的联动功能。⑦现场设备的接入率及完好率测试。⑧出入口管理系统的数据存储记录保存时间应满足管理要求。

2）系统的软件检测。①演示软件的所有功能，以证明软件功能与任务书或合同书要求一致。②根据需求说明书中规定的性能要求，包括时间、适应性、稳定性等，以及图形化界面友好程度，对软件逐项进行测试。③对软件系统操作的安全性进行测试，如系统操作人员的分级授权、系统操作人员操作信息的存储记录等。④在软件测试的基础上，对被验收的软件进行综合评审，给出综合评审结论，包括软件设计与需求的一致性、程序与软件设计的一致性，以及文档（含软件培训、教材和说明书）描述与程序的一致性、完整性、准确性和标准化程度等。

（2）出入口控制器抽检的数量应不低于 20％且不少于 3 台，数量少于 3 台时应全部检测。被抽检设备的合格率为 100％时为合格；系统功能和软件全部检测，功能符合设计要求为合格，合格率为 100％时为系统功能检测合格。

二、设备材料质量控制

（1）产品外观应完整，无损伤和变形。

（2）有源设备到场后应通电检查各项功能，并且符合设计及产品技术要求。

（3）构成出入口控制（门禁）系统的中央管理机、控制器、读卡器（门磁开关，电子门锁等）、执行机构等器材设备必须具备产品技术说明书、产品合格证等质保资料，还应符合设计要求和相关行业标准，数量应符合图纸或合同的要求。设备进入现场，应有开箱清单、产地证明等随机资料。

三、施工质量控制

（一）读卡机安装

（1）应安装在平整、坚固的水泥墩上，保持水平，不得倾斜。

（2）一般安装在室内，安装在室外时，应采取防水措施及防撞装置。

（3）读卡机与闸门机安装的中心间距一般为 2.4～2.8m。

（二）系统调试

（1）指纹、声纹、掌纹、视网膜和复合技术等识别系统按产品技术说明书和设计要求进行调试。

（2）检查系统求助、防劫、紧急报警是否工作正常，是否具有异地声光报警与显示功能。

（3）检查系统与计算机集成系统的联网接口，以及该系统对出入口（门禁）控制系统的集中管理和控制能力。

（4）检查主机是否对每一次有效的进入，能储存进入人员的相关信息，对非有效进入或被胁迫进入应有异地报警功能。

（5）检查由微处理器或计算机控制系统是否具有逻辑、时间、区域、事件和级别分档等判别及处理功能。

（6）检查各种鉴别方式的出入口控制系统工作是否正常，并按有效设计方案符合相关功能要求。

（三）出入口控制（门禁）系统功能检测

1. 系统检测项目（见表 7-3）

表 7-3　　出入口控制（门禁）系统功能检测

检测项目		功　　能	抽查百分数（%）	检查记录						
前端设备	读卡器	通电试验	10	1	2	3	4			n
		读卡器灵敏度								
		防拆、防破坏功能								
		读卡功能								
		环境对读卡器工作有无干扰的情况								
	控制器	通电试验	10							
		防拆、防破坏功能								
		控制功能								
		动作实时性								
	后备电源	电源品质	10							
		电源自动切换情况								
		断电情况下电池工作状况								
	电锁	通电试验	10							
		开关性能、灵活性								
管理功能		现场设备接入的完好率								
		非法入侵时的报警功能								
		读卡器信息存储功能								
		电子地图功能								
		紧急状态下的开/关功能								
		联动功能								

注　前端设备总数在 10 台以下时时至少检测 3 台或 100% 检测。

2. 系统的软件检测

（1）根据说明书中规定的性能要求，包括时间、适应性、稳定性、安全性以及图形化界面友好程度，对所验收的软件进行逐项测试，或检查已有的测试结果。

（2）演示软件的所有功能，以证明软件功能与合同书或任务书要求一致。

（3）对软件系统操作的安全性进行测试，包括系统操作人员的分级授权、系统操作人员操作信息的详细只读存储记录等。

（4）在软件测试的基础上，对被验收的软件进行综合评审，作出综合评价。

第五节 巡更管理系统

一、质量验收标准

（1）检测内容。

1）按照巡更路线图检查系统的巡更终端、读卡机的响应功能。

2）现场设备的接入率及完好率测试。

3）检查巡更管理系统编程、修改功能及撤防、布防功能。

4）检查系统的运行状态、信息传输、故障报警和指示故障位置的功能。

5）检查巡更管理系统对巡更人员的监督和记录情况、安全保障措施和对意外情况及时报警的处理手段。

6）对在线联网式巡更管理系统还需要检查电子地图上的显示信息、遇有故障时的报警信号，以及和视频安防监控系统等的联动功能。

7）巡更系统的数据存储记录保存时间应满足管理要求。

（2）巡更终端抽检的数量应不低于 20％且不少于 3 台，探测器数量少于 3 台时应全部检测，被抽检设备的合格率为 100％时为合格。系统功能全部检测，功能符合设计要求为合格，合格率为 100％时为系统功能检测合格。

二、设备材料质量控制

（1）组成巡更系统的计算机、网络收发器（或传送单元）、前端控制器（或手持读取器）、巡更点（或编码片）等设备及传输缆线，应符合设计要求。必须具备产品合格证、产品技术说明书等质保资料，数量和备件应符合图纸和合同要求。

（2）产品外观应完整，无损伤和变形。

（3）有源设备到场后应通电检查各项功能，且应符合产品技术标准要求和设计要求。

三、施工质量控制

（一）缆线敷设

（1）管路、缆线敷设应符合设计图纸的要求及国家相关标准和规范的规定，有隐蔽工程的应办隐蔽验收。

（2）缆线回路应进行绝缘测试并有记录，绝缘电阻应大于 $20M\Omega$。

（3）电源线、地线应按规定连接，电源线与信号线应分槽、管敷设，以防干扰。采用联合接地时，接地电阻应小于 1Ω。

（二）设备安装

（1）有线巡更信息开关或无线巡更信息按钮应安装在各出入口、各紧急出入口、主要通道，主要部门或其他需要巡更的站点上，高度和位置按设计和规定要求设置。

（2）安装应牢固、端正，户外应采取防水措施。

（三）巡查管理系统调试

（1）调试系统组成部分各设备均应工作正常。

（2）检查在线式信息采集点读值的可靠性，预置巡查与实时巡查的一致性，并查看记录、存储信息及在发生不到位时的即时报警功能。

（3）检查离线式电子巡查系统，确保信息按钮的信息正确，数据的采集、统计、打印等功能正常。

（四）巡更管理系统功能检测

1. 检测项目（见表7-4）

2. 检测内容

（1）采用各种鉴别方式，检查出入口控制系统工作是否正常，并按正式设计方案达到相关功能要求。

表 7-4 **巡更管理系统功能检测**

检测项目	功 能	抽查百分数（%）	检查记录							
			1	2	3	4	5	…	…	n
前端设备	设置位置	10								
	安装质量及外观									
	防拆报警功能									
	环境对探测器工作有无干扰的情况									
	接入率或完好率									
管理功能	设防、撤防									
	巡更路线及时间的设置与修改									
	巡更记录显示、储存、查询									
	报警显示									
	电子地图功能									
	统计功能、报表打印									

注 巡更终端抽检的数量应不低于 10%，探测器数量少于 10 台时至少检测 3 台或全部检测；被抽检设备的合格率达 90%时为合格；系统功能全部检测，合格率为 100%时为合格。

（2）每一次有效的进入，检查主机是否能存储进入人员的相关信息，对非有效进入及被胁迫进入是否有异地报警功能。

（3）读卡式巡更系统要确保巡更用的读卡机在读巡更卡时正确无误，检查实时巡更是否与计划巡更相一致，若不一致时要能发出报警。

（4）采用巡更信息按钮（开关）的信息正确无误，数据能及时并正确收集、统计、打印。

（5）检查巡更管理系统对巡更人员的监督和记录情况，安全保障措施和对意外情况及时报警的处理手段。

（6）对在线联网式的巡更管理系统还需检查电子地图上的显示信息、遇有故障时的报警信号以及和电视监视系统等的联动功能。

四、质量通病与防治

（一）现象

管理电脑无法将数据采集上来，系统提示通信错误或通信连接失败。

（二）原因分析

（1）对于在线式巡更系统，一般是通信线路连接头处接触不好，或施工人员布线时用力过大把线路拉断，或串口转换器损坏，电脑和采集器所对应的连接串口设置不对，导致无法将数据采集上来。

（2）对于离线式巡更系统，采集器的通信线路接触不良或采集器损坏，电脑和采集器所对应的连接串口设置不对等，均会导致管理电脑无法采集数据。

（三）防治措施

（1）测试通信线路的通断，查看电脑的连接串口是否正确，加强对施工人员的技术培训。

（2）检查离线巡更系统的通信线路接触是否完好。应固定采集器的安装和通信线，防止人为拉断；系统管理员应对操作系统的设置使用权限进行分配。

第六节　停车场（库）管理系统

一、质量验收标准

（1）检测内容。停车场（库）管理系统功能检测应分别对入口管理系统、出口管理系统和管理中心的功能进行检测。

1）车辆探测器对出入车辆的探测灵敏度检测，抗干扰性能检测。

2）自动栅栏升降功能检测，防砸车功能检测。

3）读卡器功能检测，对无效卡的识别功能。对非接触 IC 卡读卡器还应检测读卡距离和灵敏度。

4）发卡（票）器功能检测，吐卡功能是否正常，入场日期、时间等记录是否正确。

5）满位显示器功能是否正常。

6）管理中心的计费、显示、收费、统计、信息储存等功能的检测。

7）出/入口管理监控站及与管理中心站的通信是否正常。

8）管理系统的其他功能，如"防折返"功能检测。

9）对具有图像对比功能的停车场（库）管理系统应分别检测出/入口车牌和车辆图像记录的清晰度，调用图像信息的符合情况。

10）检测停车场（库）管理系统与消防系统报警时的联动功能，电视监控系统摄像机对进出车库车辆的监视等。

11）空车位及收费显示。

12）管理中心监控站的车辆出入数据记录保存时间应满足管理要求。

（2）停车场（库）管理系统功能应全部检测，功能符合设计要求为合格，合格率为100％时为系统功能检测合格。其中，车牌识别系统对车牌的识别率达98％时为合格。

二、设备材料质量控制

（1）构成停车管理系统的入口/出口控制装置（验票机、感应线圈与栅栏机）、通道管理的引导系统及管理中心（收费机、中央管理主机）和通信管理（内部电话主机等）的设备和传输缆线，应符合设计要求，产品应有技术说明书、产品合格证等质保资料，数量应符合图纸或合同要求。

（2）产品外观应完整，无损伤和任何变形。

（3）有源设备到场后应通电检查各项功能，应符合设计和产品技术标准要求。

三、施工质量控制

（一）车辆出入检测

车辆出入检测与控制系统如图 7-9 所示。

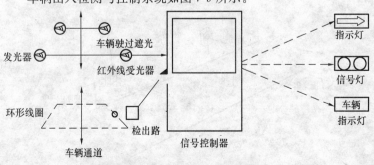

图 7-9　车辆出入检测与控制系统

为了检测出入车库的车辆，目前有两种典型的检测方式：红外线方式和环形线圈方式，如图 7-10 所示。

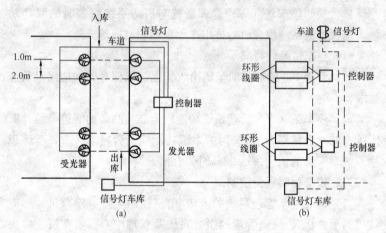

图 7-10　检测出入车辆的两种方式
（a）红外线方式；（b）环形线圈方式

（1）红外线检测方式如图 7-10（a）所示，在水平方向上相对设置红外收、发装置，当车辆通过时，红外光线被遮断，接收端即发出检测信号。图中一组检测器使用两套收发装置是为了区分通过的是人还是汽车，而采用两组检测器是利用两组的遮光顺序来同时检测车辆行进方向。

光电式检测器安装时如图 7-11 所示，除了收、发装置相互对准外，还应注意接收装置（受光器）不可被太阳光线直射到。

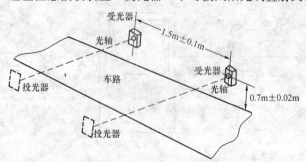

图 7-11　光电式检测器的安装

（2）环形线圈检测方式如图 7-10（b）所示，使用绝缘电线或电缆做成环形，埋在车路地下，当车辆（金属）驶过时，其金属车体使线圈发生短路效应而形成检测信号。因此，当线圈埋入车路时，应特别注意是否碰触周围金属，环形线圈周围 0.5m 平面范围内不可有其他金属物。环形线圈的施工可参见图 7-12。

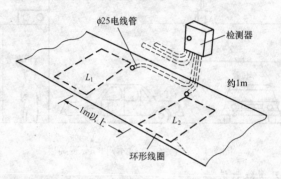

φ25电线管　检测器　约1m　L₁　L₂　1m以上　环形线圈

图 7-12　环形线圈的施工

（3）信号灯控制系统。停车管理系统的一个重要用途是检测车辆的进出，但是车库有各种各样，有的进出为同一口同车道，有的为同一口不同车道，有的为不同出口。进出同口的，如引车道足够长，则可进出各计一次；如引车道比较短，又不用环形线圈式，则只能检测"出"或"进"，通常只管检测并统计"出"。

（二）车满显示系统

有些停车库在无停车位置时才显示"车满"灯，比较周到的停车库管理方式是一个区车满就打出那一区车满的显示。例如，"地下一层已占满"、"请开往第 4 区停放"等指示。车满显示系统的原理不外乎两种：一种是按车辆数计数；另一种是按车位上检测车辆是否存在。

（1）按车辆计数的方式，是利用车道上的检测器来加减进出的车辆数（即利用信号灯系统的检测信号），或是通过入口开票处和出口付款处的进出车库信号而加减车辆数。当计数达到某一设定值时，就自动地显示车位已占满，"车满"灯亮。

（2）按检测车位车满与否的方式，是在每个车位设置探测器。

探测器的探测原理有光反射法和超声波反射法两种，由于超声波探测器便于维护，故应用较广泛。

关于停车库管理系统的信号灯、指示灯的安装高度如图 7-13 所示。

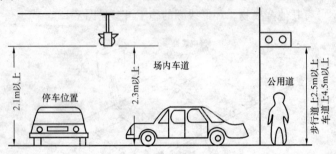

图 7-13　信号灯、指示灯的安装高度

（三）缆线敷设

（1）感应线圈埋设深度距地表面不小于 0.2m，宽度不小于 0.9m，长度不小于 1.6m，感应线圈至机箱处的缆线应采用金属管保护，并固定牢固。应埋设在车道居中位置，并与闸门机、读卡机的中心间距保持在 0.9m 左右，且保证环形线圈 0.5m 平面范围内不可有其他金属物，严防碰触周围金属。

（2）管路、缆线敷设应符合设计图纸的要求及有关标准规范的规定。有隐蔽工程的应办隐蔽验收。

（四）信号指示器安装

（1）车位状况信号指示器一般安装在室内，安装在室外时，应采取防水措施。

（2）车位引导显示器应安装在车道中央上方，便于识别引导信号。

（3）车位状况信号指示器应安装在车道出入口的明显位置，其底部离地面高度保持在 2.0～2.4m 左右。

（五）停车库（场）管理系统调试

（1）检查并调整读卡机刷卡的有效性及其响应速度。

（2）调整电感线圈的位置和响应速度。

（3）调整挡车器的关闭和开放的动作时间。

（4）调整系统的车辆进出、分类收费、收费指示牌、导向指示、挡车器工作、车牌号复核或车型复核等功能。

（六）停车场（库）系统功能检测

1. 系统检测项目（见表7-5）

表 7-5　　　　　停车场（库）管理功能检测

序号	检测项目	检测内容	检查记录	
			入口	出口
前端设备	读卡器	通电试验		
		读卡器灵敏度		
		防拆、防破坏功能		
		读卡功能		
		发卡功能		
		环境对读卡器工作有无干扰的情况		
	控制器	通电试验		
		防拆、防破坏功能		
		控制功能		
		动作实时性		
	车辆探测器	探测器功能		
		抗干扰的性能		
	满位显示器	显示功能正确性		
	自动栅栏（栏杆）	通电试验		
		栏杆升降功能		
		防砸车测试		
	摄像机	通电试验		
		防拆、防破坏功能		
		云台动作、镜头情况及视野范围		
		图像质量		
管理中心	系统功能	对无效卡的识别功能		
		临时卡记录的正确性		
		计费、显示、收费功能		
		统计、信息储存功能		
		软件功能		
		图像资料调用准确性		
	监视器	通电试验		
		显示清晰度		

2. 检测数量

（1）出/入口控制器抽检的数量应不低于 10％，数量少于 10 台时全部检测。被抽检设备的合格率达 90％时为合格。系统功能和软件全部检测，合格率为 100％时为合格。

（2）停车管理系统功能应全部检测，功能符合设计要求为合格，合格率为 100％时为系统功能检测合格。其中，车牌识别系统对车牌的识别率达 98％时为合格。

3. 检测内容

停车管理系统功能检测应分别对入口管理系统、出口管理系统和管理中心的功能进行检测。

（1）车辆探测器对出入车辆的抗干扰性能检测和探测灵敏度检测。

（2）自动栅栏升降功能检测和防砸车功能检测。

（3）读卡器功能检测。对无效卡的识别功能，对非接触 IC 卡读卡器还应检测灵敏度和读卡距离是否与设计指标相符。

（4）发卡（票）器功能检测。吐卡功能是否正常，入场日期、时间等记录是否正确。

（5）满位显示器功能是否正常。

（6）管理中心的计费、收费、显示、统计、信息储存等功能的检测。

（7）管理系统的其他功能，如"防折返"功能检测。

（8）出/入口管理工作站及与管理中心站的通信是否正常。

（9）停车管理系统与入侵报警系统的联动控制功能检测，电视监视系统摄像机对进出车库的车辆的监视等。

（10）对具备图像识别功能的汽车库管理系统，应分别检测出/入口车牌和车辆图像记录的清晰度和调用图像信息的符合情况。

（11）收费显示及空车位。

（12）管理中心监控站的车辆出入数据记录保存时间，应满足管理要求。

四、质量通病与防治

（一）现象

车辆过后栏杆不落，或者车辆还没有完全通过栏杆就下落。

（二）原因分析

（1）地面切割槽沥青或水泥长时间密封不牢，地感线圈将绝缘老化，车辆的防砸感应灵敏度大大下降。

（2）地感线圈制作不标准（偏窄或偏小），道路太宽。

（3）制作的地感线圈靠近金属物体，外界的干扰而不被发现或感应器质量差，造成经常死机。

（三）防治措施

（1）制作前应考虑道路的宽度，地感线圈的尺寸随路面宽度的不同而有所不同。一般尺寸为 2.0m×1.0m，路面太宽时，地感线圈两边距离路面边缘为 1.0m×1.5m。

（2）地感线圈的制作，需密封且牢固，不能长期浸泡在水里。浇灌的沥青必须充分熔化，以利于填充槽内每一个空隙而紧固线圈，应用一根完整的导线绕制，中间不得有接头。

（3）绕制线圈前应对现场勘察，地感线圈的制作不要靠近金属物体，尽量避开干扰源。

（4）使用或更换质量较好的感应器。

第七节　竣　工　验　收

一、质量验收标准

（1）智能建筑工程中的安全防范系统工程的验收应按照 GA 308—2001《安全防范系统验收规则》的规定执行。

（2）以管理为主的电视监控系统、出入口控制（门禁）系统、停车场（库）管理系统等系统的竣工验收按 GB 50339—2003《智能建筑工程质量验收规范》第 3.5 节规定执行。

（3）竣工验收应在系统正常连续投运时间 1 个月后进行。

（4）系统验收的文件及记录应包括以下内容。

1）工程设计说明，包括系统选型论证、系统监控方案和规模容量说明，以及系统功能说明和性能指标等。

2）工程竣工图纸，包括系统结构图、各子系统原理图、施工平面图、设备电气端子接线图、中央控制室设备布置图、接线图、设备清单等。

3）系统的产品说明书、操作手册和维护手册。

4）工程实施及质量控制记录。

5）设备及系统测试记录。

6）相关工程质量事故报告、工程设计变更单等。

（5）必要时各子系统可分别进行验收，验收时应作好验收记录，签署验收意见。

二、施工质量标准

（一）验收条件

（1）工程经初步设计论证通过，并按照正式设计文件施工。工程必须经初步设计论证通过，并根据论证意见提出的要求和问题由设计、施工单位和建设单位共同签署设计整改落实意见。初步设计论证通过后，必须完成正式设计，并按正式设计文件施工。

（2）工程经试运行达到设计、使用要求并为建设单位认可，出具系统试运行报告。

1）工程调试开通后应试运行1个月，并按表7-6所示的要求作好试运行记录。

表 7-6　　　　　　　　　系统试运行记录

工程名称		工程级别		
建设（单位使用）				
设计、施工单位				
日期时间	试运行内容	试运行情况	备　　注	值班人

注　1　系统试运行情况栏中，正常打"√"，并每天填写不少于1次；不正常的应在备注栏内及时扼要说明情况（包括修复日期）。

　　2　系统有报警部分的，报警试验每天进行1次。出现误报警、漏报警的，应在试运行情况和备注栏内如实填写。

2）建设单位根据试运行记录写出系统试运行报告。试运行报告内容包括：试运行起讫日期；试运行过程是否正常；故障（含误报警、漏报警）产生的日期、发生次数、原因和排除状况；系统功能是否符合设计要求及综合评述等。

3）试运行期间，设计、施工单位应配合建设单位建立系统操作、值勤和维护管理制度。

（3）进行技术培训。根据工程合同的有关条款，设计、施工单位必须对有关人员进行操作技术培训，使系统主要使用人员能独立操作。培训内容应征得建设单位同意，并提供系统及其相关设备操作和日常维护的说明及方法等技术资料。

（4）符合竣工要求，出具竣工报告。

1）工程项目按设计任务书的规定内容全部建成，经试运行达到设计使用要求，并为建设单位认可，视为竣工。少数非主要项目未按规定全部建成，由建设单位与设计、施工单位协商，对于遗留问题有明确的处理方案，经试运行，基本达到设计使用要求并为建设单位认可后，也可视为竣工。

2）工程竣工后，由设计、施工单位出具工程竣工报告。其内容包括：工程概况；对照设计文件安装的主要设备；依据设计任务书或工程合同所完成的工程质量自我评估；维修服务条款及竣工核算报告等。

（5）初验合格，出具初验报告。

1）工程正式验收前，由建设单位（监理单位）组织设计、施工单位根据设计任务书或工程合同提出的设计、使用要求对工程进行初验，要求初验合格并写出工程初验报告。

2）初验报告的内容。主要包括：系统试运行概述；对照设计任务书要求，对系统功能、效果进行检查的主观评价；对照正式设计文件对安装设备的数量、型号进行核对的结果；对隐蔽工程随工验收单的复核结果等。

（6）工程检验合格并出具工程检验报告。

1）工程正式验收前，应进行系统功能检验和性能检验。实施工程检验的检验机构应符合相关规范的规定。

2）工程检验后由检验机构出具检验报告。检验报告应准确、完整、公正、规范，并注重量化。

（7）工程正式验收前，设计、施工单位应向工程验收小组（委员会）提交下列验收图纸资料（全套，数量应满足验收的要求）。

1）工程合同。

2）设计任务书。

3）工程初步设计论证意见（并附方案评审小组或评审委员会名单）及设计、施工单位与建设单位共同签署的设计整改落实意见。

4）正式设计文件与相关图纸资料（系统原理图、平面布防图及器材配置表、线槽管道布线图、监控中心布局图、器材设备清单，以及系统选用的主要设备、器材的检测报告或认证证书等）。

5）系统使用说明书（含操作和日常维护说明）。

6）系统试运行报告。

7）工程竣工报告。

8）工程竣工核算（按工程合同和被批准的正式设计文件，由设计施工单位对工程费用概预算执行情况作出说明）报告。

9）工程初验报告（含隐蔽工程随工验收单，见表2-5）。

10）工程检验报告。

（二）验收的组织与职责

（1）安全防范工程的竣工验收，一般工程应由建设单位会同相关部门组织安排；省级以上的大型工程或重点工程，应由建设单位上级业务主管部门会同相关部门组织安排。

（2）工程验收时应协商组成工程验收小组，大型工程或重点工程验收时应组成工程验收委员会。工程验收委员会（验收小组）下设技术验收组、施工验收组和资料审查组。

（3）工程验收委员会（验收小组）的人员组成应由验收的组织单位根据项目的特点、性质和管理要求与相关部门协商确定，并推荐主任、副主任（组长、副组长）。验收人员中技术专家不应低于验收人员总人数的50%；不利于验收公正的人员不能参加工程验收。

（4）验收机构对工程验收应作出正确、公正、客观的验收结论，尤其是对国家、省级重点工程和银行、文博系统等重点单位的工程验收。验收机构对照设计任务书、合同、相关标准以及正式设计文件，如发现工程有重大缺陷或质量明显不符合要求的应予以指出，严格把关。

（5）验收通过或基本通过的工程，对设计、施工单位根据验收结论写出的并经建设单位认可的整改措施，验收机构有责任配合公安技防管理机构和工程建设单位协调、督促落实。验收不通过的工程，验收机构应在验收结论中明确指出整改要求与问题。

（三）施工验收

（1）施工验收由工程验收委员会（验收小组）的施工验收组负责实施。

（2）施工验收应依据正式设计文件和图纸进行。施工过程中若根据实际情况确需作局部调整或变更的，应由施工方出具更改审核单。

（3）工程设备安装验收（包括监控中心终端设备和现场前端设备）。按表7-7所示的相关项目与要求，现场抽验工程设备的安装质量并作好记录。

表7-7　　　　　　　　　　施工质量抽查验收

系统（工程）名称：_____　　　　设计、安装单位：_____

项目		要　求	方法	检查结果			抽查百分数
				合格	基本合格	不合格	
前端设备	1. 安装位置（方向）	合理、有效	现场抽查观察				5％～10％（10台以下至少验收3台）
	2. 安装质量（工艺）	牢固、整洁、美观、规范	现场抽查观察				
	3. 线缆连接	视频电缆一线到位，接插件可靠，电源线与信号线、控制线分开，走向顺直，无扭绞	复核、抽查或对照图纸资料				
	4. 通电	工作正常	现场通电检查				100％

项目		要求	方法	检查结果			抽查百分数
				合格	基本合格	不合格	
控制室终端设备	5. 操作台、机架	安装平稳、合理	现场观察体会				100%
	6. 控制设备安装	操作方便、安全	现场观察体会				
	7. 开关、按钮	灵活、安全	现场观察询问				
	8. 机柜、设备接地	符合 GB 50057—1994《建筑物防雷设计规范（2000版)》	现场观察询问				
	9. 接地电阻	符合 GB 50198—1994《民用闭路监视电视系统工程技术规范》	对照表 2-5 要求				
	10. 机架电缆线扎及标识	整齐、有明显编号、标识	现场观察				
	11. 电源引入线缆标识	引入线端标识明显、牢靠	现场观察				
	12. 通电	工作正常	现场通电检查				
检查结果统计：K_S（合格率）			安装质量检查结论				
施工验收组人员签名：				验收日期：			

注 1 在检查结果栏选符合实际情况的空格内打"√"，并作为统计效。

　　2 检查结果统计 K_S（合格率）＝（合格数＋基本合格数×0.6）/项目检查数（项目检查数如无要求或实际缺项未检查的不计在内）。

　　3 验收结论：K_S（合格率）≥0.8 判为通过；0.8＞K_S≥0.6 判为基本通过；K_S＜0.6 判为不通过，必要时作简要说明。

（四）技术验收

（1）技术验收由工程验收委员会（验收小组）的技术验收组负责实施。

（2）对照初步设计论证意见、设计整改落实意见和工程检验报告检查系统的主要功能和技术性能指标，应符合设计任务书、工程合同和国家现行标准与管理规定等相关要求。

（3）对照竣工报告、初验报告、工程检验报告检查系统配置，包括设备数量、型号及安装部位，应符合正式设计文件要求。

（4）检查系统选用的安防产品，应符合设计的规定。

（5）对照工程检验报告，检查系统中的备用电源在主电源断电时应能自动快速切换，应能保证系统在规定的时间内正常工作。

（6）对高风险对象的安全防范工程，应符合本规范第4章和其他相关标准的技术要求。

（7）对具有集成功能的安全防范工程，应按照设计任务书的具体要求，检查各子系统与安全管理系统的联网接口及安全管理系统对各子系统的集中管理与控制能力（对照工程检验报告）。

（8）报警系统的抽查与验收。

1）对照正式设计文件和工程检验报告，系统试运行报告，复核系统的报警功能和误、漏报警情况，应符合国家现行标准 GA/T 368—2001《入侵报警系统技术要求》的规定。对入侵探测器的安装位置、角度、探测范围作步行测试和防拆保护的抽查；抽查室外周界报警探测装置形成的警戒范围，应无盲区。

2）抽查系统布防、撤防、旁路和报警显示功能，应符合设计要求。

3）抽测紧急报警响应时间。

4）当有联动要求时，抽查其对应的灯光、摄像机、录像机等联动功能。

5）对于已建成区域性安全防范报警网络的地区，检查系统直接或间接联网的条件。

（9）视频安防监控系统的抽查与验收。

1）对照正式设计文件和工程检验报告，复核系统的监控功能（如图像切换、云台转动、镜头光圈调节、变焦等），结果应符合设计的规定。

2）对照工程检验报告，复核在正常工作照明条件下，监视图像质量不应低于表3-3规定的4级。回放图像质量不应低于表3-3规定的3级，或至少能辨别人的面部特征。

3）复核图像画面显示的摄像时间、日期、摄像机位置、编号和电梯楼层显示标识等，应稳定正常。电梯内摄像机的安装位置应符合该设计的规定。

（10）出入口控制系统的抽查与验收。对照正式设计文件和工程检验报告，复核系统的主要技术指标，应符合国家现行标准GA/T 394—2002《出入口控制系统技术要求》的规定；检查系统存储通行目标的相关信息，应满足设计与使用要求；对非正常通行应具有报警功能。检查出入口控制系统的报警部分是否能与报警系统联动。

（11）访客（可视）对讲系统的抽查与验收。

1）对照正式设计文件和工程检验报告，复核访客（可视）对讲系统的主要技术指标，应符合国家现行标准GA/T 72—2005《楼寓对讲系统及电控防盗门通用技术条件》和GA/T 269—2001《黑白可视对讲系统》的相关要求。

2）复核电控开锁是否有自我保护功能，可视对讲系统的图像应能辨别来访者。

（12）电子巡查系统的抽查与验收。

1）对照正式设计文件和工程检验报告，复核系统具有的巡查时间、地点、人员和顺序等数据的显示、归档、查询、打印等功能。

2）复核在线式电子巡查系统，应具有即时报警功能。

（13）停车库（场）管理系统的抽查与验收。

1）对照正式设计文件和工程检验报告，复核系统的主要技术性能，应符合设计要求。

2）检查停车库（场）出入口或值班室是否有紧急报警装置。

3）对安装视频安防监控的停车库（场）及其出入口，检查其监视范围和图像质量，应能辨别人员的活动情况及出入车辆的车型和车牌号码。

4）检查停车库（场）管理系统设备工作是否正常。

（14）监控中心的检查与验收。

1）对照正式设计文件和工程检验报告，复查监控中心的设计，应符合相关要求。

2）检查其通信联络手段（不宜少于两种）的有效性、实时性，检查其是否具有自身防范（如防盗门、门禁、探测器、紧急报警按钮等）和防火等安全措施。

（15）将上述1～14项的验收结果，按表7-8的要求进行填写。

表 7-8 技 术 验 收

工程名称				设计施工单位		
序　号		检查项目	检查要求与方法	检查结果		
				合格	基本合格	不合格
基本要求	1*	系统主要技术性能				
	2	设备配置				
	3	主要技防产品，设备的质量保证				
	4	备用供电				
	5	重要防护目标的安全防范效果				
	6	系统集成功能				
报警	7	误、漏报警，防护范围与防拆保护抽查				
	8*	系统布防、撤防、旁路、报警显示				
	9	联动功能				
	10	直接或间接联网功能，联网紧急报警响应时间				
视频安防监控	11	主要技术指标				
	12*	监视与回放图像质量				
	13	操作与控制				
	14	字符标识				
	15	电梯厢监控				

217

工程名称				设计施工单位		
序　号		检查项目	检查要求与方法	检查结果		
				合格	基本合格	不合格
出入口控制	16	系统功能与信息存储				
	17	控制与报警				
	18	联网报警与控制				
访客对讲（可视）	19	系统功能				
	20	通话质量				
	21	图像质量				
电子巡查	22	数据显示、归档、查询、打印				
	23	即时报警				
停车库（场）	24	紧急报警装置				
	25	电视监视				
	26	管理系统工作状况				
监控中心	27	通信联络				
	28	自身防范与防火措施				
检查结果 K_J（合格率）：				技术验收结论：		
技术验收组（人员）签名：				验收日期：		

注　1　在检查结果栏选符合实际情况的空格内打"√"，并作为统计数。

　　2　检查结果 K_J（合格率）＝（合格数＋基本合格数×0.6）/项目检查数（项目检查数如无要求或实际缺项未检查的，不计在内）。

　　3　验收结论：K_J（合格率）≥0.8 判为通过；0.8＞K_J≥0.6 判为基本通过；K_J＜0.6 判为不通过。

　　4　序号右上角打"＊"的为重点项目，检查结果只要有一项不合格的，即判为不通过。

（五）资料审查

（1）资料审查由工程验收委员会（验收小组）的资料审查组负责实施。

（2）设计、施工单位应按相关规定的要求提供全套验收图纸资料，并做到内容完整、标记确切、文字清楚、数据准确、图文表一致。图样的绘制应符合国家现行标准 GA/T 74—2000《安全防范系统通用图形符号》及相关标准的规定。

（3）按表 7-9 所列项目与要求，审查图纸资料的准确性、规范性、完整性及售后服务条款，并作好记录。

表 7-9 资 料 审 查

工程名称							
序号	审 查 内 容	审查情况					
		完整性			准确性		
		合格	基本合格	不合格	合格	基本合格	不合格
1	设计任务书						
2	合同（或协议书）						
3	初步设计论证意见（含评审委员会、小组人员名单）						
4	通过初步设计论证的整改落实意见						
5	正式设计文件和相关图纸						
6	系统试运行报告						
7	工程竣工报告						
8	系统使用说明书（含操作说明及日常简单维护说明）						
9	售后服务条款						
10	工程初验报告（含隐蔽工程随工验收单）						
11	工程竣工核算报告						
12	工程检验报告						
13	图纸绘制规范要求	合格		基本合格		不合格	
审查结果 K_Z（合格率）统计		审查结论					
审查组（人员）签名：				日期：			

注 1 审查情况栏内分别根据完整、准确和规范要求，选择符合实际情况的空格内打"√"，并作为统计数。

2 对三级安全防范工程，序号第 3、4、12 项内容可简化或省略，序号第 7、10 项内容可简化。

3 审查结果 K_Z（合格率）=（合格数＋基本合格数×0.6）/项目审查数（项目审查数如不要求的，不计在内）。

4 审查结论：K_Z（合格率）≥0.8 判为通过；0.8＞K_Z≥0.6 判为基本通过；K_Z＜0.6 判为不通过。

（六）验收结论与整改

1. 验收判据

（1）施工验收判据。按表 7-7 所示的要求及其提供的合格率计算公式打分。按表 2-5 的要求对隐蔽工程质量进行复核、评估。

（2）技术验收判据。按表 7-8 所示的要求及其提供的合格率计算公式打分。

（3）资料审查判据。按表 7-9 所示的要求及其提供的合格率计算公式打分。

2. 验收结论

（1）验收通过。根据验收判据所列内容与要求，验收结果优良，即按表 7-7 要求，工程施工质量检查结果 $K_S \geq 0.8$；按表 7-8 要求，技术质量验收结果 $K_J \geq 0.8$；按表 7-9 要求，资料审查结果 $K_Z \geq 0.8$ 的，判定为验收通过。

（2）验收基本通过。根据验收判据所列内容与要求，验收结果及格，即 K_S、K_J、K_Z 均大于或等于 0.6，但达不到该条第 2 款第 1 项的要求的，判定为验收基本通过。验收中出现个别项目达不到设计要求，但不影响使用的，也可判为基本通过。

（3）验收不通过。工程存在重大缺陷、质量明显达不到设计任务书或工程合同要求，包括工程检验重要功能指标不合格，按验收判据所列的内容与要求，K_S、K_J、K_Z 中出现一项小于 0.6 的，或者凡重要项目（见表 7-8 中序号栏右上角打 * 的）检查结果只要出现一项不合格的，均判为验收不通过。

（4）工程验收委员会（验收小组）应将验收通过、验收基本通过或验收不通过的验收结论填写于验收结论汇总表（见表 7-10），并对验收中存在的主要问题提出建议与要求（表 7-7、表 7-8、表 7-9 作为表 7-10 的附表）。

3. 整改

（1）验收不通过的工程不得正式交付使用。设计、施工单位必须根据验收结论提出的问题，抓紧落实整改后方可再提交验收；工程复验时，对原不通过部分的抽样比例按有关的规定执行。

（2）验收通过或基本通过的工程，设计、施工单位应根据验收结论提出的建议与要求，提出书面整改措施，并经建设单位认可签署意见。

表 7-10　　　　　　　　　验收结论汇总表

工程名称：		设计、施工单位：	
施工验收结论		验收人签名：　　年　月　日	
技术验收结论		验收人签名：　　年　月　日	
资料审查结论		审查人签名：　　年　月　日	
工程验收结论		验收委员会（小组）主任、副主任（组长、副组长）签名：	

建议与要求：

年　月　日

注　1　本汇总表应附表 7-7～表 7-9 及出席验收会与验收机构人员名单（签名）。
　　2　验收（审查）结论一律填写"通过"或"基本通过"或"不通过"。

第八章 综合布线系统

综合布线系统施工前应对交接间、设备间、工作区的建筑和环境条件进行检查，检查内容和要求应符合 GB/T 50312—2007《综合布线系统工程验收规范》中的有关规定。系统集成商在施工完成后，应对系统进行自检，自检时要求对工程安装质量、观感质量和系统性能检测项目全部进行检查，并填写系统自检表。

第一节 缆线敷设和终接

一、质量验收标准

（一）缆线敷设和终接

1. 缆线一般要求

（1）缆线的类型、规格应与设计规定相符。

（2）缆线的布放应自然平直，不得产生扭绞、打圈接头等现象，不应受到外力的挤压和损伤。

（3）电源线、综合布线系统缆线应分隔布放。缆线间的最小净距应符合设计要求，并应符合表 8-1 的规定。

表 8-1　　　　对绞线对称电缆与电力线路的最小净距

条　　件	单位 范围	最小净距（mm）		
		380V <2kVA	380V 2～5kVA	380V >5kVA
对绞线对称电缆与电力线路平行敷设		130	300	600
有一方在接地的金属槽道或钢管中敷设		70	150	300
双方均在接地的金属槽道或钢管中敷设		（见注）	80	150

注　双方都在接地的金属槽道或钢管中敷设，且平行长度不小于 10m 时，最小间距可为 10mm。表中如对绞线对称电缆采用屏蔽电缆，最小净距可适当减小，但应符合设计要求。

（4）缆线两端应贴有标签，应标明编号，标签书写应清晰、端正和正确。标签应选用不易损坏的材料。

（5）缆线终接后，应有余量。交接间、设备间对绞电缆预留长度宜为 0.5～1.0m，工作区为 10～30mm；光缆布放宜盘留，预留长度宜为 3～5m，有特殊要求的应按设计要求预留长度。

（6）缆线的弯曲半径应符合下列规定。

1）非屏蔽 4 对对绞电缆的弯曲半径应至少为电缆外径的 4 倍。

2）屏蔽 4 对对绞电缆的弯曲半径应至少为电缆外径的 6～10 倍。

3）主干对绞电缆的弯曲半径应至少为电缆外径的 10 倍。

4）光缆的弯曲半径应至少为光缆外径的 15 倍。

（7）建筑物内电缆、光缆暗管敷设与其他管线最小净距见表 8-2 的规定。

表 8-2　　　　　电、光缆暗管敷设与其他管线最小净距

管线种类	平行净距（mm）	垂直交叉净距（mm）
避雷引下线	1000	300
保护地线	50	20
热力管（不包封）	500	500
热力管（包封）	300	300
给水管	150	20
煤气管	300	20
压缩空气管	150	20

（8）在暗管或线槽中缆线敷设完毕后，宜在通道两端出口处用填充材料进行封堵。

2. 预埋线槽和暗管敷设缆线

（1）敷设线槽的两端宜用标志表示出编号和长度等内容。

（2）敷设暗管宜采用钢管或阻燃硬质 PVC 管。布放多层屏蔽电缆、扁平缆线和大对数主干电缆或主干光缆时，直线管道的管径利用率应为 50%～60%，弯管道应为 40%～50%。暗管布放 4 对

对绞电缆或 4 芯以下光缆时，管道的截面利用率应为 25%～30%。

预埋线槽宜采用金属线槽，线槽的截面利用率不应超过 50%。

3. 对绞电缆芯线终接

（1）终接时，每对对绞线应保持扭绞状态，扭绞松开长度对于五类线不应大于 13mm。

（2）对绞线在与 8 位模块式通用插座相连时，必须按色标和线对顺序进行卡接。插座类型、色标和编号应符合图 8-1 的规定。在两种连接图中，首推 A 类连接方式，但在同一布线工程中两种连接方式不应混合使用。

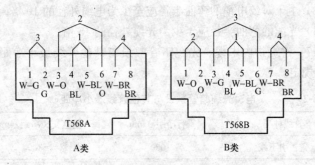

图 8-1　8 位模块式通用插座连接图

G（Green）—绿；BL（Blue）—蓝；BR（Brown）—棕；

W（White）—白；O（Orange）—橙

（3）屏蔽对绞电缆的屏蔽层与插接件终接处屏蔽罩必须可靠接触，缆线屏蔽层应与插接件屏蔽罩 360°圆周接触，接触长度不宜小于 10mm。

4. 光缆芯线终接

（1）用光纤连接盒对光纤进行连接、保护，在连接盒中光纤的弯曲半径应符合安装工艺要求。

（2）光纤熔接处应加以保护和固定，使用连接器以便于光纤的跳接。

（3）光纤连接盒面板应有标志。

（4）光纤连接损耗值应符合表 8-3 的规定。

表 8-3　　　　　　　　　　　光 纤 连 接 损 耗

	光纤连接损耗（dB）			
连接类别	多模		单模	
	平均值	最大值	平均值	最大值
熔接	0.15	0.3	0.15	0.3

（二）建筑群子系统

建筑群子系统采用架空、管道、直埋敷设电缆、光缆的检测要求，应按照本地网通信线路工程验收的相关规定执行。

（三）缆线终接

（1）缆线在终接前，必须核对缆线标识内容是否正确。

（2）缆线中间不允许有接头。

（3）缆线终接处必须牢固，接触良好。

（4）缆线终接应符合设计和施工操作规程。

（5）对绞电缆与插接件连接应认准线号、线位色标，不得颠倒和错接。

（四）各类跳线终接

（1）各类跳线缆线和插接件间接触应良好，接线无误，标志齐全。跳线选用类型应符合系统设计要求。

（2）各类跳线长度应符合设计要求，一般对绞电缆跳线不应超过 5m，光缆跳线不应超过 10m。

二、设备材料质量控制

（一）一般要求

（1）在综合布线系统工程中，应选用符合我国国情的有关技术标准（包括国际标准和我国的国家标准及行业标准等）的定型设备和器材。所有国内外产品均应以我国发布的标准为准则进行检测和鉴定；未经国家或有关部门的产品质量监督检验机构鉴定合格的主要设备和器材，不得在工程中使用。工程中所有的综合布线系统产品，包括缆线和布线部件及主要辅助部件等的规格、型号、性能及质量，除必须符合上述要求外，还应符合设计中的要求，未经设计单位同意，不应用其他产品代替。

（2）所需的缆线（电缆和光缆）、配线接续部件等主要器材的型号、规格、程式和数量都应符合设计规定要求，若无出厂检验证明合格的材料或与设计文件规定不符的器材，不应在工程中安装并使用。

（3）经清点、检验和抽样测试的主要器材，应作好记录。对不符合标准要求的缆线和器材应单独存放，不应混淆，以备处理与核查，并且不允许在工程中使用。

（二）缆线检验

（1）工程中使用的对绞线对称电缆和光缆的型号、规格、程式和数量应符合设计中的规定和合同要求。

（2）根据材料运单对照检查对绞线对称电缆和光缆的包装标志或标签，要求内容齐全，字迹清晰。外包装应注明电缆或光缆的型号、规格、芯数或线径、端别、盘长和盘号等情况，并与出厂产品质量合格证一致。

（3）电缆和光缆的外包装应无外部破损，对缆身应检查外护套是否完整无损、有无压扁或裂纹等现象。如果发现上述现象，应作好记录，以便抽样测试。对外包装有严重损坏或外护套有损伤时，要在测试合格后才允许在工程中使用，并应详细记录，方便查考。光缆和电缆均应附有出厂质量检验合格证，还应附有该批量电缆的电气性能的检验报告和测试记录，供查阅检查。

（4）电缆的电气性能测试，应从该批量电缆的任意3盘中（目前电缆一般以305、500、1000m配盘）各截出100m的长度进行抽样测试，测试结果应符合工程验收的基本连接要求。

（5）对于电缆或光缆有识别要求时，应剥开缆头，分清A、B端别，并在电缆或光缆的两端外部标记出端别和序号，以便敷设时方便识别。

（6）根据光缆出厂产品质量检验合格证和测试记录，审核光纤的光学、几何和传输特性及机械物理性能是否符合设计要求。光缆开盘后，还需检查光缆外表有无损伤，光缆端头封装是否良好。

（7）一般使用现场五类以上电缆测试仪，对电缆的衰减和近端串音衰减的技术性能进行测试，其各电气性能指标应符合设计要求及有关标准。

（三）光纤测试

（1）衰减测试。一般采用光时域反射仪（DTDR）进行测试。若测试结果超出标准，与出厂测试数值相差很大或出现异常，应查找分析原因，可用光功率计测试并加以比较，以便断定是光纤本身衰减过大还是测量误差。

（2）长度测试。要求对每根光纤进行测试对比，测试结果应一致。若在同一盘光缆中，发现光纤的长度差异较大等现象，应从另一端作通光检查或进行复测，以便判定是否有断纤现象。若有断纤应进行处理，待检查合格后才允许使用。光缆检查测试完毕后，光缆端头应密封固定，恢复外包装以便保护。

（3）光纤跳线检验。

1）光纤跳线外面应有经过防火处理的光纤保护外皮，以便增强其保护性能。跳线两端的活动连接器（活接头用）的端面应装配合适的保护盖帽。

2）每根光纤跳线应标有该光纤的类型等明显标记，以便选用。

（4）器材检验。

1）各种型材的材质、规格、型号应符合设计文件的规定，表面应平整、光滑，不得变形断裂。预埋金属线槽、接线盒和过线盒，桥架表面涂覆或镀层均匀、完整，不得变形、损坏。

2）管材采用钢管、硬质聚氯乙烯管时，其管身应光滑、无伤痕，管孔无变形，孔径和壁厚应符合设计要求。

3）各种铁件的材质、规格均应符合质量标准，不得有歪斜、断裂、扭曲、飞刺和破损等缺陷。

4）铁件表面处理和镀锌层应均匀、完整，表面光洁，无脱落、砂眼、气泡、裂纹、针孔、锈蚀斑痕等缺陷。安装部位与其他接合处也不应有锌渣或锌瘤残存，以免影响安装施工质量。

（5）仪表检验。为了确保综合布线系统工程顺利进行，必须事先对安装施工过程中需要的仪表进行全面的检查和测试。若发现问题应及早更换或检修，以保证工程质量和施工进度。

（6）施工工具检验。施工工具，如电缆或光缆的接续工具剥线器、电缆芯线接线机、光缆切断器、光纤熔接机、光纤磨光机、各种手动剪等必须进行检验合格，切实有效，方能在工程中使用。

三、施工质量控制

（一）缆线的敷设

1. 操作要点

（1）划线定位。根据施工图确定安装位置，从始端到终端（先干线后支线），找出垂直或水平直线，用粉线袋或粉笔沿墙壁或顶棚和地面等处，在桥架路线中心线上弹线或划线定位。并按设计要求或施工验收规范要求，均匀分布吊装支撑间距，并标出具体位置。

（2）预留孔洞。根据施工图标注的建筑轴线部位，采用预制加工的木质或金属框架，固定在标出的位置上，并进行调直找正，等现浇混凝土模板拆除后，拆下框架，抹平孔洞周边。

（3）线槽在吊顶内敷设时，如果吊顶内无法上人操作，吊顶上应按规定留出检修孔，方便进行安装维修工作。

（4）线槽或桥架穿越楼板墙洞时，不应将其与洞口用水泥封堵，现浇时应按照设计，采用防火材料进行封堵。

（5）桥架或线槽应尽量紧贴建筑物构件表面，应固定牢靠、横平竖直、整齐严实，盖板无翘角、短缺。接地线应固定稳妥并确保电气连通。

（6）桥架或线槽经过建筑物的变形缝（伸缩缝、沉降缝）时，线槽本身应断开，槽内用条孔连接板搭接，不应紧固。槽内缆线和跨接地线均应留有补偿余量。

（7）与其他弱电系统共用金属线槽时，应采用金属隔板隔开。线槽内不同方向的信息缆线应捆扎成束，作好标记。

2. 金属管的敷设

（1）金属管的加工。

1）金属管切割套丝。在配管时，应根据实际的需要长度，对管子进行切割。管子的切割可使用钢锯、管子切割刀或电动切管机，不得使用气割。

套丝可用人力或采用电动套丝机。套完丝后，应随时清扫管口，将管口端面和内壁的毛刺用锉刀锉光，使管口保持光滑，以免割破缆线绝缘护套。

2）金属管弯曲。对于较大截面的电缆不允许有弯头。在敷设金属管时应尽量减少弯头，每根金属管的弯头不应超过3个，直角弯头不应超过2个，并不应有S弯出现。弯头过多，将造成穿电缆困难。当实际施工中不能达到要求时，可采用内径较大的管子或在适当部位设置拉线盒，以便穿设缆线。

（2）金属管的连接。金属管的连接一般采用短套接或管接头螺纹连接，不管采用哪种连接，均应保证连接牢固，密封良好，两管口应对接。套接的短套管或带螺纹的管接头的长度不应小于金属管外径的2.2倍。金属管进入信息插座的接线盒后，暗埋管可用焊接固定，管口进入盒的露出长度应小于5mm。明设管应用锁紧螺母或管帽固定，露出锁紧螺母的丝扣为2～4扣。

引至配线间的金属管管口位置，应便于缆线连接；并列敷设的金属管管口应排列有序，便于识别。

（3）金属管敷设。

1）敷设在混凝土、水泥里的金属管，其地基应坚实、半整，不应有塌陷，以保证敷设后的缆线安全运行。直线布管30m处应设置暗线盒，预埋在墙体中间的金属管内径不宜超过50mm，楼板中的管径宜为15～25mm。建筑群之间金属管的埋设深度不应小于0.8m；在人行道下面敷设时，不应小于0.5m。

2）金属管内应安置拉线或牵引线。

3）金属管道应有不小于0.1%的排水坡度。

4）金属管的两端应有标识，表示建筑物、楼层、房间和长度。

5）金属管明敷。金属管应用卡子固定，这种固定方式较为美观，且在需要拆卸时方便拆卸。金属管的支持点间距，有要求时应按照规定设计，无设计要求时不应超过3m。在距接线盒0.3m处，管子用管卡固定。有弯头的地方，弯头两边也应用管卡固定。

6）电缆与光缆同管敷设时，应在暗管内预置塑料子管。将光缆敷设在子管内，使电缆和光缆分开布放。子管的内径应为光缆外径的2.5倍。

3. 线槽的敷设

安装线槽应在土建工程基本结束以后，与其他管道（如风管、给排水管）工程施工同步进行，也可比其他管道施工稍迟一段时间再进行安装。但尽量避免在装饰工程结束以后安装，否则将造成敷设缆线困难。

线槽安装应符合下列要求：

（1）线槽安装位置应符合施工图要求，左右偏差视环境而定，最大不超过 50mm。

（2）垂直线槽应与地面保持垂直，并无倾斜现象，垂直度偏差不应超过 3mm。

（3）线槽水平度每米偏差不应超过 2mm。

（4）线槽节与节间用接头连接板拼接后用螺栓固定，螺栓应拧紧。两线槽拼接处水平偏差不应超过 2mm。

（5）当直线段桥架超过 30m 或跨越建筑物时，应有伸缩缝，其连接宜采用伸缩连接板。

（6）线槽转弯半径不应小于其槽内的缆线最小允许弯曲半径的最大者。

（7）盖板应紧固，且要错位盖槽板。

（8）金属线槽敷设时，在线槽接头间距 1~1.5m 处、离开线槽两端口 0.5m 处及转弯处，应设置支架或吊架。支吊架应保持垂直、整齐牢固并且无歪斜现象。

（9）为了防止电磁干扰，宜用辫式铜带把线槽连接到其经过的设备间或楼层配线间的接地装置上，并保持良好的电气连接。

（10）不同种类的缆线布放在金属线槽内，应同槽分室（用金属板隔开）布放。

4. PVC 塑料管的敷设

PVC 管的施工基本上与金属管相同，一般是在工作区暗埋线槽，操作时要注意两点：管转弯时，弯曲半径要大，以利于穿线；管内穿线不宜太多，一般要留有 50% 以上的空间。

5. 塑料线槽的敷设

塑料槽的规格有多种，塑料槽的敷设类似金属槽，但操作方式上还有所不同。具体表现为三种方式，即：在顶棚吊顶打托式桥架或吊杆；在顶棚吊顶外采用托式桥架铺设；在顶棚吊顶外采用托架加配定槽铺设。

采用托架时，一般间隔 1m 左右安装 1 个托架。采用固定槽时，一般间隔 1m 左右安装固定点。

固定点是指把槽固定的地方，根据槽的大小可进行如下设置：

（1）25mm×（20～30）mm 规格的槽，一个固定点应有 2～3 个固定螺栓，并水平排列。

（2）25mm×30mm 以上规格的槽，一个固定点应有 3～4 个固定螺栓，呈梯形状，使槽受力点分散分布。

除了固定点外，应每隔 1m 左右钻 2 个孔，用双绞线穿入，待布线结束后把所布的双绞线捆扎起来。

6. 配线管的安装要求

（1）浇注在楼层地坪、垫层或抹灰层中，应尽量避免其他管线的交叉，管径一般不宜超过 32mm。

（2）将管材砌埋或浇注在墙壁内，应与建筑的墙壁同步施工，不得先后脱节。在墙壁内必须牢固可靠，应相隔一定距离（例如小于 1m）用木螺钉和木塞等把管路固定在墙上；在管路的外面应采用水泥砂浆或灰浆抹面层保护。具体安装如图 8-2 所示。

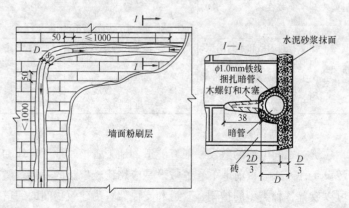

图 8-2　在墙壁内暗敷管路的敷设方法

（3）建筑内部装修时暗敷。可在吊顶、木墙裙和活动地板等装饰面内部安装暗敷管路，也可将缆线直接敷设，甚至安装桥架或槽道。

（4）在设备层或技术夹层中敷设。应注意尽量远离对信息网络不利的设施，以免受到干扰和危害。暗敷管路在设备或技术夹层中的安装方法见表 8-4。

表 8-4　　　　设备层或技术夹层中暗敷管路的安装方法

安装方法名称	安装方法	特　　　点	适用要求
吊挂式	电缆穿在管路中，用软件吊挂、安装，吊挂间距不应大于 1m	（1）可充分利用设备层或技术夹层空间，与其他管线不发生关系 （2）容易安装和维护	暗敷管路数量不多，一般为 1～2 根
托放式	电缆穿在管路中，用支承角钢铁件安装在墙壁上，管路搁在角钢上托放，支承角钢的间距不应大于 1m	（1）需占用一侧墙壁，与其他管线有可能发生矛盾，要求有一定间距 （2）容易安装和维护 （3）管路数量多，能适应今后变化的需要	暗敷管路数量较多，一般多于 2 根
沿壁式	电缆穿在管子中用管卡安装在墙上，管卡的间距一般为 0.5m	（1）与其他管线不易发生矛盾，安装方便 （2）节省材料，造价较低 （3）维护和扩建均较简单	暗敷管路数量不多，一般为 1～2 根
桥架式（槽道式）	有封闭型和不封闭型，有防火要求时应用封闭型且有防火性能的桥架或槽道，采用吊挂或承托两种方式	（1）与其他管线不发生矛盾，安全可靠 （2）工程造价高 （3）能适应今后发展要求 （4）易于维护检修	暗敷管路可以不用，因电缆条数多，直接放在桥架或槽道中

7. 建筑群电缆敷设

建筑物之间电缆的敷设一般有隧道、地下管道、地下直埋和架空敷设 4 种方式。目前地下管道敷设是应用比较广泛的一种。隧道中可以放置各种类型的护鞘、管道和支撑架，为建筑物间的通信提供合理的路径，在大中城市中已有一些应用，直埋和架空敷设已很少使用。

（1）在管道中敷设缆线时，常见的有"小孔到小孔"、"在小孔间的直线敷设"、"沿着拐弯处敷设"3种敷设形式，其施工方法同建筑物主干线电缆布线施工相似。但敷设时采用人力还是机器施工，取决于下列因素：

1）管道中有多少拐弯。

2）管道中有没有其他缆线。

3）缆线有多粗和多重。

（2）管道电缆接续的封合。严格按照操作规程和施工规范执行，以确保管道电缆施工质量达到规定的标准要求。

1）电缆芯线接续前，应根据设计中规定的要求，复核两端电缆的规格程式，并检查端别是否正确吻合，电缆的密闭性能是否良好。

2）全塑电缆的单位顺序和芯线排列均以规定的色谱为准。在对号时应采用感应式对号器，不允许用小刀、斜嘴钳等工具刺破电缆芯线绝缘层的对号，以免在对号时破坏绝缘层或割伤导线，造成日后出现障碍的隐患，影响通信质量。电缆外护套剖开长度和切口要求应符合规定，切口处应保留1.5cm长度的缆芯包带，以防护套切口损伤电缆芯线绝缘层而形成后患。

3）全塑电缆芯线接续，必须按色谱顺序施工。如遇有障碍线对无法修复，应用预备线对替换，并应作好标记，严禁差对拼凑连接，以免产生传输质量低劣的后果。

4）全塑电缆芯线采用接线子接续，不允许采用剥离电缆芯线绝缘层的导线直接扭绞接续方法。电缆芯线接续应松紧适度、色谱正确，接线子接续后，应排列整齐、绑扎妥善，每个单位束的色谱扎带应缠紧，保留在单位束的根部，用以今后备查检验和方便维修。全塑电缆芯线接续采用模块型和纽扣型两种接线子的接续方法，均应符合各自的规定要求进行，请参看有关标准规定。

5）管道电缆接头套管的封合均采用热可缩套管法。在选用热可缩套管时，应根据全塑电缆品种、型号和规格等电缆基本结构来选用相应的接续套管。在热可缩套管施工中应按照其操作顺序进行。最后对热可缩套管加热烧烤时，应先从套管中间起向两端加热

（先中间后两端），在套管周围均匀加热，使套管显示剂（又称温度指示漆）由白色或绿色变为黑色，逐步加热到一定温度使套管收缩。此时，应注意在不锈钢金属拉链导轨下套管接口处应出现两条白线，如未显示白线，应继续加热至显示出白线为止。同时，在热可缩套管的两端口及拉链处，应有少量热熔胶溢出，上述现象的出现表明已能保证封合质量良好。在热可缩套管未完全冷却前，不宜过多振动或搬移，在人孔或手孔中热可缩套管封合后，要妥善放置在电缆托板上，加以固定并衬垫平稳。热可缩套管封合后，要求整个套管形状平直，表面光亮整洁，无异样、无褶皱。所有显示剂均应均匀变化，套管外表面颜色黑亮，热熔胶应全部充分熔化。

（二）缆线的终接

1. 缆线端接要求

（1）缆线在端接前，必须检查标签颜色和数字含义，并按顺序端接。缆线终接应符合设计和施工操作规程。

（2）缆线中间不允许接头。

（3）缆线终接处必须牢固。

（4）对绞电缆与插接件连接应认准线号和线位色标，不得颠倒甚至错接。

2. 夹接式连接场施工

典型的 110 连接场的施工操作如下：

（1）将配线模块用金属螺钉安装到配线间或设备间合适的墙面上，拧紧螺钉。面板应保持在一个垂直面上。

（2）切断缆线，剥除缆线上的一段外皮或外护套。切断时要留有足够长的缆线。

（3）把固定配线模块顶部的螺钉去掉，底部螺钉放松，逐个将捆好的 25 对束组穿过线槽，在其他模块上重复以上操作。

（4）首先使用工具将线对压入配线模块并将伸出的导线头切断，然后用锥形钩清除切下的碎线头。用手指将连接块加到配线模块的索引条上，自左至右一块块地将连接块加上，直到整个配线模块全填满连接块为止。

（5）将标签保持器（带有标签的）插到配线模块中，以标识此区域。

（6）将88A托架安装到配线模块顶部和底部的"支撑腿"上，用来保持交叉连接线。

3. 接插式连接场施工

（1）配线板安装要点。在墙上直接安装配线模块时，要求墙面应光滑。安装时，首先在安装位置标出两条位置线，作出标记，然后通过配线模块配线板的4个固定槽，把配线模块的配线板固定到墙上，如图8-3所示。

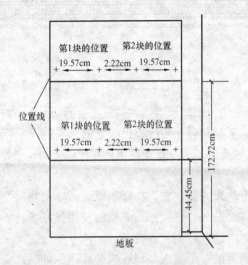

图 8-3　固定配线模块的配线板到墙

图中19.57cm是安装配线模块所要求的水平距离；2.22cm是每个配线模块之间应保持的水平距离；44.45cm是地板和底部位置线之间需留的垂直距离；172.72cm是地板和顶部水平位置线之间所需的垂直距离；"＋"标记用于安装槽螺钉的位置。水平距离偏差或垂直距离偏差，可通过配线板的螺钉孔调整。

（2）电缆在110P配线板端接要点。

1）把第1个110配线模块上要端接的24条缆线牵引到位，见图8-4。

2）在配线板的内边缘处松弛地将缆线捆起来。此做法将保证

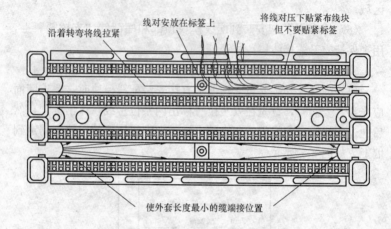

沿着转弯将线拉紧　　　　线对安放在标签上　　　　将线对压下贴紧布线块
但不要贴紧标签

使外套长度最小的缆端接位置

图 8-4　在配线模块上布放线对

单条的缆线不会滑出配线板槽，避免缆束的松弛不整齐。

3）用尖的标记器在配线板边缘处的每条缆线上标记出一个新线的位置。这有助于下一步能准确地在配线板的连接处剥除缆线的外皮。

4）拆开线束并握住它，在每条缆线的标记处刻痕，然后将刻好痕的缆束放回去，为盖上 110P 配线模块做好准备。这时不要剥掉外皮。

5）当所有的 4 个缆束都刻好痕并放回原处后，安装 110 布线块（用铆钉），并开始进行端接。端接时，从第一条缆线开始，按下列步骤进行：

a. 在刻痕点之外最少 15cm（5in）处切割缆线，并将刻痕的外皮划掉。

b. 沿着 110 布线块的边缘将"4"对导线拉入前面的线槽中去。

c. 拉紧并弯曲每一线对，使其进入到牵引的位置中去，牵引条上的高齿将一对导线分开，在牵引条最终弯曲处提供适当的压力以使线对变形最小。

d. 当上面两个牵引条的线对安放好，并使其就位及切割后

（在下面两个牵引条完成之前），再进行下面两个牵引条的线对安置。在所有 4 个牵引条都就位后，再安装 110C4 连接块。

4. 铜导线、金属护层和加强芯的连接

铜导线、金属护层和加强芯的连接应分别符合以下各自的技术要求。

（1）铜导线的连接要求。

1）铜导线的连接可采用绕接、焊接或接线子连接等方法，有塑料绝缘层的铜导线应采用全塑电缆接线子接续。

2）铜导线接续点应距光缆接头中心 100mm 左右，允许偏差 ±10mm。当有几对铜导线时，可分两排接续。

3）对远端共用的铜导线，在接续后应测试绝缘电阻、直流电阻和绝缘耐压强度等，并检查铜导线接续是否良好。

4）直埋光缆中的铜导线接续后，应测试绝缘电阻、直流电阻和绝缘耐压强度等，并应符合国家有关通信电缆铜导线电性能标准的规定。

（2）金属护层和加强芯的连接要点。

1）光缆接头两侧综合护套金属护层（一般为铝护层）在接头装置处应保持电气连通，并应按规定或按设计要求处理。铝护层的连（引）线是在铝护层上沿光缆轴向开一个 2.5cm 长的纵口，再拐 90°弯开 1cm 长，呈"L"状的切口，将连接线端头卡子与铝护层夹住并压接，再用聚氯乙烯胶带绕包固定。

2）加强芯是根据需要长度截断后，再按工艺要求进行连接的。一般是将两侧加强芯（无论是金属或非金属材料）断开，再固定在金属接头套管（盒）上。加强芯连接方法和在接头盒上一样采用压接，要求牢固可靠，并相互绝缘。如是金属接头套管，在其外面应采用热可缩管或塑料套管保护。

5. 光缆端接

光纤拼接与端接不同，它用于需要进行多次拔插的光纤连接部位的接续，属非永久性的光纤互连，常用于配线架的跨接线，以及各种插头与插座、应用设备的连接等场合。光纤端接在管理、维护、更改链路等方面非常有用。光纤的端接一般分为半成品端接、

237

成品端接、现场端接三种形式。

半成品端接可称为抽头拼接，它使用的是一段半成品的跨接线，一端已由厂商预先装好合适的连接器，另一端则是未加工的光纤。使用时可以根据实际需要，采用端接技术或拼接技术把光纤未加工的一端连到其他光纤装置上。半成品端接的灵活性较强，但方便性稍差。

成品端接就是光纤两端的连接器已由生产厂商事先接好，因此它的连接质量一般都比较好。成品端接的优点是方便，但是不灵活。

光缆终端的基本要求如下：

（1）终端设备的机房内，光缆和光缆终端应布置合理有序、安全稳定，应无热源和易燃物质等可能有害于它的外界设施。引出的单芯光缆或尾巴光缆的光纤所带的连接器，应按设计要求和规定插入光纤配线架上的连接硬件中。暂时不用的光纤连接器插头端应盖上塑料帽，保持其清洁干净。

（2）光纤在机架上或设备内（如光纤连接盒），应对光纤接续给予保护。光纤盘绕应有足够的空间，应符合标准规定或大于光纤的曲率半径，以保证光纤正常运行。

（3）利用室外光缆中的光纤制作连接器时，其制作工艺应严格按照操作规程执行，光纤芯径与连接器接头的中心位置的同心度偏差应符合如下要求。

1）多模光纤同心度偏差应等于或小于 $3\mu m$。

2）单模光纤同心度偏差应等于或小于 $1\mu m$。

3）连接的接续损耗应达到规定标准。

上述几项用光显微镜或数字显微镜检查达不到规定指标时，不得使用，应重新制作，直到合格为止。

（4）所有的光纤接续处应有切实有效的保护措施，并要妥善牢靠固定。

（5）经检查光缆中的铜导线应分别引入远供盘或业务盘等进行终端连接，并应符合规定。金属铠装层、金属屏蔽层（铝护层），以及金属加强芯均应按设计要求，采取接地或终端连接，并进行测试且应符合有关规定。

（6）连接器插头和耦合器或适配器内部，应用沾有试剂级的丙醇酒精的棉花签擦拭清洁干净后才能插接，并要求插入耦合器的ST连接器的两个端面接触紧密。

（7）在光纤、铜导线和连接器的面板上均应设有醒目的标志。标志内容（如序号和光纤用途等）应清楚完整，正确无误。

（三）光缆的敷设

1. 光缆布线施工要求

（1）光缆布放前应核对规格、型号、数量与设计规定是否相符。

（2）光缆布放前，其两端应贴有标签，用来表明起始和终端位置。标签书写应清晰、正确。

（3）光缆的布放应平直，不应受到外力挤压和损伤，不得产生扭绞、打圈等现象。

（4）光缆与建筑物内其他管线应保持一定的间距，与其他弱电线缆也应分管布放。各线缆间的最小净距应符合设计要求。

（5）光缆布放时应有冗余。光缆在设备端预留长度一般为5～10m。有特殊要求的应按设计要求预留长度。

（6）光缆敷设最好以直线方式。如有拐弯，光缆的弯曲半径在静止状态至少应为光缆外径的10倍，在施工过程中至少应为外径的20倍。

（7）在光缆布放的牵引过程中，吊挂光缆的支点相隔间距不应大于1.5m。

（8）布放光缆的牵引力应小于线缆允许张力的80%，对光缆瞬间最大牵引力不应超过光缆允许的张力。当以牵引方式敷设光缆时，主要牵引力应加在光缆的加强芯上。敷设时应控制光缆的敷设张力，避免使光纤受到过度的外力（侧压、弯曲、牵拉、冲击等）影响。

2. 架空光缆敷设

（1）架空光缆敷设是指放缆、牵引、空中挂吊、调整位置卡扣、接续等若干工种配合协调作业。应在工长统一协调下进行。

（2）不论采用人工牵引或机械牵引放缆，要求牵引力不能大于光缆允许的最大拉力，牵引速度缓和均匀，不能突停、突起、猛拉、紧拽。架空光缆布放均应通过滑轮牵引，滑轮半径不能小于光缆弯曲半径（600～800mm），敷设过程中不允许出现过度弯曲，不能损伤外护套。

（3）光缆架设过程中和架设后，受自身及外负荷影响会伸长，应小于0.2%。在施工中对光缆垂度的取定应十分慎重，应根据架挂方式及光缆结构计算架空光缆垂度，核算伸长率，保证其不超过规定伸长率。

（4）架空光缆在以下几处应设置预留保护段，预留长度，并增加保护措施，要求在敷设时考虑下述几个方面。

1）中、重和超重负荷区布放的架空光缆，应在每根电杆上预留，轻负荷区每3～5杆档做1处预留。预留及保护方式如图8-5所示。

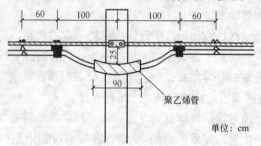

聚乙烯管

单位：cm

图 8-5　光缆在杆上预留保护示意图

2）光缆在经过十字形吊线连接或丁字形吊线连接处，其弯曲应圆顺，并应符合最小曲率半径的要求，光缆的弯曲部分应穿放聚乙烯管加以保护，其长度约为30cm，如图8-6所示。

3）架空光缆在接头处的预留长度应包含光缆接续长度和施工中所需的消耗长度等，一般架空光缆接头处每侧预留长度为6～10m。如在光缆终端设备处终端，在设备一侧应预留的光缆长度宜为10～20m。

4）在电杆附近的架空光缆接头，它的两端光缆处应各做伸缩弯，其安装尺寸和形状如图8-7所示。

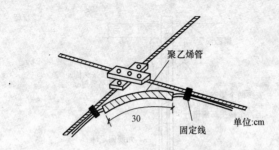

图 8-6 光缆在十字吊线处保护示意图

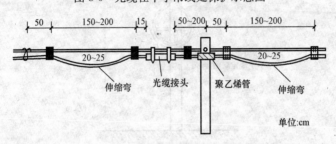

图 8-7 在电杆附近架空光缆接头安装图

两端的预留光缆应盘放在相邻的电杆上，固定在电杆上的架空光缆接头及预留光缆的安装尺寸和形状如图 8-8 所示。

5）在布放架空光缆时，由于光缆本身的韧性，不可能没有自然弯曲。因此也应预留一些长度，一般每千米约增加 5m，且应符合设计要求。

（5）光缆挂钩的程式应按光缆外径选用，见表 8-5 中的规定。光缆挂钩间距一般为 50cm，允许偏差应不大于 3cm，应均匀整齐，布吊线上的卡扣方向应一致。

表 8-5   光缆挂钩选用表

光缆外径（mm）	光缆挂钩程式型号
32 以上	65
25～32	55
19～24	45
13～18	35
12 以下	25

241

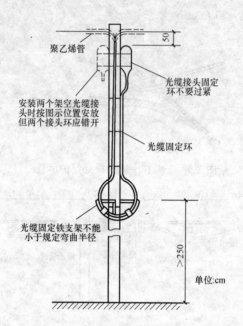

図中文字：

聚乙烯管

光缆接头固定
环不要过紧

安装两个架空光缆接
头时按图示位置安放
但两个接头环应错开

光缆固定环

光缆固定铁支架不能
小于规定弯曲半径

>250

50

单位:cm

图 8-8　在电杆上架空光缆接头及预留光缆安装图

（6）管道光缆或直埋光缆引上后，与吊挂式的架空光缆相连接时，其引上光缆的安装方式和具体要求如图 8-9 所示。光缆接头的位置应根据设计中的规定设置。

（7）架空光缆线路与建筑物、树木的最小间距见表 8-6。

表 8-6　　架空光缆线路与其他建筑物、树木的最小间距

其他建筑物、树木名称	与架空光缆线路平行时		与架空光缆线路交越时	
	垂直净距（m）	备　注	垂直净距（m）	备　注
市区街道	4.5	最低缆线到地面	5.5	最低缆线到地面
胡同（街坊中区内道路）	4.0	最低缆线到地面	5.0	最低缆线到地面
铁路	3.0	最低缆线到地面	7.0	最低缆线到地面
公路	3.0	最低缆线到地面	5.5	最低缆线到地面
土路	3.0	最低缆线到地面	4.5	最低缆线到地面

其他建筑物、树木名称	与架空光缆线路平行时		与架空光缆线路交越时	
	垂直净距 (m)	备 注	垂直净距 (m)	备 注
房屋建筑	—	—	距脊 0.5 距顶 1.0	最低缆线距屋脊最高 缆线距平顶
河流	—	—	1.0	最低缆线距最高水位 时最高桅杆顶
市区树木	—	—	1.0	最低缆线到树枝顶
郊区树木	—	—	1.0	最低缆线到树枝顶
架空通信线路	—	—	0.6	一方最低缆线与另一 方最高缆线的间距

注 1 架空光缆与铁路最小水平净距为地面杆高的 4/3。

　　2 架空光缆与市区树木的最小水平净距为 1.25m，与郊区树木应为 2.0m。

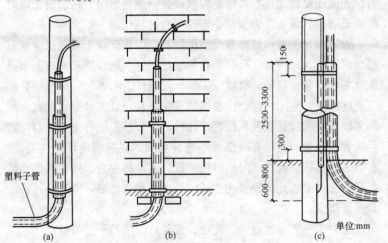

塑料子管

单位:mm

(a)　　　　　　(b)　　　　　　(c)

图 8-9　引上光缆安装及保护

(a) 木杆上光缆引上装置图；(b) 墙壁上光缆引上装置图；

(c) 水泥杆上光缆引上装置图

（8）架空光缆与电力线交越时，可采取以下技术措施：

第八章　综合布线系统

1）在光缆和钢绞线吊线上采取绝缘措施，如将光缆中的金属构件在接头处电气断开，其钢绞线每隔 1～2km 加装绝缘子，使电气通路切断，从而减小影响范围。

2）在光缆和钢绞线吊线外面采用胶管、塑料管或竹片等捆扎，使之绝缘。

（9）架空光缆如紧靠树木或电杆等有可能使外护套磨损时，在与光缆的接触部位处，应套包长度不小于 1m 的聚氯乙烯塑料软管、胶管或蛇皮管加以保护。在靠近易燃材料建造的房屋段落或温度过高的场合，应包套石棉管或包扎石棉带等耐温或防火材料加以保护。

3. 管道内敷设光缆

若利用管道来敷设光缆，就要专门为光缆留一条管道。如果光缆必须与电缆走一条管道，则可在较大的管道中为光缆安装一个内管来敷设光缆，以便将电缆与光缆分开。不管是在光缆管道中单独敷设光缆还是将光缆与其他缆线敷设在一条通道中，在敷设光缆时都必须满足其最大张力和最小弯曲半径的规定。

管道式光缆敷设应在敷设前按设计施工图开挖安装好水泥或石棉水泥管道及相应的人孔、手孔等基础设施。敷设施工前按上节要求准备好材料、设备、机械、工具、仪器仪表和人力，并编排好施工进度计划。施工之前，应根据施工图纸和设计文件要求，对选用的光缆布放的管孔数及其位置、孔径、工程质量进行全面核对，若所选管孔位置、孔径有改变或不符合要求，应提请设计单位处理。有节约材料或修改意见时也应提请设计人审核变更。应在敷设光缆和塑料管之前首先清理管孔、通道，清洁检查合格，方可进行管道和光缆敷设。

应对塑料管道的材质、孔径、数量、长度及子管道接口件、主管道入手孔接口、接头转接件数量、规格、质量等一一核实，备好全部辅材。各段光缆布放的长度、余量、接头盒及其位置、数量、规格应一一核实备好。一般一条水泥管布放一条塑料管道。一根水泥管布放两根以上塑料管道时，这些塑料管道的有效直径不应大于水泥管道内径的 85%。一条塑料管道可布放一根或多根光缆，塑料管道内径不应小于这些光缆有效外径的 1.5 倍。

(1) 在离光缆末端 0.3m 处，用光缆环切器对光缆外护套进行环切，并将环切开的外护套从光纤上滑去。

(2) 在光缆上将环切段的外套去掉后，露出光纤与纱线，先将光纤与纱线分离开来，然后将纱线绞起来并用电工胶带将其末端缠起来。

(3) 将与纱线分开的光纤切断并除去，切割时应使留下的部分掩没在外护套中。

(4) 将光缆端的纱线与牵引光缆的拉线用缆线连接起来。

(5) 切去多余的纱线，利用套筒或电工胶带将绳结和光缆末端缠绕起来，检查确保没有粗糙之处，以保证在牵引光缆时不增加摩擦力，然后进行光缆的牵引。

4. 直埋式光缆敷设

(1) 直埋光缆的埋深应符合表 8-7 的规定。光缆沟的定位和截面尺寸应按设计要求开挖回填。

表 8-7　　　　　　直埋光缆的埋设深度

光缆敷设的地段或土质	埋设深度（m）	备　注
市区、村镇的一般场合	≥1.2	不包括在车行道
街坊内、人行道下	≥1.0	包括绿化地带
穿越铁路、道路	≥1.2	距轨底或距路面
普通土质（硬土等）	≥1.2	—
砂砾土质（半石质土等）	≥1.0	—

(2) 在敷设光缆前应先清理沟底，确使沟底平整，无碎石和硬土块等有碍于光缆敷设的杂物。如沟槽为石质或半石质，在沟底应铺垫 15cm 厚度的砂土或细土，抄平整后才能敷光缆。光缆敷设后应先回填 15cm 厚度的砂土或细土以便保护，这一保护层中严禁将碎石、砖块或硬土等混入。保护层采取人工方法轻轻踏平。

(3) 在同一路由电缆沟内不能将强电电缆、光缆同沟敷设，但弱电电缆允许同沟敷设。同沟敷设电缆或光缆时，应同期分别牵引敷设。

（4）直埋光缆与其他管线及建筑物间的最小间距见表 8-8。

表 8-8　　直埋光缆与其他管线及建筑物间的最小净距

其他管线及建筑物名称和其状况		最小净距（m）		备　注
		平行时	交叉时	
市话通信电缆管道边线（不包括人孔或手孔）		0.75	0.25	
非同沟敷设的直埋通信电缆		0.50	0.50	—
直埋电力电缆	电压＜5kV	0.50	0.50	—
	电压≥5kV	2.00	0.50	
给水管	管径＜30cm	0.50	0.50	光缆采用钢管保护时，交叉时的最小净距可降为 0.15m
	管径＝30～50cm	1.00	0.50	
	管径≥50cm	1.50	0.50	
煤气管	压力＜3kg/cm²	1.00	0.50	同给水管备注
	压力＝3～8kg/cm²	2.00	0.50	
树　木	灌　木	0.75		—
	乔　木	2.00		
高压石油、天然气管		10.00	0.50	同给水管备注
热力管或下水管		1.00	0.50	
排水沟		0.80	0.50	
建筑红线（或基础）		1.0	—	

（5）直埋式光缆敷设中，应采取预防机械性损伤等措施。

（6）光缆敷设完毕后，应及时检查光缆的外护套，如有破损等缺陷应立即修复，并测试其对地绝缘电阻，要求必须符合以下规定。

1）单盘光缆敷设后，测试每千米金属外护套对地绝缘电阻值竣工验收指标不应低于 10MΩ。目前暂允许 10% 的单盘光缆不低于 2MΩ。

2）光缆接头盒密封完毕后，测试光缆接头盒内所有金属构件对地绝缘电阻不应低于 20 000MΩ·km（DC 500V）。

（7）直埋光缆的接头处、拐弯点或预留长度处以及与其他管线交越处，应设置标志，以便今后维护检修。标志可以用专制标石，也可利用光缆路由附近的永久性建筑的特定部位（如墙角），测量出距直埋光缆的相关距离，在有关图纸上记录，作为今后查考资料之用。

四、质量通病与防治

（一）综合布线线槽、缆线施工协调问题

1. 现象

（1）装修改动后线槽要跟着改动，造成部分缆线长度不够。

（2）在通道内与其他专业管道间距不够。

（3）装修的顶棚压到线槽盖无法打开，固定顶棚无法放线，没有检修口。

2. 原因分析

（1）施工前未能与装修等专业进行协调，装修完工后线槽无法敷设，改动的线槽需要绕过装修障碍，增加了施工难度，缆线也不易布放。

（2）完工后由于房间使用功能的变化，装修也随之需改动。

（3）施工前未与装修等专业单位协商好，吊顶和其他专业管道的标高不适合系统对线槽的要求。或线槽施工不规范，未按要求预留出足够的操作距离。

3. 防治措施

（1）在施工前要看透图纸并熟悉现场施工环境。

（2）线槽施工安装时，应多与装修及其他专业进行协调。

（3）施工中发现问题及时向总包单位或协调人员反映，如遇协调困难的情况应积极地采取一些有效的补救措施。如需与强电缆线共用一条线槽，应加设金属隔板以防电磁干扰等。

（二）缆线没有预留长度

1. 现象

（1）设备间和信息点的缆线预留太短。

（2）水平缆线布放完后在线槽转弯处未足够预留，致使缆线放入线槽后长度不够。

2. 原因分析

（1）施工人员经验不足，放线时缆线预留太短，导致无法端接。

（2）放线时线槽各拐弯处没有预留足够的长度。

3. 防治措施

（1）缆线布放时要注意楼层配线间、设备间端预留长度（从线槽到地面再返上到机柜顶部）。信息出口端应为0.4m，铜缆应为3～5m，光缆应为5～7m。

（2）布放缆线时先把线槽的实际长度和线管的走向长度了解清楚。缆线敷设完毕后，两端必须留有足够的长度，各拐弯处、直线段应整理后得到指挥人员的确认符合设计要求方可掐断。

（三）金属线管安装缺陷

1. 现象

（1）明装线管没有作防腐处理。

（2）金属线管无接地连接或接地保护电气导通性不合格。

（3）线管弯曲半径偏小，弯曲处有严重扁凹、开裂现象。管口锯口不齐有毛刺，管卡安装不合规范，丝套连接不牢。

2. 原因分析

（1）施工人员在实施过程中偷工减料。

（2）没有充分了解建筑的特性或施工规范。

（3）采用的线管管壁偏薄、使用的线管弯管器与线管不匹配。

3. 防治措施

（1）金属线管在施工安装前，就应刷好防腐油漆或检查确定防腐无误后再安装。安装完成后再检查，发现有局部防腐损伤的地方应及时补做防腐油漆。

（2）金属线管连接管孔要对准牢固，密封性良好。薄壁金属管连接宜采用JDG新工艺施工，简单方便。镀锌金属线管的连接和接地跨接严禁使用气焊或电焊方式施工。

（3）金属线管切割一般用钢锯和专用管子切割刀，严禁用气焊切割，管口用锉刀把内径的毛刺锉平，使管口保持光滑，成喇叭形。明管敷设时应用管卡固定，一般每1.5m固定一个，管头连接处两端和弯头处约 20cm 处多加一个管架卡。弯管要选用合适的弯管器，弯管时先把要弯管的部位前端放在弯管器里，以防管子弯瘪。用脚踩住管子，手扳弯管器进行弯曲，并逐步移动弯管器，慢慢用力扳到所需的弯度。条件允许时，在弯曲管道前将被弯曲管内注满沙子。

第二节　机柜、机架和配线架的安装

一、质量验收标准

（一）机柜、机架安装

（1）机柜、机架安装完毕后，垂直偏差度应不大于 3mm。机柜、机架安装位置应符合设计要求。

（2）机柜、机架上的各种零件不得脱落或碰坏，漆面如有脱落应予以补漆，各种标志应完整、清晰。

（3）机柜、机架的安装应牢固，如有抗震要求时，应按施工图的抗震设计进行加固。

（二）各类配线部件安装

（1）各部件应完整，安装就位，标志齐全。

（2）安装螺钉必须拧紧，面板应保持在一个平面上。

（三）接地体

安装机柜、机架、配线设备屏蔽层及金属钢管、线槽使用的接地体应符合设计要求，就近接地，并应保持良好的电气连接。

（四）配线架安装

（1）卡入配线架连接模块内的单根线缆色标应和线缆的色标相一致，大对数电缆按标准色谱的组合规定进行排序。

（2）端接于 RJ45 口的配线架的线序及排列方式按有关国际标准规定的两种端接标准（T568A 或 T568B）之一进行端接，但必须与信息插座模块的线序排列使用同一种标准。

（五）其他要求

（1）机柜不应直接安装在活动地板上，应按设备的底平面尺寸制作底座，底座直接与地面固定，机柜固定在底座上，底座高度应与活动地板高度相同，然后铺设活动地板，底座水平误差每平方米不应大于 2mm。

（2）安装机架面板，架前应预留有 800mm 空间，机架背面离墙距离应大于 600mm。

（3）背板式跳线架应经配套的金属背板及接线管理架安装在墙壁上，金属背板与墙壁应紧固。

（4）壁挂式机柜底面距地面不宜小于 300mm。

（5）桥架或线槽应直接进入机架或机柜内。

（6）接线端子各种标志应齐全。

二、设备材料质量控制

（1）机柜、机架、配线架包括配线柜和挂式配线架，是综合布线系统的主要配线设备。

电缆交接箱或分线盒及各种配件（如背装架、管理线盘、标志块、空面板、防尘罩、缆线固定架、托板、支架和托架散热装置等）的型号、规格、数量、性能及质量（包括材质）均必须符合设计要求，且应是有关技术标准的定型设备和器材。国外产品也应按标准进行检测和鉴定，未经国家有关部门的产品质量监督检验机构鉴定合格的设备和主要器材，不得在工程中使用。不符合规定的，未经设计单位同意，不应采用其他产品代替，并作好记录。

（2）光缆和电缆交接设备的编排及标志名称应与设计相符，标志名称应统一，其位置应正确、清晰。发现有缺省、数量不符者，应作好记录。

（3）箱体（柜架）外壳表面应平整，互相垂直，无变形、裂损、发翘、受潮、锈蚀现象。箱体（柜架）表面涂层应完整无损，无挂流、起泡、裂纹、脱落和划伤等缺陷，箱门开启、关闭或外罩装卸灵活。整体应密封，可防尘和防潮。

（4）箱内的接续模块或接线端子及零部件（配件）应装配齐全（或符合设计、合同要求）、牢固有效，所有配件应无漏装、脱落、松动、移位或损坏等现象发生。

（5）配线接续设备的各项电气性能指标，包括机架外壳接地装置等，均应符合我国现行标准规定的要求。

250

三、施工质量控制

（一）机柜和机架安装要求

（1）机柜和机架安装完毕后，垂直偏差度不应大于 3mm。机柜、机架安装位置应符合设计要求。

（2）机柜、机架的安装应牢固，如有抗震要求，应根据施工图的抗震设计进行加固。

（3）机柜、机架上的各种零件不得有脱落或碰坏现象，漆面如有脱落应予以补漆，各种标志应完整、清晰。

（4）机柜不宜直接安装在活动地板上，宜按设备的底平面尺寸制作底座，底座直接与地面固定，机柜固定在底座上，底座高度应与活动地板高度相同，然后敷设活动地板。

（5）安装机架面板，架前应预留有 800mm 空间，机架背面离墙距离应大于 600mm，背板式配线架可直接由背板固定于墙面上。壁挂式机柜底距地面不应小于 300mm。

（二）配线架安装要求

（1）卡入配线架连接模块内的单根缆线色标应与缆线的色标相一致，大对数电缆按标准色谱的组合规定进行排序。

（2）端接于 RJ45 口的配线架的线序及排列方式按有关国际标准规定的两种端接标准之一（T568A 或 T568B）进行端接，但必须与信息插座模块的线序排列使用同一种标准。

（3）各直列垂直倾斜误差不应大于 3mm，底座水平误差每平方米不应大于 2mm。

（4）接线端子的各种标志应齐全。

（5）背板式配线架应经配套的金属背板及线管理架安装在可靠固定的墙壁上，金属背板与墙壁应紧固。

四、质量通病与防治

（一）现象

（1）配线架端接口有线头外露，缆线绞距撕得太开，从而压得不牢。

（2）缆线剥皮太长或线对割破线芯。

（3）标签不准确，混乱不清。

（二）原因分析

（1）缆线端接时线对的绞距拧得太开，压接不到位。

（2）端接时没有经验，不用专业的剥线工具。

（3）没有系统地给各楼层信息点编号，信息点号混乱，有重复现象。

（三）防治措施

（1）缆线端接时线对的扭绞尽量不要拧开太多，顺其自然，压接时逐对拧开放入配线架相对的端口，使用压线工具压接时，要压实，不得有松动的地方。

（2）剥除缆线护套时应采用专用剥线器，不得剥伤芯线的绝缘层，使芯线断裂。

（3）系统放线前要在图纸上标明信息点的编号，可以按机房或楼层来编号，信息点编号要能反映出所在的配线间、楼层和房号等信息。

第三节　信息插座的安装

一、质量验收标准

（一）8位模块式通用插座安装

（1）安装在活动地板或地面上，应固定在接线盒内，插座面板采用直立和水平等形式。接线盒盖可开启，并应具有防水、防尘、抗压功能。接线盒盖面应与地面齐平。

（2）8位模块式通用插座、多用户信息插座或集合点配线模块，安装位置应符合设计要求。

（3）8位模块式通用插座底座盒的固定方法按施工现场条件而定，宜采用预置扩张螺钉固定等方式。

（4）固定螺钉需拧紧，不应产生松动现象。

（5）各种插座面板应有标识，以颜色、图形、文字表示所接终端设备类型。

（二）信息插座安装

（1）信息插座安装在活动地板或地面上时，接线盒应严密防水、防尘。

（2）信息插座的安装要求应执行（一）的规定。

二、设备材料质量控制

（1）综合布线系统中所有连接硬件（如接线模块等）和信息插座〔又称通信（或电信）引出端〕都是重要的零部件，具有面广、量大、体积小、密集型、技术要求高等特点。其电气性能、机械特性、光纤的传输特性等具体技术指标和要求应符合通信行业标准YD/T 926.1～3—2001《大楼通信综合布线系统》和设计标准规定。它们的塑料材质应具有阻燃性能。型号、数量、规格满足设计和施工图样的要求。

（2）保安接线排的保安单元，其过电流、过电压保护的各项性能指标应符合有关行业标准。

（3）电缆的接线盒体和光纤插座的连接器使用的型号、数量、规格等应与设计及施工图样中的规定相符合。

（4）电缆插座面板和光纤插座面板应有明显标志（如图形、颜色和文字符号）。光纤标明发射（TX）和接收（RX），以示区别，从而便于安装使用。

三、施工质量控制

（一）信息插座端接要求

（1）信息插座的核心部件是模块化插座孔和内部连接件。

（2）对绞线在信息插座（包括插头）上进行终端连接时，必须按缆线的色标、线结组成及排列顺序进行卡接。如为 RJ45 系列的连接硬件，其线对和色标组成及排列顺序应按 EIA/TIAT568A 或T568B 的规定办理。

（3）对绞线与 RJ45 信息插座采用卡接接续方式时，应按先近后远、先下后上的接线顺序进行卡接。如与接线模块卡接，应按生产厂家要求或设计规定进行施工操作。

（4）当综合布线系统采用屏蔽电缆时，应将电缆屏蔽层与连接硬件终端处的屏蔽罩可靠接触，通常是缆线屏蔽层与连接硬件的屏蔽罩形成周围 360°的接触，它们之间的接触长度不宜小于 10mm。

（二）各类跳线端接要求

（1）各类跳线长度应符合设计要求。一般对绞线电缆的长度不应大于 5m。

（2）各类跳线（包括电缆）和接插硬件间必须接触良好，连接正确无误，标志清楚齐全。跳线选用的品种和类型均应符合系统设计要求。

（三）通用信息插座端接

综合布线所用的信息插座应在内部作固定线连接，其形式多种多样。信息插座的核心是模块化插孔。双绞电缆在与信息插座的模块插孔连接时，必须根据色标和线对顺序进行卡接。插座色标、类型和编号应满足有关的规定。镀金的模块插座孔可保持与模块化插头弹簧片间可靠、稳定的电连接。由于弹簧片与插孔间的摩擦作用，电接触随插头的插入，从而得到进一步加强。插孔主体设计采用了整体锁定机制。这样，当模块化插头插入时，插孔和插头的接触面处可产生最大的拉拔强度。信息插座的面板应有防潮、防尘的功能。信息出口应有明确的标记，面板应符合标准的规定。

信息插座与双绞电缆的卡接端子连接时，应按先近后远、先下后上的顺序进行卡接。

双绞电缆与接线模块（IDC、RJ45）卡接时，应按设计要求和厂家规定进行操作。

（四）模块化信息插座端接

模块化信息插座分为单孔和双孔，每孔都有一个 8 位/8 路插脚（针）。采用了标明多种不同颜色电缆所连接的终端，保证了既准确又快速的安装。

（五）配线板端接

配线板是提供电缆端接的装置，安装夹片可支持多至 24 个任意组合的模块化插座，并在缆线卡入配线板时提供弯曲保护。这种配线板可固定在一个标准的 48.3cm 配线柜上。

四、质量通病与防治

（一）现象

（1）信息点模块端接线头太长，线对绞距太长。

（2）办公屏风下的信息插座不到位。

（3）信息模块里有尘埃和水汽，信息插座里的缆线预留太长，面板上不到位。

（二）原因分析

（1）没有专用的网络端接工具端接，把线对拧开为端接方便。

（2）施工安装中未注意屏风板是否与面板配套。

（3）网络端接的施工人员没有经过专业的培训，防尘盖和信息点面板装反，或插座面板质量太差。

（三）防治措施

（1）剥除电缆护套时应采用专用剥线器，不得剥伤绝缘层，电缆中间不得产生断接现象。压接时逐对拧开，放在与信息模块相对的端口上。

（2）安装屏风下的信息插座时要注意面板的扣板顶到底板，面板安装好，要和屏风隔板紧贴，固定牢靠直至用手不能拧动。

（3）有的屏风隔板和信息插座面板不配套，现场实际施工安装时应特别注意。

（4）面板的质量（特别是地面插座面板）应严格把关，施工安装时还应注意与底盒和装饰层表面或建筑物表面的结合部位的收口处理。

第四节 系统性能测试与竣工验收

一、质量验收标准

（1）综合布线系统性能检测应采用专用测试仪器对系统的各条链路进行检测，并对系统的信号传输技术指标及工程质量进行评定。

（2）综合布线系统性能检测时，光纤布线应全部检测，检测对绞电缆布线链路时，以不低于10％的比例进行随机抽样检测，抽样点必须包括最远布线点。

（3）系统性能检测合格判定应包括单项合格判定和综合合格判定。

1）单项合格判定如下。①对绞电缆布线某一个信息端口及其水平布线电缆（信息点）按 GB/T 50312—2007《综合布线系统工程验收规范》中附录 B 的指标要求，有一个项目不合格，则该信息点判为不合格。垂直布线电缆某线对按连通性、长度要求、衰减和串扰等进行检测，有一个项目不合格，则判该线对不合格。②光缆布线测试结果不满足 GB/T 50312—2007《综合布线系统工程验收规范》中附录 C 的指标要求，则该光纤链路判为不合格。③允许未通过检测的信息点、线对、光纤链路经修复后复检。

2）综合合格判定如下。①光缆布线检测时，如果系统中有一条光纤链路无法修复，则判为不合格。②对绞电缆布线抽样检测时，被抽样检测点（线对）不合格比例不大于 1%，则视为抽样检测通过，不合格点（线对）必须予以修复并复验。被抽样检测点（线对）不合格比例大于 1%，则视为一次抽样检测不通过，应进行加倍抽样；加倍抽样不合格比例不大于 1%，则视为抽样检测通过。如果不合格比例仍大于 1%，则视为抽样检测不通过，应进行全部检测，并按全部检测的要求进行判定。③对绞电缆布线全部检测时，如果有下面两种情况之一时则判为不合格。无法修复的信息点数目超过信息点总数的 1%；不合格线对数目超过线对总数的1%。④全部检测或抽样检测的结论为合格，则系统检测合格，否则为不合格。

（4）采用计算机进行综合布线系统管理和维护时，应按下列内容进行检测。

1）中文平台、系统管理软件。

2）显示所有硬件设备及其楼层平面图。

3）显示干线子系统和配线子系统的元件位置。

4）实时显示和登录各种硬件设施的工作状态。

（5）竣工验收文件包括以下部分。

1）安装工程量。

2）工程说明。

3）设备、器材明细表。

4）竣工图样为施工中更改后的施工设计图。

5）测试记录（宜采用中文表示）。

6）工程变更、检查记录及施工过程中，需更改设计或采取相关措施，由建设、设计、施工等单位之间的双方洽商记录。

7）随工验收记录。

8）隐蔽工程签证。

9）工程决算。

10）综合布线系统图。

11）综合布线系统信息端口分布图。

12）综合布线系统各配线区布局图。

13）信息端口与配线架端口位置的对应关系表。

14）综合布线系统平面布置图。

15）综合布线系统性能自检报告。

二、施工质量控制

（一）测试要求

（1）综合布线系统工程的电缆系统电气性能测试及光纤特性检测中，电缆系统测试内容分为基本测试项目和任选项目测试。各项测试应作详细记录，以作为竣工资料的一部分，测试记录格式如表8-9所示。

表 8-9　　5 类及光纤综合布线系统工程电气性能测试记录

序号	编　号			内　　容						光缆系统		记录
				电缆系统								
	地址号	缆线号	设备号	长度	接线图	衰减	近端串音（2端）	电缆屏蔽层连通情况	其他任选项目	衰减	长度	
测试日期、人员及测试仪表型号												
处理情况												

(2) 电气性能测试仪按二级精度，应达到表 8-10 规定的要求。

表 8-10　　　测试仪精度最低性能要求

序号	性　能　参　数	1～100 兆赫（MHz）
1	随机噪声最低值	65—15log（f/100）dB
2	剩余近端串音（NEXT）	55—15log（f/100）dB
3	平衡输出信号	37—15log（f/100）dB
4	共模抑制	37—15log（f/100）dB
5	动态精确度	±0.75dB
6	长度精确度	±1m±4%
7	回损	15dB

注　动态精确度适用于从 0dB 基准值至优于 NEXT 极限值 10dB 的一个带宽，按 60dB 限制。

(3) 现场测试仪应能测试 3、5 类对绞电缆布线系统及光纤链路。

(4) 电缆、光缆测试仪表应具有计量证书及合格证。

(5) 测试仪表应有输出端口，以将所有存储的测试数据输出至计算机和打印机，进行维护和文档管理。

（二）光纤连接器极性

(1) 推荐选用的光纤连接器件（连接器和适配器）应适用不同类型的光纤的匹配，并使用色码来区分不同类型的光纤。

(2) 连接器件分为单工和双工两种连接方式。建议水平光缆或主干光缆终接处的光缆侧采用单工连接器，用户侧采用双工连接器，以保证光纤连接的极性正确。连接方式如图 8-10～图 8-12 所示。

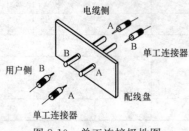

图 8-10　单工连接极性图

（三）验证测试

在新建的建筑物中，敷

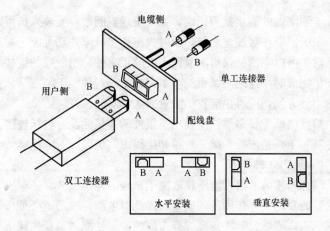

图 8-11　单工至双工（混合型）连接极性图

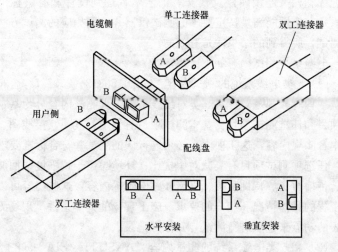

图 8-12　双工连接极性图

设缆线是伴随建筑施工进行的。当布放完水平缆线，尤其是装修之后，想改变已布放的缆线是非常困难的。因此，安装人员可以边施工边测试，这样既可以保证质量又可以提高施工的速度。

在工作区，缆线与相关连接硬件连接，或信息插座接线的安装人员做完一个接头时，可立即检验电缆的端接情况（这时插座还没有被嵌入墙上的接线盒）。只要连上测试仪，在极短的时间里就可

259

以证实刚刚做的连接是否正确。如果发现有问题，安装人员可以在面板未被固定在接线盒之前，及时找出连接故障并马上改正。故障排除后，可以用测试仪再次验证连接的正确性。当所有的终接和连接工作完成时，连通测试也就基本完成了。这种施工与测试结合的方法十分方便，同时也节省了大量的认证时间。

验证测试主要是测试缆线及连接件的连接性能，包括连接是否正确等。主要是进行开路、短路和接线图测试。

（四）认证测试

综合布线的通道性能不仅取决于布线的施工工艺，还取决于采用的缆线及相关连接硬件的质量，因此对电缆传输通道必须作认证测试。认证测试并不能提高综合布线的通道性能，只是确认所安装的缆线和相关连接硬件及其安装工艺是否达到设计和有关标准要求。只有使用能满足特定要求的测试仪器并按照相应的测试方法进行测试，所得到的结果才是有效的。

电缆系统测试内容如下：

（1）5类电缆系统的测试内容。GB/T 50312—2007《综合布线系统工程验收规范》针对5类对绞线系统工程测试内容分为基本测试项目和任选测试项目。基本测试项目有长度、衰减、接线图、近端串音4项内容，这4项内容必须进行认证测试并符合标准要求。

任选项测试项目有衰减对串扰比、环境噪声干扰强度、回波损耗、传播时延、特性阻抗、直流环路电阻等内容，这些内容可以根据工程的具体情况和用户的要求及施工现场的具体条件、现场测试仪表的功能来选项进行测试，并作好记录。

（2）超5类电缆系统的测试内容。ANSI/TIA/EIA—568—5—2000和ISO/IEC 11801：2000是正式发布的超5类D级对绞电缆系统的现场测试标准，也有符合该标准Ⅱe级精度要求的测试仪（如Fluke DSP—4000系列）。超5类电缆系统测试内容，除了5类电缆系统上述四项内容外，还有回波损耗、衰减串扰比（ACR）、综合近端串扰（PS—NEXT）、等效远端串扰（ELFEXT）、综合远端串扰（PS—ELFEXT）、延迟偏离（Delay Skew）、传输延迟（Prop Delay）、环路电阻、阻抗等。

（3）大对数主干（垂直）电缆系统的测试内容。5类电缆系统按照 GB/T 50312—2007《综合布线系统工程验收规范》中的规定执行。100m 以内大对数主干电缆及所连接的配线模块可按布线系统的类别，以 4 对线为组进行长度、衰减、接线图的测试；对于近端串音，所测结果不得低于 5 类 4 对对绞电缆布线系统所规定的数值。关于 5 类以上垂直干线电缆系统的测试内容应按上述相应标准执行。

（4）屏蔽布线系统的测试内容。现场测试应进行屏蔽电缆屏蔽层两端导通测试，检验屏蔽层是否连续不断或有其他问题。全屏蔽（又称总屏蔽）的直流电阻应小于式（8-1）的计算值，即

$$R(D) = \frac{62.5}{D} \tag{8-1}$$

式中　$R(D)$——总屏蔽电阻，Ω/km；

　　　　D——总屏蔽外径，mm。

（五）光缆测试

在已连接上电缆和安装上连接器之后，必须进行光纤的连续性检查。所有的光缆芯都必须经过测试，承担测试的人员应当具有些能够测试出安装质量的测试设备。有两种测量必须进行，即接插件和光纤产生衰减的全面测试和能产生光纤连接线路损失曲线示意图的反射测量。测量能够明确连接线路的出错点和长度。

1. 衰减测量第一级测量

用 1 个发射信号的大功率校准发生器和 1 个测量接收的光纤辐射测量仪进行测量。它可以测量线路上的衰减并知道线路或某段线路是否在规定的公差里。在每次测量之前，都应清洗所有的接插件。为了避免测量错误，两架仪器（发生器和接收器）应当使用同样的测量电缆（3m 长），这根电缆应当具有和所测光纤芯同样的特点。所有测试程序都应从校准接收器开始。为此，需将接收器和发生器用一根 3m 长的电缆直接连接在一起，然后向接收器进行大功率发射，再校准接收器至液晶显示上出现 0dB，用 850nm 的波长进行测试。连接设备的 90% 在不超过 850nm 时，衰减为 0.3dB。测试方法有以下两种：

（1）一名测试人员进行测试的方法。一名测试人员的测试要求在最后配线架的不同光缆通过一些长度为 10m 的光纤跳线电缆构成回环，然后一对一检测每对光纤的光芯。接收器和发射器放在同一地点（开始配线间）。用一根长 3m 的光纤电缆把发射器连接到光缆头上的第一根光纤上，用第二根长 3m 的光纤电缆把接收器连接到光缆头上的第二根光纤上。首先测量一下回环情况，然后测试人员再将接收器连接至第三根光纤上进行同样测试。用同样的方法测试第四、第五和第六根光纤，测试的结果进入验收报告资料。如果测试出的值超过了最大希望值，那么就应当借助于光纤反射仪来确定故障的地点。

（2）两名测试人员进行测试的方法。这两名测试人员应当拥有移动电话或对讲机以便于及时交流，检测是逐芯进行的。一名测试人员带有一个光信号发生器，另一名测试人员在另一端通过接收器记录测试结果。

2. 反射测量仪测量第二级测量

其目的是查看光纤芯的物理状态。因此，损耗的分布可以通过显示屏显示并打印在纸上。各种测量结果也同样会进入验收报告。反射测量仪发出一个大功率的校准光束，然后观察显示屏上是否有一个视觉看得见的反射功率信号出现。这一反射是构成光纤硅的不完全性导致的，与直线性衰减相一致。测试采用 850nm 的波长，如果需要为网络的未来发展趋势测出布线的等级，也可以用 1300nm，连接设备的 90% 在不超过 1300nm 时衰减为 0.3dB。这些不同测试可以检测出光纤是否处于某个不正常情况（弯曲半径、过分的拉拽或挤压），也可检测出是否有断线，断线是否因为操作不当造成的，还能知道 ST/2 接插件是否连接正确。

三、质量通病与防治

（一）现象

（1）测试仪开机后自动关机，进入自动测试后找不到远端通信。

（2）测试中其他连路测试项目都已通过，只有阻抗串扰未通过。

（二）原因分析

（1）检查测试仪设置的链路结构是否正确，或是否有测试仪（主机和远端机）不能启动。

（2）测试仪两端的跳线没有插好，缆线端没接好，或缆线打绞弯曲太厉害，缆线的端接质量不好，接插件和链路不是同一类产品等。

（三）防治措施

（1）测试前要认真阅读所选定的测试仪说明书，掌握准确的操作方法。

（2）检查测试仪设置的电缆类型是否正确，应重新设置测试仪的类型阻抗、参数及标称的传输速度。

（3）确保链路缆线和接插件是同一类产品，把两端的配线架和模块重新端接一次，检查线对有没有在剥线时割伤线芯，不可破坏线对的绞距，用端接工具压好重测，或更换模块，配线架的缆线接到别的端口上再试。

第九章　智能化系统集成

系统集成检测验收的重点应为系统的集成功能、各子系统之间的协调控制能力、信息共享和综合管理能力、运行管理与系统维护的可实施性、使用的安全性和方便性等要素。

第一节　工程实施及质量控制

一、质量验收标准

（一）施工依据

系统集成工程的实施必须按已批准的设计文件和施工图进行。

（二）设备进场验收

（1）必须按照合同技术文件和工程设计文件的要求，对设备、材料和软件进行进场验收。进场验收应有书面记录和参加人签字，并经监理工程师或建设单位验收人员签字。未经进场验收合格的设备、材料和软件不得在工程上使用和安装。经进场验收的设备和材料应按产品的技术要求妥善保管。

（2）设备及材料的进场验收应填写设备、材料进场检验表，具体要求如下。

1）保证外观完好，产品无损伤、无瑕疵，品种、数量、产地符合要求。

2）硬件设备及材料的质量检查重点应包括安全性、可靠性及电磁兼容性等项目，可靠性检测可参考生产厂家出具的可靠性检测报告。

3）软件产品质量应按下列内容检查。①商业化的软件，如操作系统、数据库管理系统、应用系统软件、信息安全软件和网管软件等应做好使用许可证及使用范围的检查。②由系统承包商编制的用户应用软件、用户组态软件及接口软件等应用软件，除进行功能测试和系统测试之外，还应根据需要进行容量、可靠性、安全性、可恢复性、兼容性、自诊断等多项功能测试，并保证软件的可维护性。③所有自编软件均应提供完整的文档，包括软件资料、程序结构说明、安装调试说明、使用和维护说明书等。

（3）依规定程序获得批准使用的新材料和新产品，除符合本条规定外，尚应提供主管部门规定的相关证明文件。

（4）进口产品除应符合该条规定外，尚应提供原产地证明和商检证明，配套提供的质量合格证明、检测报告及安装、使用、维护说明书等文件资料应为中文文本（或附中文译文）。

（三）系统自检

系统集成调试完成后，应进行系统自检，并填写系统自检报告。

（四）系统试运行

系统集成调试完成，经与工程建设方协商后可投入系统试运行，投入试运行后应由建设单位或物业管理单位派出的管理人员和操作人员认真作好值班运行记录，并保存试运行的全部历史数据。

二、设备材料质量控制

（1）网络设备。包括中继器（多口中继器、缓冲中继器、模块中继器、多路复用器等）、网桥（或桥）、网卡、网关、路由器、各种接插件、交换机、集线器、电缆和各种设备（电动机设备、通信设备、计算机及其外围设备、各类传感器等）等硬设备和部品，线材等产品须有出厂合格证、产品标准和接口规范详细的技术资料或说明书；产品性能、软硬件特性都须符合系统集成设计的要求。

（2）为便于实现软件系统和硬件系统等的集成，软件产品和硬件设备应模块化设计。宜适应不同厂家的设备之间的互相替代和无缝连接。

（3）不同厂家的产品须有统一的软件通信协议标准，各种产品需提供标准化的系列接口。

（4）集成系统采用的接口协议必须标准化。例如，设备的接口通信协议应符合现行的国家有关标准规定。

（5）集成软件应能适应信息网络及先进适用的技术发展的要求。系统集成在使用和维护方面应尽可能简单化，界面应汉化。

三、施工质量控制

（1）检查综合吊顶图是否由装修设计与智能化系统工程设计一起就设备（如灯位、消防烟感器、消防喷淋、广播喇叭，无线通信放大系统的天线、安保摄像头等）的定位和安装予以协调，并最终反映在装修设计的综合吊顶图纸上。

（2）必须审查平面功能布置图。大多数的弱电终端（如电脑电话终端、有线电视终端、喇叭、门禁设置的布点等）宜在房间功能用途、家具布置、房间分隔标高确定后，给予定位。

（3）装修时，若隔墙使用玻璃，一定要考虑弱电中设置在墙面的广播音控器、门禁设置、温控开关的摆放位置和排管途径，否则无法安装，从而达不到功能要求。吊顶开孔时必须有检修孔。

（4）必须检查弱电接地系统，并注意以下几点。

1）弱电的接地系统必须与强电的接地系统分开。

2）接地干线截面应符合下列要求。①各个机房从接地极或联合接地系统的接地排引入的接地干线截面不应小于 35mm²。②电脑机房不应小于 50mm²。③UPS 机房不应小于 70mm²。④弱电井内，一般采用 $25 \times 4mm^2$ 的接地铜排。

（5）检查电源和用电量。一般在各个弱电终端附近都应设置电源插座。如果无线通信系统的功分器安装在 2m 左右的高度，那么，就应该在此高度设置电源点。所有机房的用电量，办公室或集中的计算机用户终端（如证券交易场地等）都应有一个完整统一的计算，并检查强电供给回路是否满足需要。

四、质量通病与防治

（一）系统集成中出现不兼容

原因分析：

（1）现场安装的网络数据库的范围性、一致性未能仔细核查。

（2）数据库与网络操作系统不互相匹配。

（3）数据库初始配置不当。

（二）汉化不完全

界面的显示没有或部分没有汉化和图形化，缺乏快捷、直观的操作界面的原因分析与防治：

（1）系统集成工程师比较重视集成功能的实现，从而忽视了对图形界面的设计。

（2）目前系统集成软件一般都包含强大的图形组态工具，软件工程师应该在此方面投入更多精力。

（三）提交的文档资料不合格

1. 原因分析

（1）设备安装后管理不善，造成使用手册或说明书丢失，或者设备为进口产品，缺乏中文资料。

（2）竣工资料不齐全。

2. 防治措施

（1）设备安装后应及时将相关设备资料存档，外文资料应翻译成中文。

（2）按照规范要求编制维护说明书。

第二节 系 统 检 测

一、质量验收标准

（一）系统检测

1. 检测条件

系统集成的检测应在建筑设备监控系统、安全防范系统、火灾自动报警及消防联动系统、通信网络系统、信息网络系统和综合布线系统检测完成，系统集成完成调试并经过 1 个月试运行后进行。

2. 检测方案

建设单位应组织有关人员依据合同技术文件和设计文件，以及规范规定的检测项目、检测数量和检测方法，制定系统检测方案，并经检测机构批准实施。

3. 检测依据

系统集成检测的技术条件应依据合同技术文件、设计文件及相关产品技术文件。

4. 质量记录

系统集成检测时应提供以下过程质量记录：

（1）硬件和软件进场检验记录。

（2）系统测试记录。

（3）系统试运行记录。

5. 检测内容

系统集成的检测应包括接口检测、软件检测、系统功能及性能检测、安全检测等内容。

6. 系统连接测试

（1）子系统之间的硬线连接、串行通信连接、专用网关（路由器）接口连接等应符合设计文件、产品标准和产品技术文件或接口规范的要求，检测时应全部检测，100%合格为检测合格。

（2）对计算机网络进行路由检测，路由检测方法可采用相关测试命令进行测试，或根据设计要求使用网络测试仪测试网络路由设置的正确性。

7. 系统数据集成

检查系统数据集成功能时，应在服务器和客户端分别进行检查，各系统的数据应在服务器统一界面下显示，界面应汉化和图形化，数据显示应准确，响应时间等性能指标应符合设计要求。对各子系统应全部检测，100%合格为检测合格。

8. 系统集成的整体指挥协调能力

系统的报警信息及处理、设备连锁控制功能应在服务器和有操作权限的客户端检测。对各子系统应全部检测，每个子系统检测数量为子系统所含设备数量的 20%，抽检项目 100%合格为检测合格。

应急状态的联动逻辑的检测方法如下：

（1）在现场模拟火灾信号，在操作员站观察报警和作出判断情况，记录视频安防监控系统、门禁系统、紧急广播系统、空调系统、通风系统和电梯及自动扶梯系统的联动逻辑是否符合设计文件要求。

（2）在现场模拟非法侵入（越界或入户），在操作员站观察报警和作出判断情况，记录视频安防监控系统、门禁系统、紧急广播系统和照明系统的联动逻辑是否符合设计文件要求。

（3）系统集成商与用户商定的其他方法。

以上联动情况应做到安全、正确、及时和无冲突。符合设计要求的为检测合格，否则为检测不合格。

9．系统管理和服务功能

系统集成的综合管理、信息管理和服务功能的检测应根据合同技术文件的有关要求进行。检测应通过现场实际操作使用，运用案例验证满足功能需求的方法来进行。

10．视频传输

视频图像接入时，显示应清晰，图像切换应正常，网络系统的视频传输应稳定、无拥塞。

11．系统保障

系统集成的冗余和容错功能（包括双机备份及切换、数据库备份、备用电源及切换和通信链路冗余切换）、故障自诊断、事故情况下的安全保障措施的检测应符合设计文件要求。

12．系统相关性

系统集成不得影响火灾自动报警及消防联动系统的独立运行，应对其系统相关性进行连带测试。

13．系统故障及维护性能

系统集成商应提供系统可靠性维护说明书，包括可靠性维护重点和预防性维护计划，故障查找及迅速排除故障的措施等内容。可靠性维护检测应通过设定系统故障，检查系统的故障处理能力和可靠性维护性能。

14．系统集成安全性

系统集成安全性，包括安全隔离身份认证、访问控制、信息加密和解密、抗病毒攻击能力等内容的检测，按相关规定进行。

15．记录核查

对工程实施及质量控制记录进行审查，要求真实、准确、完整。

（二）竣工验收

（1）设计说明文件及图纸。

（2）设备及软件清单。

(3) 软件及设备使用手册和维护手册，可靠性维护说明书。

(4) 过程质量记录。

(5) 系统集成检测记录。

(6) 系统集成试运行记录。

二、实时数据库

（一）设备材料质量控制

（1）现场待安装的数据库软件必须有产品的详细说明书，并符合设计要求，确认是否是原版版本，不允许用盗版。

（2）数据库应与网络操作系统相匹配。例如，在 Netware 网络操作系统时，应使用 Oracle 或 Sybase 数据库。在 WindowsNT 网络操作系统时，应选用 MS 或 SQL Server 数据库。

（3）应检查网络数据库的一致性和范围性，避免系统集成中出现不兼容等问题。

（二）施工质量控制

（1）检查数据库的功能，应具备如下三个功能。

1）数据的安全性控制。

2）数据的完整性控制。

3）数据的并发控制。

（2）安装数据库前，应作如下检查。

1）检查网络操作系统与被安装的数据库是否相匹配。

2）检查数据库的版本是否符合设计要求，对数据库的商用软件检查是否有使用许可证，应对其使用范围进行验收。

（3）进行必要的系统测试和功能测试。

（4）数据库应有使用说明书等全套技术文档资料。

三、信息安全

（一）设备材料质量控制

（1）主动检测网络的易受攻击点和安全漏洞的主要检测工具包括以下几种。

1）能测试网络、系统及应用程序易受攻击点的检测和扫描工具。

2）配有警告系统和自动通报的自动检测工具。

3）对可疑行为的监视程序、病毒检测工具。

这些检测工具产品（包括软、硬件）应符合产品技术要求和相关测试校验要求。

（2）用户访问系统的口令字的识别技术产品（例如智能卡的物理技术和生理特征技术——掌纹或指纹等），一定要有相关的质保资料（包括软、硬件），方可在系统中使用，以保证身份认证的产品可靠性。

（3）用于保护可信网络的装置——防火墙产品。包括硬件防火墙（如 WatchGuard）和软件防火墙（如 Checkpoint），应有完整的质量保证体系并应符合设计要求，尽量避免使用单纯的地址过滤型防火墙。

（二）施工质量控制

（1）营造网络系统安全运行的环境，必须检查防火墙的质量，防火墙应具有如下功能。

1）网络安全的屏障。　个作为控制点、阻塞点的防火墙，通过过滤不安全的服务从而降低风险。①可禁止不安全的 NFS 协议进出受保护的网络，这样外部的攻击者就不可能利用这些脆弱的协议来攻击内部网络。②防火墙应保护网络免受基于路由的攻击，如 IP 选项中的源路由攻击和 ICMP 重定向中的重定向路径。

2）强化网络安全策略。通过以防火墙为中心的安全方案配置，能将所有安全软件如加密、口令、审计、身份认证等配置在防火墙上。

3）对网络访问和存取进行监控审计。防火墙应能记录下经过它的所有访问并作出日志记录，同时也能提供网络使用情况的统计数据，也可对网络需求分析和威胁分析提供依据。

4）防止内部信息的外泄。通过防火墙对内部网络的划分，可实现内部网重点网段的隔离，从而限制了局部重点或敏感网络安全问题对全局网络造成的影响。使用防火墙应能隐蔽那些透露内部细节（隐私）的服务，如 DNS、Finger 等服务，以防暴露内部网络的某些安全漏洞。

（2）应对网络作入侵检测。入侵检测是对传统静态网络安全技术（防火墙、认证和加密）的重要加强措施，它从网络若干关键点收集信息，并分析这些信息，决定哪些是违反安全策略的行为和可能遭到攻击的对象，因此被称为第二道防火墙。

入侵检测应能发现系统运行中存在的问题，如密码泄露、网络配置存在有错误、网络应用中存在有漏洞等。发现后能及时地修复系统，可把问题消灭在萌芽状态。

（3）不同的网络有不同的质量要求。

1）语音网络。由于已全程控化、全数字化的语音交换，保证了网络内部的语音传送安全，主要的安全问题是要保证通信服务不中断，防止语音窃听、线路盗用等。

2）基础数据网（X.25/DDN/FR/ATM）。由于采用固定或半固定方式连接，实现点到点的数据传输，安全性较高。主要的安全问题是保证通信的高可靠性和不间断服务。

3）宽带IP的数据网。采用TCP/IP开放协议，协议本身的漏洞和网络技术的开放性带来了前所未有的巨大的安全隐患。主要安全问题总是缺乏服务质量的保证，如地址盗用、地址欺骗、内容更改或窃取、计算机病毒等。

三种电信网具有不同的安全特点，安全保障的措施也各有不同。

（4）集成系统的网络安全。

1）物理安全的质量控制。①标明埋在地下电缆的位置，防止弄断电缆。②室内的终端或工作站最安全的上网方式是利用墙上的插头或接线盒，避免踩断电缆。③电缆应埋得深一些，外面有较可靠的保护层。④桥架、线槽铺设的缆线必须盖好盖板，不让导线外露，以防虫、鼠害。⑤电缆应考虑防水、防火等措施，以防洪灾、火灾的损坏。⑥服务器计算机等网络设备不能放在太湿、温度太高的地方，应采取保护措施。⑦加强保护接地，保证绝缘电阻符合标准要求，以防缆线触电。

2）访问控制。它涉及用户访问资源权限的维护管理，以及私有、公有资源的协调和使用，可从如下方面进行控制。①网络用户注册。这是网络安全系统的最外层防线。在注册过程中，系统会检查用户名及口令的合法性。通过网络访问（采用程序方式或命令对话方式）检查用户号和口令（加密方式存放）后，才能进入网络操作方式，访问网络共享资源。不合法的用户将被拒绝。②网络用户访问资源的权限。用户权限主要体现在用户对所有系统资源的可用程度上，例如写文件、读文件、打开文件、建立新文件、删除文件、个人权限、搜索目录、修改文件属性等8种权限。③文件属性应可设置。文件属性只有"读写/只读"，这种安全措施对"共享文件"的用户特别重要。

3）传输安全。防止网上信息的泄露和破坏。防止信息泄露或破坏的途径是采用密码技术。在发送站先进行信号加密，由接收站解密，这样防止住处的泄露，如伪造信号，也容易被识别出来。如果采用密钥加密，则必须对密钥进行很好的管理。

（5）网络安全验收质量控制。一个完善的网络系统安全性应包括如下功能。

1）访问控制。通过对特定网段、服务建立的访问控制体系，将绝大多数攻击阻止在到达攻击目标之前。

2）检查安全漏洞。通过对安全漏洞的周期性检查，即使攻击可以达到攻击目标，也可使绝大多数攻击无效。

3）攻击监控。通过对特定网段、服务建立的攻击监控体系，可实时检测出绝大多数攻击，并采取相应的行动，如断开网络连接、跟踪攻击源、记录攻击过程等。

4）加密通信。主动的加密通信，可使攻击者不能了解及修改敏感信息。

5）认证。良好的认证体系可防止攻击和假冒用户。

6）备份和恢复。良好的备份和恢复机制，可在攻击造成损失时尽快地恢复数据和系统服务。

7）隐藏内部信息。使攻击者无法了解系统内的基本情况。

8）多层防御。攻击者在突破第一道防线后，延缓或阻断其到达攻击目标。

9）设立安全监控中心。为信息系统提供安全体系监控、管理、保护及紧急情况服务。

273

（6）应有提高网络安全性的措施。

1）网络防病毒解决方案。该方案能够有效地检测和清除各种已知和未知的病毒，是最基本的要求。①从服务器上安装客户端防病毒软件。②向客户机发布新的病毒数据库升级文件。③在广域网连接上发布新的病毒数据库升级文件。④管理和调度远程客户的病毒扫描工作。⑤响应客户的警报。⑥远程控制客户选项。⑦上载和浏览客户扫描报告。⑧在大型网络中的执行速度和可缩放能力。

选择解决方案时，首先要考虑是否适合自己的需要，同时还有可扩充性，为今后网络的发展留下足够的空间。

2）网络黑客的防范措施。客观导致的网络安全问题主要是指网络及计算机本身的缺陷。网络黑客正是利用了这些漏洞进行各种各样的攻击。为此，应具有如下安全方法和安全工具来保护网络安全。

①使用安全工具。分析网络，可以收集到主机的许多安全问题，管理员对发现的问题应及时地以打补丁方式解决。管理员可以通过扫描工具（如 NAL 的 Cyber Cop Scanner）对主机进行扫描，从而获取主机安全上的薄弱环节，并采取相应的预防措施或到供应商那里获取该漏洞的补丁，以便及时地进行修补。

②配置防火墙。

a. 安全技术。包过滤防火墙的安全性主要在于对包的 IP 地址的校验，通过设置 IP 而使那些不符合规定的 IP 地址被防火墙滤掉。它是基于网络员的一种安全技术。

b. 代理技术。通过代理服务器收到客户端请求后，检查并验证其合法性，只允许有代理的服务通过而其他服务都被封锁。它还具有信息屏蔽，使用户有效地登录并认证，简化过滤的原则，屏蔽内部 IP 地址。

c. 状态监视技术。进行状态监视服务，对网络通信的各个层次实行检测，并作出安全决策，该技术支持多种应用协议和网络协议，以方便实现服务和应用扩充，它还能实现 RPC（远程过程调用）和 VDP（用户数据协议）的监视。通过防火墙（如 NAI 的 Gauntlet 防火墙）可以有效地用本地网络对黑客进行屏蔽，这样可以达到保护网络、预防黑客入侵的目的。

③通过限制系统资源来避免用户权限过大，防止攻击。另外，关闭不必要的服务等保护措施，来保护网络安全。

(7) 安全评估。安全评估必须依据国家标准，并参考国际标准（如计算机系统安全标准、信息传输安全标准、网络信息安全标准、人机界面安全标准等）结合具体应用系统采用相应标准。

信息安全是一种综合性的交叉学科领域，涉及数学、计算机、密码学、通信控制、人工智能、安全工程学科等。对一个集成系统而言，没有信息安全的解决方案，也就没有集成系统的必要。目前，系统大多处于封堵网络安全漏洞的阶段，为适应信息网络发展的需要，应从整个安全体系的高度出发，构筑安全的信息网络。

四、功能接口

(一) 设备材料质量控制

(1) 功能接口包括插接件、部件（如计算机、插件板及其他装置）、缆线等硬件配置，通信协议和软件编程方法等软产品，这些都应符合设计总体要求，并应具有产品技术说明书、产品合格证等质保资料，并应符合有关标准、规范的要求。

(2) 接口连接双方有技术协议的应出具相关资料文件，并应检查其是否符合双方协议要求。

(3) 必要时通电接口设备，检查其是否能实现双方确认的功能。

(二) 施工质量控制

(1) 集成系统的功能接口必须按已批准的设计图和施工图进行安装，集成商提供接口规范应由合同双方审定。

(2) 功能接口的硬件和软件等性能要求、技术标准、功能要求，必须符合设计和标准规范要求，并有双方确认的协议意见。只有企业标准的产品，应按法定程序获得有关部门的核准，并按企业标准进行检测，并出具检测报告。

(3) 所有接口应用软件均应提供完备齐全的文档。

1) 软件资料。

2) 程序结构说明。

3）安装调试说明。

4）使用和维护说明。

（4）系统集成商应提供自编软件的软件测试大纲、必要的调试检测用的软件和开发工具。

（5）系统集成商应根据接口规范制定接口测试大纲，并经有关方批准。然后按大纲逐项检测接口的软、硬件，保证接口性能符合设计要求，能实现接口规范中规定的各项功能，并不发生系统兼容性及通信瓶颈问题。功能接口产品的检测报告应包括检测设备、检测依据和检测结果记录，并加盖有资格确认部门（或单位）的印章。

（6）硬件产品（或设备）检测的重点内容。

1）接口产品的安全性。

2）接口产品的性能和功能。

3）接口产品的电源与接地。

4）接口产品的可靠性及电磁兼容性。

（7）软件产品（用户应用软件、用户组态软件及接口软件等）检测的主要内容。

1）功能测试应包括容量、可用性、安全性、可恢复性、兼容性等功能。

2）数据传输的格式和速率应符合标准规范和双方约定的要求。

3）应保证软件的可维护性。

（8）集成系统中功能接口很多，但无论是楼宇还是居住小区，必须有两个共享功能。具体内容应包括以下方面。

1）实时采集的各类信息，如控制信息、报警信息及事件（故障）发生。

2）收集整理用户、物业管理、办公自动化用的各类信息。

3）来自外部如 Internet 网上的各类信息。

信息形式可以为图文、数据、声像等形式，通过查询、处理、建立一个共享信息库，供用户和物业管理人员随时调阅查看，提高信息的共享性，从而达到信息共享的功能。

4）设备共享包括内部网络设备的共享、对外通信设施的共享和公共设备的共享等。

(9) 集成系统应具有管理接口的功能，举例如下。

1) 集中监视与管理功能接口应包括楼宇设备自动化系统、火灾自动报警系统、安保系统、一卡通系统、车库管理等系统的计算机内部网络运行状态。

2) 联动控制功能接口应包括楼宇设备自动化系统、火灾自动报警系统、安保系统、一卡通门禁系统的联动控制。

3) 集中控制功能接口，应包括系统运行的启、停时间表，需要中央控制室控制的动作和系统监视控制功能等。

4) 全局事件的决策管理功能接口，在大楼（小区）内发生影响全局的事件如火灾等，如何进行救灾决策等，对这些全局事件进行决策管理。

5) 各个虚拟主网配置，安全管理的功能，对集成在 IBMS 上的各个子网的管理系统，如宾馆管理系统、物业管理系统、商场管理系统、办公自动化系统等，除了共享信息和资源外，还要对建立的各个虚拟专网进行配置和安全管理。

6) 系统的管理、运行、维护、流程和自动化管理功能，对如何保障系统正常运行的各种措施方法和诊断设备、仪器等的管理，可以通过时间响应程序和事件响应程序的方式来实现大厦内机电设备流程的自动化控制。例如空调机和冷、热源设备的最佳启停和节能运行控制，电梯、照明回路的时间控制等。这些流程的自动化控制和管理，不但可以简化人员的手动操作，而且可以使大厦机电设备运行处于最佳状态，达到节省能源和人工成本的目的。

第十章 电源与接地

　　智能建筑工程中的智能化系统电源、防雷及接地系统的系统检测和竣工验收应符合现行国家标准及规范的相关规定。

第一节 智能建筑电源

一、质量验收标准

（一）一般规定

（1）在智能化系统电源、防雷及接地系统检测中除执行 GB 50339—2003《智能建筑工程质量验收规范》外，还应执行国家强制性条文所要求的检测和验收项目，并应查验有关电气装置的质量检验、认证等相关文件。

（2）智能化系统的供电装置和设备应包括以下部分。

1）正常工作状态下的供电设备，包括建筑物内各智能化系统交、直流供电，以及供电传输、操作、保护和改善电能质量的全部设备和装置。

2）应急工作状态下的供电设备，包括建筑物内各智能化系统配备的应急发电机组、各智能化子系统备用蓄电池组、充电设备和不间断供电设备等。

（3）各智能化系统的电源、防雷及接地系统的检测，可作为分项工程，在各系统检测中进行。也可综合各系统电源与接地系统进行集中检测，并由相应的检测机构提供检测记录。

（4）防雷及接地系统的检测和验收应包括建筑物内各智能化系统的防雷电入侵装置、等电位连接、防电磁干扰接地和防静电干扰接地等。

（5）电源与接地系统必须保证建筑物内各智能化系统的正常运行和人身、设备安全。

（6）电源、防雷及接地系统的工程实施及质量控制应执行

GB 50339—2003《智能建筑工程质量验收规范》第 3.3 节的规定。

（二）电源系统检测

1. 公用电源

智能化系统应引接依 GB 50303—2002《建筑电气安装工程施工质量验收规范》验收合格的公用电源。

2. 电源装置检测

智能化系统自主配置的稳流稳压、不间断电源装置的检测，应执行 GB 50303—2002《建筑电气工程施工质量验收规范》的相关规定：

（1）不间断电源的整流装置、逆变装置和静态开关装置的规格、型号必须符合设计要求。内部接线连接正确，紧固件齐全，可靠不松动，焊接连接无脱落现象。

（2）不间断电源的输入、输出各级保护系统的电压稳定性、波形畸变系数、频率、相位、静态开关的动作等各项技术性能指标试验调整必须符合产品技术文件要求。

（3）不间断电源装置间连线的线间、线对地间绝缘电阻值应大于 0.5MΩ。

（4）不间断电源输出端的中性线（N 极），必须与由接地装置直接引来的接地干线相连接，做重复接地。

3. 发电机组检测

智能化系统自主配置的应急发电机组的检测，应执行 GB 50303—2002《建筑电气工程施工质量验收规范》的相关规定：

（1）发电机的实验必须符合表 10-1 的规定。

表 10-1　　　　　　　　　发电机交接试验

序号	内容部位		试　验　内　容	实　验　结　果
1	静态试验	定子电路	测量定子绕组的绝缘电阻和吸收比	绝缘电阻值大于 0.5MΩ　沥青浸胶及烘卷云母绝缘吸收比大于 1.3　环氧粉云母绝缘吸收比大于 1.6

序号	内容部位	试 验 内 容	实 验 结 果
2	定子电路	在常温下,绕组表面温度与空气温度差在±3℃范围内测量各相直流电阻	各相直流电阻值相互间差值不大于最小值2%,与出厂值在同温度下比差值不大于2%
3		交流工频耐压试验1min	试验电压为$1.5U_n+750V$,无闪络击穿现象,U_n为发电机额定电压
4	转子电路	用1000V绝缘电阻表测量转子绝缘电阻	绝缘电阻值大于0.5MΩ
5		在常温下,绕组表面温度与空气温度差在±3℃范围内测量绕组直流电阻	数值与出厂值在同温度下比差值不大于2%
6		交流工频耐压试验1min	用2500V绝缘电阻表测量绝缘电阻替代
7	励磁电路	退出励磁电路电子器件后,测量励磁电路的线路设备的绝缘电阻	绝缘电阻值大于0.5MΩ
8		退出励磁电路电子器件后,进行交流工频耐压试验1min	试验电压1000V,无击穿闪络现象
9	其他	有绝缘轴承的用1000V绝缘电阻表测量轴承绝缘电阻	绝缘电阻值大于0.5MΩ
10		测量检温计(埋入式)绝缘电阻,校验检温计精度	用250V绝缘电阻表检不短路,精度符合出厂规定
11		测量灭磁电阻,自同步电阻器的直流电阻	与铭牌相比较,其差值为±10%
12	运转试验	发电机空载特性试验	按设备说明书比对,符合要求
13		测量相序	相序与出线标识相符
14		测量空载和负荷后轴电压	按设备说明书比对,符合要求

(序号2~11 为"静态试验")

（2）发电机组至低压配电柜馈电线路的相间、相对地间的绝缘电阻值应大于 0.5MΩ。塑料绝缘电缆馈电线路直流耐压试验为 2.4kV，时间为 15min，泄漏电流稳定，无击穿现象。

（3）柴油发电机馈电线路连接后，两端的相序必须与原供电系统的相序一致。

（4）发电机中性线（工作零线）应与接地干线直接连接，螺栓防松零件齐全，且有标识。

4. 蓄电池组及充电设备的检测

智能化系统自主配置的蓄电池组及充电设备的检测，应执行 GB 50303—2002《建筑电气工程施工质量验收规范》的相关规定：直流屏试验，应将屏内电子器件从线路上退出，检测主回路线间和线对地间绝缘电阻值应大于 0.5MΩ，直流屏所附蓄电池组的充、放电应符合产品技术文件要求；整流器的控制调整和输出特性试验应符合产品技术文件要求。

5. 电源箱安装质量检测

智能化系统主机房集中供电专用电源设备、各楼层设置用户电源箱的安装质量检测，应执行 GB 50303—2002《建筑电气工程施工质量验收规范》的相关规定：现场单独安装的低压电器交接试验项目应符合表 10-2 的规定。

表 10-2 低压电器交接试验

序号	试 验 内 容	试验标准或条件
1	绝缘电阻	用 500V 绝缘电阻表摇测绝缘电阻值≥1MΩ；潮湿场所，绝缘电阻值≥0.5MΩ
2	低压电器动作情况	除产品另有规定外，电压、液压或气压在额定值的 85%～110%范围内能可靠动作
3	脱扣器的整定值	整定值误差不得超过产品技术条件的规定
4	电阻器和变阻器的直流电阻差值	符合产品技术条件规定

6. 电源线路安装质量检测

智能化系统主机房集中供电专用电源线路的安装质量检测，应执行 GB 50303—2002《建筑电气工程施工质量验收规范》的相关规定：

（1）金属电缆桥架及其支架和引入或引出的金属导管必须接地（PE）或接零（PEN）可靠，且必须符合下列规定。

1）金属电缆桥架及其支架全长应不少于两处与接地（PE）或接零（PEN）干线相连接。

2）非镀锌电缆桥架间连接板的两端跨接铜芯接地线，接地线最小允许截面积不小于 4mm²。

3）镀锌电缆桥架间连接板的两端不跨接接地线，但连接板两端不应少于两个有防松螺帽或防松垫圈的连接固定螺栓。

（2）电缆敷设严禁有绞拧、铠装压扁、护层断裂和表面严重划伤等缺陷。

（3）金属电缆支架、电缆导管必须接地（PE）或接零（PEN）可靠。

（4）电缆敷设严禁有绞拧、铠装压扁、护层断裂和表面严重划伤等缺陷。

（5）金属的导管和线槽必须接地（PE）或接零（PEN）可靠，并符合下列规定。

1）镀锌的钢导管、可挠性导管和金属线槽不得熔焊跨接接地线，以专用接地卡跨接的两卡间连线为铜芯软导线，截面积不小于 4mm²。

2）当非镀锌钢导管采用螺纹连接时，连接处的两端焊跨接接地线。当镀锌钢导管采用螺纹连接时，连接处的两端用专用接地卡固定跨接接地线。

3）金属线槽不作设备的接地导体，当设计无要求时，金属线槽全长不少于两处与接地（PE）或接零（PEN）干线连接。

4）非镀锌线槽间连接板的两端跨接铜芯接地线，镀锌线槽间连接板的两端不跨接接地线，但连接板两端不少于两个有防松螺帽或防松垫圈的连接固定螺栓。

（6）金属导管严禁对口熔焊连接。镀锌和壁厚小于或等于 2mm 的钢导管不得套管熔焊连接。

（7）防爆导管不应采用倒扣连接，当连接有困难时，应采用防爆活接头，其接合面应严密。

（8）当绝缘导管在砌体上剔槽埋设时，应采用强度等级不小于 M10 的水泥砂浆抹面保护，保护层厚度大于 15mm。

二、设备材料质量控制

（1）查验合格证和随带技术文件，实行生产许可证和安全认证制度的产品，应有许可证编号和安全认证标志。不间断电源柜有出厂试验记录，其目的是在交接试验时作对比用。

（2）外观检查。有铭牌，柜内元器件无损坏丢失，接线无脱落脱焊，蓄电池柜内电池壳体无碎裂、漏液，充气、充油设备无泄漏，涂层完整，无明显碰撞凹陷。

三、施工质量控制

（一）不间断电源（UPS）的工序交接确认

不间断电源主要供给计算机和智能化系统，其输出的电压或电流的质量要求高，需满足需求，因此要按产品技术要求试验调整，调试后经检查确认才能接至馈电网路，否则会导致整个智能化系统失灵损坏甚至崩溃。

（二）UPS 设备选择

不间断电源装置的选型，应按运行方式、负荷大小、电压及频率波动范围、允许中断供电时间、波形畸变系数及切换波形是否连续等各项指标来确定。

对于 UPS 电源中的逆变器，不单是简单地将直流变成交流，尚需符合下列要求：

（1）实现输出电压的自动调节。

（2）逆变器的效率要高，动态特性要好。

（3）输出为工频正弦波，对非线性失真要小，输出电压波形的谐波成分也应尽量小。

（4）输出的工频能同市电或另一台逆变器的工频锁相一致，便于进行同步切换或并机运行。

（三）UPS 电源设置场合

（1）当用电负荷不允许中断供电时（如用于实时性计算机的电

子数据处理装置或计算机系统联网运行时)。

(2) 当用电负荷允许中断供电但时间要求在 1.5s 以内时。

(3) 重要场所(如监控中心)的应急备用电源。

(四) 大型 UPS 设备布置

1. 电池室设备布置原则

(1) 酸性和碱性蓄电池与采暖、散热器的净距不应小于 0.75m。

(2) 碱性蓄电池与酸性蓄电池应严格分开使用。

(3) 在酸性蓄电池室内敷设的电气线路或电缆应具有耐酸性能。室内地面下不宜有无关的管线和沟道通过。

(4) 酸性蓄电池室走道宽度和导电部分间距不应小于表 10-3 中所列数据。

表 10-3　　　　酸性蓄电池室走道宽度和导电部分间距

走道宽度		导电部分间距	
布置方式	宽度 (m)	正常电压 (V)	间距 (m)
一侧有蓄电池	0.80	65～250	0.80
两侧有蓄电池	1.00	＞250	1.00

2. 不间断电源设备装置室布置原则

(1) 逆变器室、整流器柜、静态开关柜等安装距离和通道宽度,不宜小于下列数值。

1) 柜顶距天棚净距为 1.20m。

2) 离墙安装时,柜后维护通道为 1m。

3) 柜前巡视通道为 1.5m。

(2) 不间断电源装置室与蓄电池室应分开设置,在不间断电源装置附近应设有检修电源。

(3) 整流器柜、逆变器柜、静态开关柜宜布置在下面有电缆沟或电缆夹层的楼板上。底部周围应采取防止蛇、鼠类小动物进入柜中的措施。

(4) 不间断电源装置室的控制电缆应与主回路电缆分开敷设。

如有困难，控制线应采用穿钢管或屏蔽线敷设。

（5）不间断电源装置室宜设置在接近负荷中心、进出线方便的位置。

（五）蓄电池安装

1. 固定式铅蓄电池安装的基本要求

（1）蓄电池须设在专用室内，室内的门窗、木架、墙、通风设备等须涂有耐酸油漆保护，地面须铺耐酸砖，并保持在一定温度。室内应有上、下水道。

（2）电池室内应保持严密，门窗上的玻璃应为毛玻璃或涂以白色油漆。

（3）照明灯具的装设位置需考虑维修方便，所用电缆或导线应具有耐酸性能。应采用防爆型灯具和开关。

（4）取暖设备，在室内不准有法兰连接和气门，距离电池不应小于750mm。

（5）充电设备不准设在电池室内。

（6）风道口应设有过滤网，并有独立的通风道。

（7）固定型井口式铅蓄电池木台架的安装应符合下列要求。

1）台架应由平直、干燥、无大木节及贯穿裂缝的多树脂木材（如红松）制成，台架的连接不得用金属固定。

2）台架应与地面绝缘，可采用绝缘垫或绝缘子。

3）台架应涂耐酸漆或焦油沥青。

4）台架的安装应平直，不得歪斜。

2. 防酸隔爆型铅蓄电池安装

（1）安装前检查。

1）蓄电池槽应无裂纹、损伤，槽盖应密封良好。

2）蓄电池的正、负端柱应极性正确，并应无变形。

3）防酸隔爆栓等部件和零配件应齐全，无损伤。防酸隔爆栓的孔应无堵塞。

4）对透明的蓄电池槽，应检查极板有无严重变形和受潮现象，槽内部件应齐全无损伤。

5）连接条、螺母及螺栓应齐全。

（2）安装就位。蓄电池槽就位于台架上的绝缘子上，槽和绝缘子间要加铅垫或橡胶垫。安装蓄电池时，应使内部装有比重计和温度计的一面朝向便于观察的一方。

（3）电池连接。蓄电池安装间距应根据制造厂的说明书规定，一般为25mm。正负极用连接条、连接螺栓串联时，应在连接的螺栓上涂以中性凡士林油，螺栓连接应紧固。

（4）圆铜母线连接。蓄电池与圆铜母线连接时，可在母线端部焊一块铜接线板，用螺栓连接。铜接线板应搪锡。

（5）电缆敷设。蓄电池引出线采用电缆时，除应符合"电缆敷设"有关要求外，尚应满足下列要求。

1）宜采用塑料外护套电缆。当采用裸铠装电缆时，其室内部分应剥掉铠装。

2）电缆的引出线应用塑料相色带表明正、负极的相色。

3）电缆穿出蓄电池室的孔洞及保护管的管口处，应采用耐酸材料密封。

（6）蓄电池槽。由合成树脂制作的槽，不得沾有煤油、芳香烃等有机溶剂。如需去除槽壁污垢，可用酒精、脂肪烃等擦拭。

3. 固定型开口式铅蓄电池安装

（1）安装前检查。

1）蓄电池玻璃槽应厚度均匀，透明，无裂纹及直径5mm以上的气泡，并应无渗漏现象。

2）蓄电池的极板应无弯曲、平直、受潮及剥落现象。

3）隔板及隔棒应完整无破裂，销钉应齐全。

（2）蓄电池安装。

1）蓄电池槽与台架之间应用绝缘子隔开，并在绝缘子与槽之间垫有铅质或耐酸材料的软质垫片。

2）绝缘子应按台架中心线对称安置，并应尽可能靠近槽的四角。

3）极板的焊接不得有虚焊、气孔；焊接后不得有弯曲、破损及歪斜现象。

4）极板之间的距离应相等，并边缘对齐，相互平行。

5）蓄电池极板组两侧的铅弹簧（或耐酸的弹性物）的弹力应充足，以便压紧极板。

6）隔板上端应高出极板，下端应低于极板。

7）组装极板时，每只电池的正、负极片数，应符合产品的设计及技术要求。

8）注酸前应彻底清除槽内的焊渣、污垢等杂物。

9）每个蓄电池均应有略小于槽顶面的磨砂玻璃盖板。

（3）母线安装。蓄电池室内裸硬母线的安装，除应符合"硬母线安装"的有关条款外，尚应符合下列要求。

1）母线支持点的间距不应大于 2m。

2）母线的连接应用焊接。母线和电池正、负柱连接时，接触应平整紧密；母线端头应搪锡。

3）当母线用绑线与绝缘子固定时，铜母线应用铜绑线，绑线截面不应小于 2.5mm^2。钢母线应用铁绑线，绑线截面不宜小于 14 号铁线。绑扎应牢固，绑线应涂以耐酸漆。

4）母线间、母线与建筑物或其他接地部分之间的净距不应小于 50mm。母线应排列整齐平直，弯曲度应一致。

5）母线应沿其全长涂以耐酸相色油漆，正极为赭色，负极为蓝色。钢母线还应在耐酸涂料外再涂层凡士林，穿墙接线板上应有注明"＋"极的标号。

（4）电缆敷设。同"防酸隔爆型铅蓄电池安装"要求。

（六）不间断电源的配线

（1）为防止运行中的相互干扰，确保屏蔽可靠，引出或引入不间断电源装置的主回路电缆、电线和控制电缆、电线应分别穿保护导管敷设，在电缆支架上平行敷设应保持 150mm 的距离。电缆、电线的屏蔽护套接地连接可靠，与接地干线就近连接，紧固件齐全。

（2）不间断电源输出端的中性线（N 极），必须与由接地装置直接引来的接地干线相连接，重复接地。

（3）不间断电源装置的可接近裸露导体应与 PE 线或 PEN 线连接可靠，且应有标识。

（七）不间断电源的检查、试验

（1）不间断电源的整流、逆变、静态开关各个功能单元都要单独试验合格，才能进行整个不间断电源试验。

（2）不间断电源的输入、输出各级保护系统和输出的电压稳定性、波形畸变系数、相位、频率、静态开关的动作等各项技术性能指标试验调整必须符合产品技术文件要求，且符合设计文件要求。

（3）不间断电源试验，根据供货协议可以在安装现场或工厂进行，以安装现场试验为最佳选择。因为如无特殊说明，在制造厂试验一般使用的是电阻性负载。无论采用何种方式，都必须符合产品技术条件和工程设计文件的要求。

（4）不间断电源装置间连线的线间、线对地间绝缘电阻值不应小于或等于 $0.5M\Omega$。

（5）不间断电源正常运行时产生的 A 声级噪声不应大于 45dB。输出额定电流为 5A 及以下的小型不间断电源噪声，不应大于 30dB。对于噪声的规定，既考核产品制造质量，又维护了环境质量，有利于保护有人值班的变配电室工作人员的身体健康。

第二节　防　雷　与　接　地

一、质量验收标准

（1）智能化系统的防雷及接地系统应引接依据 GB 50303—2002《建筑电气工程施工质量验收规范》验收合格的建筑物共用接地装置。采用建筑物金属体作为接地装置时，接地电阻不应大于 1Ω。

（2）智能化系统的单独接地装置的检测，接地电阻应按设备要求的最小值确定，并应执行 GB 50303—2002《建筑电气工程施工质量验收规范》中的下述规定。

1）人工接地装置或利用建筑物基础钢筋的接地装置必须在地面以上按设计要求位置设测试点。

2）测试接地装置的接地电阻值必须符合设计要求。

3）接地模块顶面埋深不应小于 0.6m，接地模块间距不应小于模块长度的 3～5 倍。接地模块埋设基坑，一般为模块外形尺寸的 1.2～1.4 倍，且在开挖深度内详细记录地层情况。

4）接地模块应垂直或水平就位，不应倾斜设置，保持与原土层接触良好。

（3）智能化系统的防过流、防过压元件的接地装置，防电磁干扰屏蔽的接地装置，防静电接地装置的检测，其设置应符合设计要求，连接可靠。

（4）智能化系统的单独接地装置，防过流和防过压元件的接地装置、防电磁干扰屏蔽的接地装置及防静电接地装置的检测，应执行 GB 50303—2002《建筑电气工程施工质量验收规范》中的下述规定。

1）当设计无要求时，接地装置顶面埋设深度不应小于 0.6m。圆钢、角钢及钢管接地极应垂直埋入地下，间距不应小于 5m。接地装置的焊接应采用搭接焊，搭接长度应符合下列规定。①扁钢与扁钢搭接为扁钢宽度的 2 倍，不少于三面施焊。②圆钢与圆钢搭接为圆钢直径的 6 倍，双面施焊。③圆钢与扁钢搭接为圆钢直径的 6 倍，双面施焊。④扁钢与钢管、扁钢与角钢焊接，紧贴角钢外侧两面，或紧贴 3/4 钢管表面，上下两侧施焊。⑤除埋设在混凝土中的焊接接头外，有防腐措施。

2）当设计无要求时，接地装置的材料采用钢材，热浸镀锌处理，最小允许规格、尺寸应符合表 10-4 的规定。

表 10-4　　　　　　　　　最小允许规格、尺寸

种类、规格及单位		敷设位置及使用类别			
		地　上		地　下	
		室内	室外	交流电流回路	直流电流回路
圆钢直径（mm）		6	8	10	12
扁钢	截面（mm²）	60	100	100	100
	厚度（mm）	3	4	4	6
角钢厚度（mm）		2	2.5	4	6
钢管管壁厚度（mm）		2.5	2.5	3.5	4.5

3）接地模块应集中引线，用干线把接地模块并联焊接成一个环路。干线的材质与接地模块焊接点的材质应相同，钢制的采用热

浸镀锌扁钢，引出线不少于两处。

（5）智能化系统与建筑物等电位联结的检测，应执行 GB 50303—2002《建筑电气工程施工质量验收规范》中的下述规定。

1）建筑物等电位联结干线应从与接地装置有不少于两处直接连接的接地干线或总等电位箱引出，等电位联结干线或局部等电位箱间的连接线形成环形网路，环形网路应就近与等电位联结干线或局部等电位箱连接。支线间不应串联连接。

2）等电位联结的线路最小允许截面应符合表 10-5 的规定。

表 10-5 　　　　　　　　线路最小允许截面 　　　　　　　　mm²

材　料	截　面	
	干　线	支　线
铜	16	6
钢	50	16

3）等电位联结的可接近裸露导体或其他金属部件、构件与支线连接应可靠，熔焊、钎焊或机械紧固应导通正常。

二、设备材料质量控制

（1）弱电保护器常用的保护元件，如放电管、氧化锌压敏电阻和 TVS 二极管及其常用的各类保护器［如浪涌过电压保护器（SPD）］，接地端子板的钢质、铜质材料，接地线，螺栓材料，焊接材料等器材，应符合设计要求。

（2）器材应有出厂检验证明、合格证等质量保证资料。

（3）主要技术参数均应符合国家标准中的有关规定。

三、施工质量控制

（一）电源线路防雷与接地

（1）进、出电子信息系统机房的电源线路，不宜采用架空线路。

（2）电子信息系统设备由 TN 交流配电系统供电时，配电线路须采用 TN-S 系统的接地方式。

（3）配电线路设备的耐冲击过电压额定值应符合表 10-6 的规定。

电子信息系统设备配电线路浪涌保护器安装位置及电子信息系统电源设备分类示意如图 10-1 和图 10-2 所示。

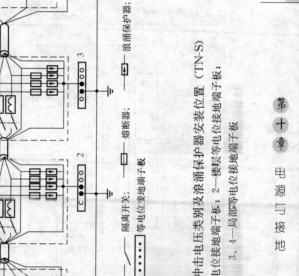

图 10-1 耐冲击电压类别及浪涌保护器安装位置（TN-S）

1—总等电位接地端子板；2—楼层等电位接地端子板；

3、4—局部等电位接地端子板

耐冲击过电压类别	IV	III	II	I
耐冲击过电压额定值	6kV	4kV	2.5kV	1.5kV
SPD安装位置	总配电柜	分配电柜	信息机房配电箱	特殊需要保护的信息设备

图例：
—×— 空气断路器；
[⊏⊐] 退耦器件；
—⊶— 隔离开关；
[▭] 熔断器；
[⊡⊡⊡] 浪涌保护器；
— 总等电位接地端子板；
····· 楼层等电位接地端子板；
[□□□] 等电位接地端子板

表 10-6　　　　　　　　配电线路各种设备耐冲击过电压额定值

设备位置	电源处的设备	配电线路和最后分支线路的设备	用电设备	特殊需要保护的电子信息设备
耐冲击过电压类别	Ⅳ类	Ⅲ类	Ⅱ类	Ⅰ类
耐冲击过电压额定值	6kV	4kV	2.5kV	1.5kV

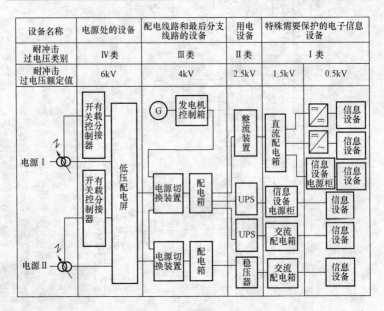

图 10-2　电子信息系统电源设备分类

注　本图为电子信息工程电源系统的分类，各类设备内容
　　由工程决定。电信枢纽总进线处需设稳压器。

（4）在直击雷非防护区（LPZ0$_A$）或直击雷防护区（LPZ0$_B$）与第一防护区（LPZ1）交界处应安装通过Ⅰ级分类试验的限压型浪涌保护器或浪涌保护器作为第一级保护。第一防护区之后的各分区（含 LPZ1 区）交界处应安装限压型浪涌保护器。使用直流电源的信息设备，根据其工作电压要求，宜安装适配的直流电源浪涌保护器。

（5）浪涌保护器连接导线应平直，其长度不宜大于 0.5m。当电压开关型浪涌保护器至限压型浪涌保护器之间的线路长度小于10m，以及限压型浪涌保护器之间的线路长度小于5m时，在两级浪涌保护器之间应加装退耦装置。当浪涌保护器具有能量自动配合功能时，浪涌保护器之间的线路长度应不受限制。浪涌保护器应有过电流保护装置，并宜有劣化显示功能。

（6）浪涌保护器安装的数量，应由被保护设备的抗扰度和雷电防护分级确定。

（7）用于电源线路的浪涌保护器标称放电电流参数值宜符合表10-7的规定。

表10-7　　　　电源线路浪涌保护器标称放电电流参数值

保护分级	LPZ0区与LPZ1区交界处	LPZ1与LPZ2、LPZ2与LPZ3区交界处			直流电源标称放电电流（kA）
	第一级标称放电电流*（kA）	第二级标称放电电流（kA）	第三级标称放电电流（kA）	第四级标称放电电流（kA）	
	$10/350\mu s$　　$8/20\mu s$	$8/20\mu s$	$8/20\mu s$	$8/20\mu s$	$8/20\mu s$
A级	≥20　　≥80	≥40	≥20	≥10	≥10
B级	≥15　　≥60	≥40	≥20		直流配电系统中根据线路长度和工作电压选用标称放电电流≥10kA适配的SPD
C级	≥12.5　　≥50	≥20			
D级	≥12.5　　≥50	≥10			

注　SPD的外封装材料应为阻燃型材料。

＊　第一级防护使用两种波形。

（二）信号线路的防雷与接地

（1）电子信息系统设备机房的信号缆线内芯线相应端口应安装适配的信号线路浪涌保护器，浪涌保护器的接地端及电缆内芯的空线对应接地。进、出建筑物的信号缆线，宜选用有金属屏蔽层的电缆，并宜埋地敷设，在直击雷非防护区（LPZ0_A）或直击雷防护区（LPZ0_B）与第一防护区（LPZ1）交界处，电缆金属屏蔽层应做等电位联结并接地。

（2）电子信息系统信号线路浪涌保护器的选择，应根据线路的工作频率、传输介质、传输带宽、传输速率、工作电压、特性阻抗、接口形式等参数，选用电压驻波比和插入损耗小的适配的浪涌保护器。信号线路浪涌保护器参数应符合表10-8和表10-9的规定。

表10-8　　　　　　信号线路（有线）浪涌保护器参数

参数要求 参数名称	缆线类型		
	非屏蔽双绞线	屏蔽双绞线	同轴电缆
标称导通电压	$\geqslant 1.2U_n$	$\geqslant 1.2U_n$	$\geqslant 1.2U_n$
测试波形	（1.2/50μs、8/20μs）混合波	（1.2/50μs、8/20μs）混合波	（1.2/50μs、8/20μs）混合波
标称放电电流（kA）	$\geqslant 1$	$\geqslant 0.5$	$\geqslant 3$

注　U_n——最大工作电压。

表10-9　　　　信号线路、天馈线路浪涌保护器性能参数

名称	插入损耗（dB）	电压驻波比	响应时间（ns）	平均功率（W）	特性阻抗（Ω）	传输速率（bit/s）	工作频率（MHz）	接口形式
数值	$\leqslant 0.50$	$\leqslant 1.3$	$\leqslant 10$	$\geqslant 1.5$倍系统平均功率	应满足系统要求	应满足系统要求	应满足系统要求	应满足系统要求

（三）天馈线路的防雷与接地

（1）架空天线必须置于直击雷防护区（LPZ0B）内。

（2）天馈线路浪涌保护器的选择，应根据被保护设备的平均输出功率、工作频率、特性阻抗及连接器形式等参数，选用插入损耗及电压驻波比小的适配的天馈线路浪涌保护器。

（3）天馈线路浪涌保护器，宜安装在收/发通信设备的射频出、入端口处。其参数应符合表10-9的规定。

（4）天馈线路浪涌保护器接地端采用截面积应不小于6mm² 的

多股绝缘铜导线连接到直击雷非防护区（LPZ0A）或直击雷防护区（LPZ0B）与第一防护区（LPZ1）交界处的等电位接地端子板上。同轴电缆的下部、上部及进入机房入口前应将金属屏蔽层就近接地。

（5）具有多副天线的天馈传输系统，每副天线应安装适配的天馈浪涌保护器。当天馈传输系统采用波导管传输时，波导管的金属外壁应与波导管支撑架、天线架及天线反射器作电气连通，并宜在中频信号输入端口处安装适配的中频信号线路浪涌保护器，其接地端应就近接地。

（四）程控数字用户交换机线路的防雷与接地

（1）程控数字用户交换机及其他通信设备信号线路，应根据总配线架所连接的用户线及中继线性质，选用适配的信号线路浪涌保护器。

（2）浪涌保护器对雷电流的响应时间应为纳秒（ns）级，标称放电电流应等于或大于 0.5kA，并应满足线路带宽及传输速率要求。

（3）浪涌保护器的接地端应与配线架接地端相连，配线架的接地线应采用截面积不小于 16mm² 的多股铜线，从配线架接至机房的局部等电位接地端子板上。配线架及程控用户交换机的机柜、金属支架均应做等电位联结并接地。

（五）计算机网络系统的防雷与接地

（1）进、出建筑物的传输线路上浪涌保护器的设置。

1）A 级防护系统宜采用 2 级或 3 级信号浪涌保护器。

2）B 级防护系统宜采用 2 级信号浪涌保护器。

3）C、D 级防护系统宜采用 1 级或 2 级信号浪涌保护器。

各级浪涌保护器宜分别安装在直击雷非防护区（LPZ0A）或直击雷防护区（LPZ0B）与第一防护区（LPZ1）及第一防护区（LPZ1）与第二防护区（LPZ2）的交界处。

（2）计算机设备的输入/输出端口处，应安装适配的计算机信号浪涌保护器。

（3）系统的接地。

1）机房内信号浪涌保护器的接地端，宜采用截面积不小于1.5mm²的多股绝缘铜导线，单点连接至机房局部等电位接地端子板上。计算机机房的安全保护地、信号工作地、防静电接地、屏蔽接地和浪涌保护器接地等均应连接到局部等电位接地端子板上。

2）当多个计算机系统共用1组接地装置时，宜分别采用Mn组合型或M型等电位联结网络。

（六）安全防范系统的防雷与接地

（1）置于户外的摄像机信号控制线输入、输出端口应设置信号线路浪涌保护器。

（2）主控机、分控机的通信线、信号控制线，各监控器的报警信号线，宜在线路进出建筑物直击雷非防护区（LPZ0_A）或直击雷防护区（LPZ0_B）与第一防护区（LPZ1）交界处装设适配的线路浪涌保护器。

（3）系统视频、控制信号线路及供电线路的浪涌保护器，应分别根据视频信号线路、摄像机供电线路及解码控制信号线路的性能参数来选择。

（4）系统户外的交流供电线路、视频信号线路，以及控制信号线路应有金属屏蔽层并穿钢管埋地敷设，屏蔽层及钢管两端应接地，供电线路与信号线路应分开敷设。

（5）系统的接地宜采用共用接地。主机房应设置等电位联结网络，接地线不得形成封闭回路，系统接地干线宜采用截面积不小于16mm²的多股铜芯绝缘导线。

（七）火灾自动报警及消防联动控制系统的防雷与接地

（1）火灾报警控制系统的报警主机、火警广播、联动控制盘、对讲通信等系统的信号传输缆线宜在进出建筑物直击雷非防护区（LPZ0_A）或直击雷防护区（LPZ0_B）与第一防护区（LPZ1）交界处装设适配的信号浪涌保护器。

（2）消防控制室与该地区或城市"119"报警指挥中心之间联网的进出线路端口，应装设适配的信号浪涌保护器。

（3）消防控制室内，应设置等电位联结网络，室内所有的机架（壳）、配线线槽、安全保护接地、设备保护接地、浪涌保护器接地端，均应就近接至等电位接地端子板。

（4）区域报警控制器的金属机架（壳）、金属线槽（或钢管）、电气竖井内的接地干线、接线箱的保护接地端等，应就近接至等电位接地端子板。

（5）联动控制系统及火灾自动报警的接地宜采用共用接地。接地干线应采用截面积不小于 $16mm^2$ 的铜芯绝缘线，并宜穿管敷设接至该层（或就近）的等电位接地端子板。

（八）建筑设备监控系统的防雷与接地

（1）系统中央控制室内，应装设等电位联结网络。室内所有设备金属机架（壳）、金属线槽、保护接地和浪涌保护器的接地端等均应做等电位联结并接地。

（2）系统的接地宜采用共用接地，其接地干线应采用截面不小于 $16mm^2$ 的铜芯绝缘导线，并应穿管敷设接至就近的等电位接地端子板。

（3）系统的各种线路，在建筑物直击雷非防护区（LPZ0_A）或直击雷防护区（LPZ0_B）与第一防护区（LPZ1）交界处，应装设线路适配的浪涌保护器。

（九）通信基站的防雷与接地

（1）通信基站的雷电防护宜先进行雷电防护分级及雷电风险评估。

（2）基站的天线必须设置于直击雷防护区（LPZ0_B）区内。

（3）基站天馈线应从铁塔中心部位引下，同轴电缆在其上部、下部和经走线桥架进入机房前，屏蔽层应就近接地。当铁塔高度等于或大于 60m 时，同轴电缆金属屏蔽层还应在铁塔中部增加一处接地。

（4）通信基站的信号电缆应穿钢管埋地进入机房，并应在入户配线架处安装信号线路浪涌保护器，电缆内的空线对应做保护接地。站区内严禁布放架空缆线。当采用光缆传输信号时，光缆的所有金属接头、金属加强芯、金属挡潮层等，应在入户处直接接地。

（5）电源进线处应安装电源线路浪涌保护器。基站的电源线路宜埋地引入机房，埋地长度不宜小于 50m。

（十）有线电视系统的防雷与接地

（1）进出建筑物的信号传输线，宜在入、出口处装设适配的浪涌保护器。

（2）有线电视信号传输线路，根据其干线放大器的工作频率范围、接口形式及是否需要供电电源等要求，宜选用电压驻波比和插入损耗小的适配的浪涌保护器。

（3）进出前端设备机房的信号传输线，宜装设适配的浪涌保护器。机房内应设置局部等电位接地端子板，采用截面积不小于 $16mm^2$ 的铜芯绝缘导线并穿管敷设，就近接至机房外的等电位联结带。

（十一）接地线

（1）接地装置应在不同处采用两根连接导体与室内总等电位接地端子板连接。

（2）接地装置与室内总等电位联结带的连接导体截面积，钢质接地线不应小于 $80mm^2$ ，铜质接地线不应小于 $50mm^2$ 。

（3）等电位接地端子板之间应采用螺栓连接，其连接导线截面积应采用不小于 $16mm^2$ 的多股铜芯导线穿管敷设。

（4）接地体与接地线的连接应采用焊接。保护地线（PE）与接地端子板的连接应可靠，连接处应有防腐蚀或防松动措施。

（5）铜质接地线的连接应压接或焊接，并应保证有可靠的电气接触。钢质接地线连接应采用焊接。

（6）接地线与金属管道等自然接地体的连接，应采用焊接。如焊接有困难，可采用卡箍连接，但应有良好的导电性能和防腐措施。

（7）接地线在穿越楼板、墙壁和地坪处应套钢管或其他非金属的保护套管，钢管应与接地线做电气连通。

（8）线槽或线架上的缆线，其绑扎间距应均匀合理，绑扎线扣应整齐，松紧适宜，绑扎线头宜隐藏而不外露。

（9）接地线的敷设应整齐、平直。

（十二）缆线屏蔽与敷设

（1）电子信息系统设备机房的屏蔽应符合下列规定。

1）金属导体、电缆屏蔽层及金属线槽（架）等进入机房时，应做等电位联结。

2）电子信息系统设备主机房宜选择在建筑物低层中心部位，其设备应远离外墙结构柱，宜设置在雷电防护区的高级别区域内。

3）当电子信息系统设备为非金属外壳，且机房屏蔽未达到设备电磁环境要求时，应设金属屏蔽网或金属屏蔽室。金属屏蔽室、金属屏蔽网应与等电位接地端子板连接。

（2）缆线屏蔽应符合下列规定。

1）需要保护的信号缆线宜采用屏蔽电缆，应在屏蔽层两端及雷电防护区交界处做等电位联结并接地。

2）当采用非屏蔽电缆时，应敷设在金属管道内并埋地引入，金属管应电气导通，并应在雷电防护区交界处做等电位联结并接地。其埋地长度应符合式（10-1）的要求，但不应小于 15m。

$$l \geqslant 2\sqrt{\rho} \qquad (10\text{-}1)$$

式中　l——埋地长度，m；

ρ——埋地电缆处的土壤电阻率，$\Omega \cdot m$。

3）当建筑物之间采用屏蔽电缆互连，且电缆屏蔽层能承载可预见的雷电流时，电缆可不敷设在金属管道内。

4）光缆的所有金属接头、金属加强芯、金属挡潮层等，应在入户处直接接地。

（3）缆线敷设应符合下列规定。

1）电子信息系统缆线主干线的金属线槽宜敷设在电气竖井内。

2）电子信息系统缆线与其他管线的净距应符合表 10-10 的规定。

表 10-10　　　　电子信息系统缆线与其他管线的净距

其他管线	电子信息系统缆线	
	最小平行净距（mm）	最小交叉净距（mm）
防雷引下线	1000	300
保护地线	50	20

缆线 间距 其他管线	电子信息系统缆线	
	最小平行净距（mm）	最小交叉净距（mm）
给水管	150	20
压缩空气管	150	20
热力管（不包封）	500	500
热力管（包封）	300	300
煤气管	300	20

注　如缆线敷设高度超过 6000mm，与防雷引下线的交叉净距应按下式计算，即

$$S \geqslant 0.05H$$

式中　H——交叉处防雷引下线距地面的高度，mm；

　　　　S——交叉净距，mm。

3）当布置电子信息系统信号缆线的路由走向时，应尽量减小由缆线自身形成的感应环路面积。

4）电子信息系统缆线与电力电缆的净距应符合表 10-11 的规定。

表 10-11　　　　电子信息系统缆线与电力电缆的净距

类　　别	与电子信息系统信号缆线接近状况	最小净距（mm）
380V 电力电缆容量小于 2kVA	与信号缆线平行敷设	130
	有一方在接地的金属线槽或钢管中	70
	双方都在接地的金属线槽或钢管中	10
380V 电力电缆容量 2~5kVA	与信号缆线平行敷设	300
	有一方在接地的金属线槽或钢管中	150
	双方都在接地的金属线槽或钢管中	80
380V 电力电缆容量大于 5kVA	与信号缆线平行敷设	600
	有一方在接地的金属线槽或钢管中	300
	双方都在接地的金属线槽或钢管中	150

注　1　当 380V 电力电缆的容量小于 2kVA，双方都在接地的线槽中，即两个不同线槽或在同一线槽中用金属板隔开，且平行长度小于等于 10m 时，最小间距可以是 10mm。

　　2　电话缆线中存在振铃电流时，不宜与计算机网络在同一根双绞线电缆中。

5）电子信息系统缆线与配电箱、变电室、空调机房、电梯机房之间最小的净距宜符合表 10-12 的规定。

表 10-12　　电子信息系统缆线与电气设备之间的净距

名　　称	最小间距（m）	名　　称	最小间距（m）
配电箱	1.00	电梯机房	2.00
变电室	2.00	空调机房	2.00

四、质量通病与防治

（一）接地线通病

1. 现象

（1）输出端的中性线（N 极）未重复接地。

（2）不间断电源附近在正常情况下不带电的导体未做可靠的保护接地。

2. 原因分析

（1）施工过程中偷工减料。

（2）未足够重视接地安全防护措施的重要性。

3. 防治措施

（1）不间断电源输出端的中性线（N 极），必须与由接地装置直接引来的接地干线相连接，做重复接地。

（2）不间断电源装置的可接近裸露导体应可靠接地（PE）或接零（PEN），且有标识。

（3）按照规范要求将不间断电源输出端的中性线（N 极）通过接地装置引入干线做重复接地。

（4）将电气设备的外露可接近导体部分按规范接地，限制金属外壳对地的电压在安全电压内。

（二）缆线敷设通病

1. 现象

（1）线路敷设时未穿管保护。

（2）主回路电线和电缆敷设时，与控制回路的缆线之间间距偏小。

2. 原因分析

（1）未按设计要求施工。

（2）施工过程中偷工减料。

3. 防治措施

（1）引入或引出不间断电源装置的主回路电线、电缆和控制电线、电缆应分别穿保护管敷设，在电缆支架上平行敷设应保持150mm的距离。电线、电缆的紧固件齐全，屏蔽护套接地可靠，与接地干线就近连接。

（2）缆线采用电缆桥架或穿保护管敷设。

（3）电力电缆与控制电缆宜分开敷设，当并列明敷设时应保持较大距离。

第三节 竣 工 验 收

电源、防雷及接地系统的竣工验收，应符合下列规定：

（1）电源、防雷及接地系统的竣工验收应按 GB 50339—2003《智能建筑工程质量验收规范》第 3.5 节的规定实施。

（2）电源、防雷及接地系统的竣工验收应对系统检测结论进行复核，并做好与相关智能化系统的工程交接和接口检验。系统检测复核合格并获得相关智能化系统竣工验收确认后，电源、防雷及接地系统竣工验收合格。

（3）防雷施工检测项目内容和表格形式应符合表 10-13～表10-21的规定。

1）接地装置。

2）接地线。

3）接闪装置。

4）引下线。

5）等电位接地端子板（等电位联结带）。

6）屏蔽设施。

7）电源浪涌保护器。

8）信号浪涌保护器。

9）天馈浪涌保护器。

10）线缆敷设。

表 10-13　　　　　　　　接地装置验收检测表

1　验收结果：

检测时间、天气、温度		验收项目	验收意见	建设单位（业主）	工程监理单位	施工单位	施工员
年　月　日		接地装置					
W	℃						

2　检测记录：

序号	检测内容	检测结果	是否达到规范要求	质量情况			整改意见
				优良	合格	不合格	
1	垂直接地体材料						
2	垂直接地体数量						
3	垂直接地体规格						
4	垂直接地体长度（m）						
5	垂直接地体间距（m）						
6	埋设深度（m）						
7	水平接地体材料						
8	水平接地体规格						
9	水平接地体总长度（m）						
10	连接方式						
11	防腐措施						
12	测试点标志						
13	接地电阻值（Ω）						
14	总体工艺水平						

备注：

检测员

表 10-14 　　　　　　　**接地线验收检测表**

1　验收结果：

检测时间、天气、温度		验收项目	验收意见	建设单位（业主）	工程监理单位	施工单位	施工员
年　月　日		接地线					
W	℃						

2　检测记录：

序号	检测内容	检测结果	是否达到规范要求	质　量　情　况			整改意见
				优良	合格	不合格	
1	接地装置至总等电位联结带连接导体材料、截面、连接方法						
2	接地干线、接地线材料、截面、敷设和连接方法						
3	PE线与接地端子板连接方法、防腐措施						
4	接地线与金属管道等自然接地体连接方法、防腐措施						
5	总体工艺水平						

备注：

　　　　　　　　　　　　　　　　　　　　　　　　　检测员

表 10-15 接闪装置验收检测表

1 验收结果：

检测时间、天气、温度		验收项目	验收意见	建设单位（业主）	工程监理单位	施工单位	施工员
年　月　日		接闪装置					
W	℃						

2 检测记录：

序号	检测内容	检测结果	是否达到规范要求	质　量　情　况			整改意见
				优良	合格	不合格	
1	避雷针规格（直径、针长）						
2	针数						
3	针高（m）						
4	避雷带规格（直径、截面）						
5	避雷带高度（m）						
6	避雷网格尺寸						
7	避雷网材料规格（直径、截面）						
8	避雷线长度（m）						
9	避雷线规格（截面）						
10	保护范围（用滚球法确定）						
11	防腐措施						
12	玻璃幕墙骨架尺寸						
13	总体工艺水平						

备注：

检测员

1 验收结果：

检测时间、天气、温度	验收项目	验收意见	建设单位（业主）	工程监理单位	施工单位	施工员
年　月　日 W　　℃	引下线					

2 检测记录：

序号	检测内容	检测结果	是否达到规范要求	质量情况 优良	合格	不合格	整改意见
1	敷设方式						
2	材料规格						
3	引下线数量						
4	引下线长度（m）						
5	焊接质量						
6	引下线之间距离（m）						
7	防腐措施						
8	测试点标志						
9	总体工艺水平						

备注：

检测员

表 10-17 等电位接地端子板（等电位联结带）验收检测表

1 验收结果：

检测时间、天气、温度	验收项目	验收意见	建设单位（业主）	工程监理单位	施工单位	施工员
年 月 日	等电位接地端子板（等电位连接带）					
W ℃						

2 检测记录：

序号	检测内容	检测结果	是否达到规范要求	优良	合格	不合格	整改意见
				质量　情　况			
1	总等电位接地端子板设置位置						
2	总等电位接地端子板材料和连接方式						
3	楼层等电位接地端子板设置位置						
4	楼层等电位接地端子板材料和连接方式						
5	局部等电位接地端子板设置位置						
6	局部等电位接地端子板材料和连接方式						
7	设备机房等电位联结网络形式和材料、规格						
8	总等电位接地端子板至楼层等电位接地端子板连接导体材料、规格						
9	楼层等电位接地端子板至局部等电位接地端子板连接导体材料、规格						
10	屋面金属物接地						
11	金属管道接地						
12	电梯轨道接地						
13	低压配电保护接地						
14	线缆金属屏蔽层接地						
15	设备金属外壳、机架接地						
16	走线桥、架接地						
17	其他等电位接地						
18	总体工艺水平						

备注：

检测员

表 10-18　　　　　　屏蔽设施验收检测表

1　验收结果：

检测时间、天气、温度		验收项目	验收意见	建设单位（业主）	工程监理单位	施工单位	施工员
年　月　日		屏蔽设施					
W	℃						

2　检测及记录：

序号	检测内容	屏蔽方式	材料及尺寸	是否合格	整改意见
1	电子信息系统设备机房屏蔽	利用建筑物自身屏蔽			
		外加屏蔽网格			
		壳体屏蔽			
2					

备注：

检测员

表 10-19　　　　　电源浪涌保护器验收检测表

1　验收结果：

检测时间、天气、温度		验收项目	验收意见	建设单位（业主）	工程监理单位	施工单位	施工员
年　月　日		电源 SPD 安装					
W	℃						

2　检测记录：

序号	检测内容	检测数据	SPD 防护级数				
			一级	二级	三级	四级	五级
1	线缆敷设方式（埋地、架空）						
2	SPD 型号						
3	SPD 数量						
4	安装位置						

序号	检测内容	检测数据	SPD 防护级数				
			一级	二级	三级	四级	五级
5	标称放电电流(kA)						
6	相线连接线长度(m)、截面(mm^2)						
7	N 线连接线长度(m)、截面(mm^2)						
8	SPD 接地线长度(m)、截面(mm^2)						
9	总体工艺水平						
质量情况	优良						
	合格						
	不合格						
整改意见							

备注：

检测员

表 10-20　　　　信号浪涌保护器验收检测表

1　验收结果：

检测时间、天气、温度	验收项目	验收意见	建设单位(业主)	工程监理单位	施工单位	施工员
年　月　日	信号 SPD 安装					
W　　℃						

2　检测记录：

序号	检测内容	检测数据	SPD 防护级数		
			一级	二级	三级
1	线缆敷设方式(埋地、架空)				
2	SPD 型号				
3	接口形式				
4	SPD 数量				
5	安装位置				

序号	检 测 内 容	检测数据	SPD 防护级数		
			一级	二级	三级
6	标称放电电流(kA)				
7	SPD 接地线截面(mm²)				
8	接地线长度(m)				
9	总体工艺水平				
质量情况	优良				
	合格				
	不合格				
整改意见					

备注：

检测员

表 10-21　　　　　天馈浪涌保护器验收检测表

1　验收结果：

检测时间、天气、温度	验收项目	验收意见	建设单位（业主）	工程监理单位	施工单位	施工员
年　月　日	天馈 SPD 安装					
W　　　℃						

2　检测记录：

序号	检 测 内 容	检测数据	SPD 防护级数	
			一级	二级
1	电缆敷设方式			
2	SPD 型号			
3	SPD 数量			
4	安装位置			
5	标称放电电流(kA)			
6	SPD 接地线截面(mm²)			

序号	检 测 内 容	检测数据	SPD 防护级数	
			一级	二级
7	SPD 接地线长度(m)			
8	总体工艺水平			
质量情况	优良			
	合格			
	不合格			
整改意见				

备注:

检测员

第十章 电源与接地

第十一章 环 境

智能建筑内计算机房、通信控制室、监控室及重要办公区域环境的系统检测和验收应符合 GB 50339—2003《智能建筑工程质量验收规范》的相关规定。环境的检测验收内容包括空间环境、室内空调环境、视觉照明环境、室内噪声及室内电磁环境。室内噪声、温度、相对湿度、风速、照度、一氧化碳含量和二氧化碳含量等参数检测时，检测值应符合设计要求。

第一节 空 间 环 境

一、质量验收标准

（1）主要办公区域顶棚净高不小于 2.7m。

（2）楼板满足预埋地下线槽（线管）的条件，架空地板、网络地板的铺设应满足设计要求。

（3）为网络布线留有足够的配线间。

（4）室内装饰色彩合理组合，建筑装修用材应符合GB 50210—2001《建筑装饰装修工程质量验收规范》中的下述规定。

1）建筑装饰装修工程所用材料的品种、规格和质量应符合设计要求和国家现行标准的规定。当设计无要求时应符合国家现行标准的规定。严禁使用国家明令淘汰的材料。

2）建筑装饰装修工程所用材料的燃烧性能应符合 GB 50222—1995《建筑内部装修设计防火规范》、GB 50016—2006《建筑设计防火规范》和 GB 50045—1995《高层民用建筑设计防火规范》的规定。

3）建筑装饰装修工程所用材料应符合国家有关建筑装饰装修材料有害物质限量标准的规定。

4）所有材料进场时应对品种、规格、外观和尺寸进行验收。材料包装应完好，应有产品合格证书、中文说明书及相关性能的检测报告；进口产品应按规定进行商品检验。

5）进场后需要进行复验的材料种类及项目应符合该规范各章的规定。同一厂家生产的同一品种、同一类型的进场材料应至少抽取一组样品进行复验，当合同另有约定时应按合同执行。

6）当国家规定或合同约定应对材料进行见证检测，或对材料的质量发生争议时，应进行见证检测。

7）承担建筑装饰装修材料检测的单位应具备相应的资质，并应建立质量管理体系。

8）建筑装饰装修工程所使用的材料在运输、储存和施工过程中，必须采取有效措施防止损坏、变质和污染环境。

9）建筑装饰装修工程所使用的材料应按设计要求进行防火、防腐和防虫处理。

10）现场配制的材料如砂浆、胶黏剂等，应按设计要求或产品说明书配制。

（5）防静电、防尘地毯，静电泄漏电阻在 $1.0 \times 10^5 \sim 1.0 \times 10^8 \Omega$ 之间。

（6）采取的降低噪声和隔声措施应恰当。

二、设备材料质量控制

室内环境的污染（包括装修污染、噪声污染、光污染、微生物污染、电离子污染等），从材料角度来看，主要控制装修材料、建筑混凝土掺入成分、家具配置、门窗设置、管线安装，以及电气设备布置等质量控制。

（1）在结构施工中，检验审查混凝土，严格防止混凝土中掺入过量的膨胀剂和早强剂，尽可能不掺，防止其污染室内空气。

（2）门窗的玻璃应使用性能好的中空玻璃或按设计要求安装，不宜使用普通的浮法透明玻璃。

（3）把好装修材料进场关。装修材料品种多、分类细、性能各异，设计图样很难对材料的质地、机理、色泽等作精确的定性。所以，现场进料必须由懂得该种材料的人员（或设计员）确认，最好有材料的详细性能、质量说明、出厂的合格证等质保资料，并完善装修材料进场检测制度。检查放射性检测报告（原件），在必要时作抽样送检。尽量选用环保型材料，实施环保建材准入制度，材料验收应符合有关标准。对于质量不合格、技术指标不明确、达不到设计要求的材料，不予确认，消除材料质量隐患。

（4）家具也应严格检查，应有正规厂家的检验合格证。最好购置木制家具，如有人造板制作的家具，其部件应全部作封边处理。

（5）电器产品（包括家电）应具有环保认证标志（通过 ISO 14000）或选用性能好、质量优、噪声小的品牌产品。产品有质量保证书和出厂合格证，电磁干扰符合有关标准要求。

三、施工质量控制

（一）空间环境要求

（1）室内空气的清洁度应达标。通过各种方式，保持正常的室内空气负离子的浓度为 $100\sim150$ 个负离子/cm^3。室内甲醛的含量应小于 $0.08mg/m^3$，室内氨气的含量应小于 $30mg/m^3$。

（2）保持通风，消除污染。

1）门窗设置应符合要求，室内净空高度应以 $2.6\sim3m$ 为宜，窗台高度不宜超过 1m。

2）居室保证换气 0.5 次/h。

（3）应有充足的日照。

1）每天阳光照在室内的时间至少要在 2h 以上。

2）外墙面积与窗户面积之比不应小于 5：1，才能保证室内能得到充足的日照和光线。

（4）智能办公环境的基本目标。

1）提高工件人员的工作效率。

2）提高工作环境的舒适度。

3）为将来的科学技术发展提供灵活性。

（二）严格控制室内工程施工质量

（1）加强旁站，完善工程保证体系和质量控制，按照规范及设计要求对工序过程严格控制，坚持"上道工序不合格，下道工序不进行"的原则。

（2）在智能大厦（或智能住宅）中，信息传递的主要媒介是电信网络，因此，弱电系统的布线和设备安排，成为影响建筑内环境构成的一个不可忽视的因素。

（3）做好室内工程隐蔽验收工作，主要包括土建改造，底衬和底龙工程施工质量应符合图样要求。暗管预埋，通常将管线敷设在地板下或楼板内，信息插座露出地面，也可将管路由顶板沿墙或装饰柱引下，到达墙、柱上的信息插座。

（4）饰面工程（主要包括材质、色泽、平整度及光洁度）质量控制按相关规范和设计要求。

（5）色彩搭配质量控制。这是最难处理的一件事，因为这与居室主人的性格和爱好有关，应按设计要求进行。

（6）室内工程所涉及的专业学科齐全、材料种类繁多、施工工序复杂、施工技巧难度高，质量控制应加强旁站、随工检查。对吊顶、墙面、地面、细木制品、油漆及水、电、消防等各个专业、各个工序，都必须按照相应规范标准检查。这里强调，在环境子分部工程质量控制中，对墙面漆材料的质量控制，应符合环保要求。质量好的水性乳胶漆、家具的木器漆宜用环保水性木器漆，应选择无刺激性气味、无腐蚀性、抗湿、防霉、耐酸、耐碱的油漆产品，这类产品还应出具出厂检验合格证和产品性能说明。

（7）降低噪声，防止噪声扩散措施。

1）室内噪声来源。①通过围护结构传入的室外环境噪声，这是主要的来源。②室内设备产生的噪声，如冰箱压缩机声等。③建筑内部其他房间传来的噪声。④空调通风系统噪声及设备振动引起的围护结构发声。

2）对于室外噪声传入室内的，可以通过建筑布局和围护结构隔声来控制。当处于高噪声环境时，可通过封闭阳台降噪。

3）空气传声的隔绝主要与材料性质和结构有关，密实的构件对隔绝空气效果较好。

第二节　室内空调环境

一、质量验收标准

（1）室内空调环境检测应符合下列要求。

1）实现对室内温度、湿度的自动控制，并符合设计要求。

2）室内温度，冬季为 18~22℃，夏季为 24~28℃。

3）室内相对湿度，冬季为 40%~60%，夏季为 40%~65%。

4）舒适性空调的室内风速，冬季应不大于 0.2m/s，夏季应不大于 0.3m/s。

（2）室内空调环境检测应符合下列要求。

1）室内 CO 含量率小于 $10 \times 10^{-6} g/m^3$。

2）室内 CO_2 含量率小于 $1000 \times 10^{-6} g/m^3$。

（3）室内噪声测试推荐值。办公室为 40~45dB，智能化子系统的监控室为 35~40dB。

二、设备材料质量控制

室内空调环境实际上是室内热环境，也称室内环境的热舒适系统。它与人们的热期待相匹配的程度，就是人们对室内环境的满意度。室内空调环境通常是由控制装置、调节开关及有关管线组成的空调控制单元。对这些器材的质量控制，要求有出厂合格证、产品技术说明书、检验报告等质保资料，其技术性能符合设计要求。

三、施工质量控制

（1）建筑节能控制是环境质量控制的内容之一。除了个体化的环境控制系统外，在大型智能建筑中还设有集中的能源和建筑设备管理系统。整栋建筑的保安、照明、空调、防火系统，以及垂直交通等都由一个 BAS 加以监控，针对能源消耗情况应及时作出反应，如送风改变恒温控制器的设置点，及时关掉不必要的照明灯等。

（2）空调环境的验收。

1）具有完整的空调系统设计竣工图及设计资料，以及有关空调装置各部件的产品技术说明书、质保资料、施工测试记录及工程隐蔽验收单。电气管路及设备的接地装置及绝缘电阻、接地电阻等测试记录。

2）按照设计要求和空调环境基本内容进行温度、湿度、CO含量、CO_2含量、氨含量等项测试，应达到标准要求。

3）空调噪声应符合标准。空调工程中主要的噪声源是制冷机、通风机和通风式冷却塔等设备。空气动力噪声应当用涡旋噪声和旋转噪声的控制方法进行控制，还可应用变频高速技术控制噪声。机械噪声主要是由机械加工质量低劣造成的，应采取相应的措施，如设置有效的隔振器或隔振垫等。此外还可以利用声干涉原理来降低噪声，即用所谓的主动噪声控制（ANC）法来控制噪声。

第三节 视 觉 照 明 环 境

一、质量验收标准

（1）工作面水平照度不小于 500lx。

（2）灯具满足眩光控制要求。

（3）灯具布置应模数化，消除频闪。

二、设备材料质量控制

智能建筑中的视觉环境主要是照明系统，不同工作环境的特殊要求可以通过智能开关和使用者控制开关的方式达到各自控制的目的。照明的硬件包括荧光灯、手动开关、遥控开关、人体红外线传感器、控制接收器、同步门锁，还有自然光控制设备（如自动遮阳设备、光线控制器、各种新型玻璃、光导纤维、自动遮阳百叶等）的设备器材，必须具有产品说明书、出厂合格证等质保资料，其技术性能应符合设计要求。

三、施工质量控制

（一）视觉环境质量控制基本内容

照明设计时对采用哪种灯具、哪种照明方式、灯具如何布置，以及如何控制光源等都需综合考虑，质量控制时必须按设计要求，对每道工序严格把关。

（二）正确处理照度和眩光的关系

照明的质量包括照度水平、照度均匀度、亮度分布、眩光、阴影、光的颜色和照度的稳定性等方面，其中主要问题是应解决好照度和眩光的关系。

（三）智能办公环境中照明系统质量控制

现代办公建筑中，工作模式已变为很多人集中在一个大型开放的办公空间办公，照明系统改由一个智能开关集中控制，根据自然光线的变化和使用者的要求自动加以调节。每个区域都在天棚上装有接收器，可以通过遥控器来控制照明系统。目前，中心照明系统正在推广中。为达到舒适和节能的目的，在视觉照明环境工程施工中必须根据设计要求，认真检查每路照明控制的可靠性。

（四）自然采光系统质量控制

对照射到办公室内（或居室内）的自然光也要加以控制，否则，局部室内光线过强会影响到室内光环境的质量。目前出现了一系列新型的自然光控制设备，如光线控制器、自动遮阳设备、各种新型玻璃等，对这些设备必须按照设计要求认真检查。另外，对于将自然光引入建筑内部的各种装置（如遮阳百叶、光导纤维等），也必须严格检查其活动零部件的使用功能。

第四节 电 磁 环 境

一、质量验收标准

环境电磁辐射的检测应执行 GB 9175—1988《环境电磁波卫生标准》和 GB 8702—1988《电磁辐射防护规定》的有关规定。

二、设备材料质量控制

室内电磁环境涉及管线布置和用电设备，如空调、电热水器、微波炉、电热炊具、变频控制设备、开关电源、荧光灯、开关等，这些器材和设备必须具有防电磁干扰或抗电磁干扰的性能指标，符合国家有关电磁辐射或防护的标准，符合设计要求。必要时，还应有相应的检测报告。

三、施工质量控制

（一）电磁环境施工过程基本质量要求

抗电磁干扰和防电磁干扰不仅是通信网络系统中极为重要的内容，也是必须解决的室内电磁环境问题。网络的传输介质是缆线，而缆线的布置和电气设备的安置是影响室内电磁环境构成的一个不可忽视的因素。电磁环境的好坏影响信息（数据、语音、图像）的传递质量。信号的输入输出装置，包括进线管道及卫星接收天线、自动移动通信接收/发射装置、强弱电管走线方式及接地装置、电气设备安装位置等均可产生电磁干扰，在施工中应特别注意，要严格按照设计要求和有关标准规定进行。例如：

（1）对电气设备布置应符合设计施工图纸要求。

（2）防电磁干扰的电管、槽道外壳必须接地。

（3）辐射干扰的设备达不到防电磁干扰标准的，应采取屏蔽措施。

（二）室内电磁环境的检测

（1）各类设备的无线电干扰测试的技术要求及测试方法依据见表11-1。

表 11-1　　　　各类设备的无线电干扰测试的技术要求

序号	设 备 名 称	技术要求及测试方法依据
1①	信息技术设备 金融和贸易结算电子设备	《信息技术设备的无线电干扰极限值和测量方法》相关条款
2	陆地移动通信设备的传导发射（CE）、辐射发射（RE）	《陆地移动通信设备电磁兼容性技术要求和测量方法》相关条款
3	射频设备	《工业科学和医疗（ISM）射频设备电磁干扰特性的测量方法和极限》相关条款
4	声音、电视广播接收机及有关设备	《声音、电视广播接收机及有关设备无线电干扰特性限值和测量方法》相关条款
5	电源设备及照明设备	《照明设备及类似设备无线电干扰特性》相关条款
6	空调制冷设备	《家用和类似用途电动工具及类似电器无线电干扰特性限值和测量方法》相关条款

① 序号1中设备，电源端子干扰电压的极限值符合表11-3为合格；辐射干扰场强符合表11-4为合格。

（2）各类设备无线电抗扰度测试要求见表11-2。

第十一章　环境

319

表 11-2 **各类设备无线电抗扰度测试要求**

序号	设 备 名 称	技术要求及测试方法依据
1	信息技术设备 金融和贸易结算电子设备 安全防范电子设备	《信息技术设备抗扰度限值和方法》相关条款
2	声音和电视信号的电缆分配系统设置与部件	《30Hz～1GHz声音和电视信号的电缆分配系统设置与部件辐射干扰特性允许值和测量方法》相关条款
3	电源设备、空调制冷设备及照明设备	《低压电气电子设备发出的谐波电流极限（设备每相输入电流＝16A)》相关条款
4	陆地移动通信设备的传导敏感度（CS）、辐射敏感度（RS）	《陆地移动通信设备电磁兼容性技术要求和测量方法》相关条款

（3）检测室内噪声值、风速、温度、相对湿度、一氧化碳和二氧化碳含量等参数。测量仪表应使用经有关计量部门出具的有效精度不低于 2.5 级的检测仪表进行检测。

（4）各类主机房及监控室室内电磁场强应不大于 1V/m，有综合布线时不应大于 3V/m。

（5）ITE 分级指标见表 11-3 和表 11-4。

表 11-3 **ITE 分级指标(1)**

频率(MHz)	准峰值[dB(μV/m)]		平均值[dB(μV/m)]	
	A级	B级	A级	B级
0.15～0.5	79	66～56	66	56～46
0.5～5	73	56	60	46
5～30	73	60	60	50

表 11-4 **ITE 分级指标(2)**

频率(MHz)	准峰极限值 [dB(μV/m)]	测量距离(m)	
		A级	B级
30～230	30	30	10
230～1000	37	30	10

第十二章 住宅（小区）智能化系统

住宅（小区）智能化应包括火灾自动报警及消防联动系统、安全防范系统、通信网络系统、信息网络系统、监控与管理系统，家庭控制器、综合布线系统、电源和接地、环境、室外设备及管网等。

第一节 系 统 检 测

一、质量验收标准

（1）住宅（小区）智能化的系统检测应在工程安装调试完成、经过不少于一个月的系统试运行，具备正常投运条件后进行。

（2）住宅（小区）智能化的系统检测应以系统功能检测为主，结合设备安装质量检查、设备功能和性能检测及相关内容进行。

（3）住宅（小区）智能化的系统检测应依据工程合同技术文件、施工图设计文件、设计变更审核文件、设备及相关产品技术文件进行。

（4）住宅（小区）智能化进行系统检测时，应提供以下工程实施及质量控制记录。

1）设备材料进场检验记录。

2）隐蔽工程和随工检验记录。

3）工程安装质量及观感质量验收记录。

4）设备及系统自检记录。

5）系统试运行记录。

二、施工质量控制

（1）住宅（小区）智能化的系统检测应在工程安装调试完成、经过不少于一个月的系统试运行并且具备正常投运条件后进行。

（2）住宅（小区）智能化的系统检测应以系统功能检测为主，结合设备安装质量检查、设备功能和性能检测及相关内容进行。检测验收项目见表12-1。

表 12-1　　　住宅（小区）智能化检测项目表

序号	项　　目	检 测 内 容
1	火灾自动报警及消防联动系统	报警装置
		灭火装置
		疏散装置
		可燃气体报警
2	安全防范系统	视频安防监控系统
		入侵报警系统
		巡更管理系统
		出入口控制（门禁）系统
		停车场（库）管理系统
		访客对讲系统
3	通信网络系统	卫星接收系统
		有线电视系统
		电话系统
4	信息网络系统	计算机信息网络系统
		控制网络系统
5	监控与管理系统	表具数据自动抄收及远传
		建筑设备监控
		公共广播与紧急广播
		住宅（小区）物业管理系统
6	家庭控制器	家庭报警
		家用电器监控
		家用表具数据采集及处理
		家庭紧急求助
		通信网络和信息网络的接口
7	综合布线系统	综合布线系统
8	电源与接地	电源质量、等级
		系统接地
		系统防雷
9	环境	机房环境指标
10	室外设备及管网	室外设备安装
		室外缆线敷设
		室外缆线选型

第二节 火灾自动报警及消防联动系统检测

一、质量验收标准

（1）可燃气体泄漏报警系统的可靠性检测。

（2）可燃气体泄漏报警时自动切断气源及打开排气装置的功能检测。

（3）已纳入火灾自动报警及消防联动系统的探测器不得重复接入家庭控制器。

二、施工质量控制

（一）检测的基本条件

火灾自动报警与联动控制系统是相对独立的系统，由具备消防安装施工资质的单位施工完成，检测前应具备以下条件：

（1）调试后正常运行，已经连续运行时间达到 15～30d，有符合行业要求的系统运行记录。

（2）提供检测申请报告并签订检测合同协议书。

（3）系统竣工调试报告及完备的竣工技术文件。

（二）检测的基本内容

（1）消防控制室与 119 台或公安专用网联网情况。

（2）消防控制室位置，并测绘系统设备设置平面布线。

（3）消防用电设备电源的自动切换功能，切换试验 3 次均应正常。

（4）火灾自动报警控制系统的基本功能。

1）火灾报警控制器应按下列要求进行功能抽验。①实际安装数量在 5 台以下者，全部抽验。②实际安装数量在 6～10 台者，抽验 5 台。③实际安装数量超过 10 台者，按实际安装数量 30％～50％的比例，但不应少于 5 台抽验。

2）火灾探测器（包括手动报警按钮）应按下列要求进行模拟火灾响应试验和故障报警抽验。①实际安装数量在 100 只以下者，抽验 10 只。②实际安装数量超过 100 只，按实际安装数量 5％～10％的比例，但不应少于 10 只抽验，试验均应正常。

（5）室内消火栓系统的功能应在出水压力符合现行国家有关建筑设计防火规范的条件下进行，并应符合下列要求。

1）工作泵、备用泵转换运行 1～3 次。

2）消防控制室内操作启、停泵 1～3 次。

3）消火栓处操作启泵按钮按 5%～10% 的比例抽验。

（6）自动喷水灭火系统的抽验，应在符合现行国家标准的条件下，抽验下列控制功能。

1）工作泵与备用泵转换运行 1～3 次。

2）消防控制室内操作启、停泵 1～3 次。

3）水流指示器、闸阀关闭器及电动阀等按实际安装数量的 10%～30% 的比例进行末端放水试验。

（7）泡沫、卤代烷、二氧化碳、干粉等灭火系统的抽验，应在符合设计规范的条件下，按实际安装数量的 20%～30% 抽验下列控制功能。

1）人工启动和紧急切断试验 1～3 次。

2）与固定灭火设备联动控制的其他设备（包括关闭防火门窗、停止空调风机、落下防火幕、关闭防火阀）试验 1～3 次。

3）抽一个防护区进行冷喷放试验（可用氮气代替）。

（8）电动防火门、防火卷帘的抽验，应按 10%～20% 抽验联动控制功能，其控制功能及信号均应正常。

（9）通风空调和防排烟设备的抽验，应按 10%～20% 抽验联动控制功能，其控制功能及信号均应正常。

（10）消防电梯应进行 1～2 次的自动和人工控制功能及信号的检验。

（11）火灾应急广播设备的抽验应按实际安装数量的 10%～20% 进行下列功能检验（各项功能应正常并语音清晰）。

1）在消防控制室随机选区、选层试验广播。

2）共用的扬声器强切试验。

3）备用扩音机控制功能试验。

（12）消防通信设备的检验应符合下列要求（各项功能应正常并语音清晰）。

1）对讲电话进行 1～3 次通话试验。

2）电话插孔按 5％～10％进行通话试验。

3）消防控制室与 119 台进行 1～3 次通话试验。

（13）强制切断非消防电源功能试验。

（14）检测汉化图形化的 CRT 显示、中文屏幕菜单等功能，并进行操作试验。

（15）检测消防控制室显示火灾报警信息的一致性和可靠性。

（16）火灾自动报警系统的电磁兼容防护功能。

（17）新型消防设施的设置及功能。早期烟雾探测火灾报警系统；大空间红外矩阵计算机火灾报警系统及灭火系统；煤气等可燃气体泄漏报警及联动控制系统。

（18）智能型火灾探测器的性能、数量及安装位置，普通型火灾探测器的数量及安装位置。

（19）公共广播与消防广播系统共用时，应满足现行消防规范和标准要求。

（三）检测重点

对火灾自动报警和消防联动控制系统的检测，应以检测其系统联动功能和基本功能为主。在建筑及住宅小区智能化系统检测中，不论系统在以前的专项检测验收中的结果如何，对火灾自动报警和消防联动监测系统的检测，还应检查或抽测以下项目：

（1）消防用电设备电源的自动切换功能，包括备用电源与直流电源之间的自动切换，以及双路交流电源之间的自动切换（根据需要进行）。

（2）火灾报警系统的检测功能，包括火灾报警的优先级、火灾报警的延迟时间、故障的报警、信号的传输、火灾事件的记载等。

（3）火灾的探测功能，包括点型感烟、点型感温、线型感烟、线型感温及火焰探测器对现场火灾参数的响应情况。

（4）消防泵的启停、运行、双泵转换，以及在消火栓处的启停功能。

（5）喷淋泵的启停、运行、双泵转换。

（6）其他灭火系统（包括卤代烷、二氧化碳、泡沫等）的人工

325

启动和紧急切断、辅助灭火设备（关闭门窗、切断空调、通风等）的联动，以及对一个防护区的代用气体喷洒试验。

（7）空调设备和防排烟设备（包括送新风机、排烟风机和相应的阀门）动作及相应的联动功能。

（8）电动防火门、防火卷帘的一步、两步动作及相应的联动功能。

（9）火灾应急广播设备的选区、选层广播，扬声器的切换，备用扩音器的控制。

（10）消防电梯的人工控制和相应的联动控制。

（11）消防通信设备的控制室与现场的对讲（包括用电话插孔的对讲），以及与"119"的通话。

（12）系统CRT屏幕的中文菜单功能和操作。

（13）消防电源的强制切断。

（14）消防控制室向建筑设备自动化系统（BAS）的信息传播。

（15）消防控制室与安全防范系统（SAS）及其他系统间的通信。

（16）系统的电磁兼容性防护功能。

（17）其他新型火灾探测、报警、联动设备的功能。

（四）检测设备要求

消防系统（火灾自动报警系统、自动喷水灭火系统卤代烷、二氧化碳、泡沫、干粉等灭火系统、通风空调和防排烟设备、室内消火栓系统、消防应急广播设备和电源系统、消防应急照明系统、防火卷帘泵、电动防火门等）所需的工程检测仪器及相关检测设备，应经公安消防监督机构认可。

第三节　安全防范系统检测

一、质量验收标准

（1）访客对讲系统的检测应符合下列要求：

1）室内机门铃提示、访客通话及与管理员通话应清晰，通话保密功能与室内开启单元门的开锁功能应符合设计要求。

2）门口机呼叫住户和管理员机的功能、CCD红外夜视（可视对讲）功能、电控锁密码开锁功能、在火警等紧急情况下电控锁的自动释放功能应符合设计要求。

3）管理员机与门口机的通信及联网管理功能，管理员机与门口机、室内机互相呼叫和通话的功能应符合设计要求。

4）市电掉电后，备用电源应能保证系统正常工作8h以上。

（2）访客对讲系统室内机应具有自动定时关机功能，可视访客图像应清晰，管理员机对门口机的图像可进行监视。

二、施工质量控制

（一）安全防范系统功能检测

通过在居住小区重点部位、周界与住户室内安装安全防范的装置，并采取居住小区物业管理中心统一管理的方式来提高居住小区安全防范水平。住宅小区安保是人防与技防的结合。合理地选择若干电子安保设施，并注意设施布置与环境应相协调，不令居住者产生压抑的感觉，不得有碍人们的日常生活。住宅小区的安保环节，重点应是小区出入口和住宅单元入口。

小区安全防范系统除提供各个子系统之间的联动、协调功能外，还应具有如下功能：

（1）应设置必要的数据库能对各子系统的运行状态和报警信息进行检测和控制，并显示和记录。

（2）应具有信息集成的功能。即通过统一的管理软件和通信平台将安全防范的各子系统设备联网，实现对小区综合安全防范系统的自动化管理。并应能连接上位管理计算机，以实现更大规模的系统集成。

（3）应能提供紧急情况处理模式。安全防范系统检测验收主要包括入侵报警系统检测、视频安防监控系统检测、楼宇访客对讲系统检测、巡更系统检测、门禁系统检测、家庭安全防范系统检测、车辆出入管理系统检测、公共广播系统检测及其安保管理中心检查和验收。

上述所有项目的检测应在系统正常使用情况下进行。若有系统间实现协调联动的，应依据系统的设计要求对联动功能进行检测和验收。

不安装家庭控制器的住宅可将家庭紧急求助报警装置纳入访客对讲子系统。访客对讲子系统检测验收项目见表12-2。

表 12-2 访客对讲子系统检测项目表

项 目	检 测 内 容
访客对讲子系统	门口机外观
	门口机防水、防拆等功能
	通话清晰度
	图像清晰度
	保密功能
	单元门开锁功能
	火灾时电控锁释放功能
	与访客通话功能
	与管理员通信功能
	备用电源工作时间

（二）入侵报警系统检测

1. 入侵探测器安装质量检查

（1）探测器安装的位置和高度应符合安防技术的要求，同时满足制造厂技术条件的规定。

（2）探测器的安装型号、数量、规格应满足安防技术的要求。

2. 报警功能检测

人为触发入侵探测器，报警控制中心应可实时接收来自入侵探测器发出的报警信号，包括时间、类别及区域。报警信号应能保持直至手动复位。

3. 报警反应速度检测

人为触发入侵探测器，以探测器一侧指示灯亮为起点，以报警控制中心接收到报警信号为终点，检测其持续时间。令外部连线断路或短路，以断路或短路为起点，以报警控制中心接收到报警信号为终点，检测其持续时间，若为电话线传输方式，则报警控制中心应在报警信号发出后 20s 之内报警，如为非电话线传输方式，则应在报警信号发出后 2s 之内报警。

4. 故障报警功能检测

报警控制中心与入侵探测器、传输入侵报警信号作用的部件之间的连接发生短路、断路或并接其他负载时，应有故障报警信号产生，并能指示故障发生的部位，报警信号应能保持至排除故障。故障报警不应影响非故障回路的报警功能。

5. 联动功能检测

（1）人为触发入侵探测器，报警系统宜在发出声光报警的同时，联动开启图像复核系统，将现场图像传输到监控中心，并进行图像记录。

（2）稳定性检查。系统处于正常警戒状态，在正常大气条件下连续工作 7d，不应产生误报警和漏报警现象。

（3）主控设备应能将所有的报警事件进行记录并查询。

（三）视频安防监控系统检测

视频安防监控系统具有对小区内的主要出入口、周界主要干道、重要公共区域、车库、停车场出入口、电梯轿厢、每栋楼入口门厅等重要位置进行实时中央监控，实时录像，进行事后查询的特点。

视频安防系统的检测应重视以下几点：

（1）系统的时序、定点和同步切换、多画面分割器、云台的遥控操纵、录放像及电梯层叠显示等功能应能满足设计要求。

（2）系统的复合视频信号，在监视器输入端的电平值应达到 1Vp-p±3dBVBS。

（3）系统图像质量主观评价应达到 4 级图像的要求。系统图像画面的灰度不应低于 8 级。

（4）黑白电视系统水平清晰度不应低于 400 电视线，彩色电视系统不应低于 270 电视线。

（四）门禁系统检测

门禁系统（又称出入口控制系统）是对小区内、建筑物内外正常的出入通道进行管理，对人员进入进行识别及对通道门进行自动控制的系统。门禁系统可对重要的通行口、出入口通道、电梯（楼梯）口进行出入监视和控制，从而能及时发现和防止可疑人员从正常通道侵入小区。该系统的检测应符合以下几点：

（1）使用门禁卡在不同区域刷卡，相应门户电控锁应能正确动作。开门后，中央工作站应能通过门磁信号正确掌握被控门的开关状态。

（2）出门按钮按下后，门禁应能正确释放。

（3）门禁系统发生故障时，中心控制室应能以声音或文字告警，以便维护人员及时进行检查和维修。

（五）楼宇对讲系统

楼宇对讲系统是指对来访客人与住户之间提供双向通话或可视通话的系统。该系统主要用于访客身份确认及门禁控制，还具有可视对讲、通话保密、通话限时、双向呼叫、密码开门、报警联网、区域联网、内部对讲、红外报警、紧急求助、烟雾报警等家居安保功能，是小区安防的第二道防线。楼宇对讲系统由防盗门（带有电控锁、闭门器等构件）、控制系统、电源和对讲系统产品（包括管理中心、主机和分机）等组成。居住小区门禁对讲设备系统由小区入口管理话机、住宅单元入口门禁、室外通话设备（带开门按钮）、读卡器（或键盘）、单元管理话机和住户室内机三个层面构成。

（1）住户可遥控开启防盗门，从而有效地防止非法人员进入住宅楼内。

1）选呼功能检测。在楼宇入口处的主机应能正确选呼楼内的任一分机，并能听到铃声。

2）通话功能检测。用楼宇入口处的主机对楼内任一分机选呼后，应能实施双工通话，话音清晰，不应出现振鸣现象。

3）视频信号清晰度检测。可视对讲系统所传输的视频信号要清晰，应能实现对访客的识别。

4）电控开锁功能检测。应能在分机上实施电控开锁功能。

（2）联网型的小区楼宇对讲系统，其管理主机除应具备可视对讲或非可视对讲、电控开锁、通话功能、选呼功能外，应能接收和传送住户的紧急报警（求助）信息。

（3）对带有紧急报警（求助）功能的楼宇对讲系统的检测，应按以下步骤进行。

1）使管理机处于通话状态下，同时分别触发2台报警键，管理机立即发生与呼叫键不同的声光信号，逐条显示报警信息，包括时间、区域。

2）使系统处于守候状态，同时分别触发报警键和呼叫键，报警信号具有优先功能，管理机应发出声、光报警并指示发生的部位，并应能至少存储5组报警信息。

（六）车辆出入口管理系统检测

合理的停车场设施与管理系统是智能大厦和智能居住小区正常运营并加强安全的必要设施，它包括车库管理和收费系统两大功能，主要由出口/入口控制、管理中心和通信管理等组成。感应式IC卡出入管理系统主要由IC卡、PLC入口逻辑程序控制机和外围设施构成。外围设施是很多具体功能设备的总称，通常包括车辆探测仪、语音提示系统、中文显示屏、临时停车出入管理、对讲咨询、自动开闭通闸等装置。

1. 停车管理系统的功能

（1）车辆进出及存放时间的记录、查询。

（2）小区内车辆存放的管理。

（3）外来车辆的收费管理。

2. 系统功能检验

（1）月租卡、储值卡的检查内容。宜包括发卡、入口控制机的操作、入口处自动道闸的升起、入口处自动道闸的回落、停车、出口控制机的操作、出口处自动道闸升起、出口处自动道闸的回落、卡的使用情况查询及挂失。

（2）临时卡和特种卡的检查内容。宜包括取卡、入口处自动道闸的升起、入口处自动道闸的回落、停车、收费、打印票据、出口控制机、收卡、出口处自动道闸的升起、出口处自动道闸的回落、卡的使用情况查询及挂失。

上述两项的功能指标应符合设计要求。

3. 系统统计功能检测

（1）能实现统计车辆进、出场情况，场内车辆情况，收费情况，IC卡发行情况的查询。

（2）能实现日报表、月报表及年报表的打印。

4. 脱网运行功能检测

出、入口控制机联网运行时，进出车辆10次，系统正常工作。

5. 系统技术指标检查

（1）读写速度检测，宜小于或等于0.2s。

（2）读写距离检测，宜小于或等于25mm。在距离出、入口控制机读写区域前0mm、5mm、10mm、25mm处用卡以均速晃过读写区，要求读写功能应能按设计要求正常工作。

（3）安全能力检查。卡的安全性能检查，其功能指标应符合设计要求，主要包括下述内容。

1）未进先出。

2）已出场的卡再重复出场一次。

3）临时卡未交款先出场。

4）临时卡交款后在超出规定的时间后出场。

5）进场车和出场车的车牌号和车型不同，但使用同一张卡（主要用于配置了图像对比系统和车型识别系统的停车场管理系统）。

（4）道闸升降时间检测，应能满足系统设计指标。

（5）道闸安全性能检查，在道闸下放置一物体，道闸应不能够放下。

（七）巡更系统

巡更系统的主要功能是保证巡更人员定时并有序地对各巡更点进行巡视，同时保护巡更人员的安全，用技术防范的手段来督促人防。巡更人员应在规定时间内到达指定的巡更点，并且用接触式或非接触式IC卡刷卡，或者用专用钥匙开启巡更开关，向系统管理中心发出"到位"信息。否则，巡更系统将发出巡更到位超时报警，从而达到人防与技防的有效结合，为安全防范分析提供资料。巡更系统是小区安全防范的第一道防线。

（1）具体巡更地点位置及数量可与物业管理部门协调确定，一般在小区内主要通道出入口及各栋楼主要部位，以及重要巡逻地方设置（机械的或电子的）巡更点。

（2）分别模拟巡更人员对巡更点漏检、提前到达及未按时到达指定巡更点，控制主机应能立即接收到报警信号，并记录巡更情况。

（3）模拟改变在线式巡更系统的巡更路线，并在进行实时报警功能的检测时，控制主机应能立即接收到报警信号，并记录巡更情况。

第四节　监控与管理系统检测

一、质量验收标准

（1）表具数据自动抄收及远传系统的检测应符合下列要求。

1）水、电、气、热（冷）能等表具应采用现场计量、数据远传，选用的表具应符合国家产品标准，表具应具有产品合格证书和计量检定证书。

2）水、电、气、热（冷）能等表具远程传输的各种数据，通过系统可进行查询、统计、打印、费用计算等。

3）电源断电时，系统不应出现误读数并有数据保存措施，数据保存至少四个月以上。电源恢复后，保存数据不应丢失。

4）系统应具有时钟、故障报警、防破坏报警功能。

（2）建筑设备监控系统除参照 GB 50339—2003《智能建筑工程质量验收规范》第 6 章有关规定外，还应具备饮用水蓄水池过滤设备、消毒设备的故障报警的功能。

（3）公共广播与紧急广播系统的检测应符合 GB 50339—2003《智能建筑工程质量验收规范》第 4.2.10 条的要求。

（4）住宅（小区）物业管理系统的检测除执行 GB 50339—2003《智能建筑工程质量验收规范》第 5.4 节规定外，还应进行以下内容的检测，使用功能满足设计要求的为合格，否则为不合格。

1）住宅（小区）物业管理系统应包括住户人员管理、住户房产维修、住户物业费等各项费用的查询及收取，住宅（小区）公共设施管理，住宅（小区）工程图纸管理等。

2）信息服务项目可包括家政服务、电子商务、远程教育、远程医疗、电子银行、娱乐等，应按设计要求的内容进行检测。

3）物业管理公司人事管理、企业管理和财务管理等内容的检测应根据设计要求进行。

4）住宅（小区）物业管理系统的信息安全要求应符合GB 50339—2003《智能建筑工程质量验收规范》第5.5节的要求。

（5）表具现场采集的数据与远传的数据应一致，每类表具总数达到100个及以上的按10％抽检，少于100个的抽检10个。

（6）建筑设备监控系统除执行 GB 50339—2003《智能建筑工程质量验收规范》第6.3节有关规定外，还应进行以下内容的检测。

1）室外园区艺术照明的开启、关闭时间设定，控制回路的开启设定和灯光场景的设定及照度调整。

2）园林绿化浇灌水泵的控制、监视功能和中水设备的控制、监视功能。

（7）住宅（小区）物业管理系统房产出租，房产二次装修管理，住户投诉处理，以及数据资料的记录、保存、查询等功能检测可按 GB 50339—2003《智能建筑工程质量验收规范》第5.4节有关内容进行。

二、施工质量控制

（一）建筑设备监控系统检测

小区公共设备监控系统包括对居住小区内的供电设备、供水设备、公共照明、排水（蓄水及消防水箱）、电梯、煤气、暖气等公共设施进行集中监控管理（计算机联网管理），并检测设备的工作状态以保证系统正常运行。这是智能化居住小区物业管理的基本要求，更高档的智能化小区还应有空调和空气质量监控、网上多功能服务等要求。

（1）设备管理子系统应采用标准的国际网络、开放的系统结构和全分散的控制方式。

（2）应确保在任何非人为破坏情况下都不会造成整机瘫痪的局

面。为此，系统应有可扩展性、可靠性、端口一致性及系统容错性，推荐系统应具有自脱机、自诊断功能。

（3）系统应有集成化、灵活化的配置，简单的操作方式和较强的实时处理能力，以及推广内核级汉化的人机操作界面。

在住宅小区内的住宅楼（高层）的火灾报警与消防联动控制子系统必须满足与消防相关的行业标准的规定。住宅楼弱电系统的防雷、漏电保护、接地必须满足有关行业标准的规定。

住宅小区建筑设备监控系统的检测主要包括以下几个方面：

1. 现场控制器功能检测

（1）数字量输入（DI）检测，用手动方式或程序方式对全部DI点进行动作检测。对于脉冲或累加信号，按设备说明书和设计要求检查其发生脉冲数与接受脉冲数是否一致。

（2）数字量输出（DO）检测，用手动方式和程序方式检测全部DO点进行动作检测。其检测数值和观察受控设备的电气控制开关工作状态应正常。如果单体受电试运行正常，则可以在受控设备正常受电情况观察受控设备运行是否正常。

（3）模拟量输入（AI）精度检测，显示值和测量值的相对误差不大于5％。

（4）模拟量输出（AO）检测，用程序方式和手动方式检测其每一检测点，在其量程范围内读取 5 个测点（0、25％、50％、75％、100％），控制效果应满足合同技术文件与控制工艺对功能的要求。

2. 运行可靠性检测

（1）关闭中央监控主机、数据网关（包括主机至现场控制器之间的通信设备），观察系统全部现场控制器及受控设备是否正常运行。重新开机后，抽检部分现场控制器设备中受控设备的运行记录和状态，同时系统框图和其他图形应能自动恢复。

（2）关闭现场控制器电源后，观察现场控制器及受控设备是否正常运行，重新受电后，现场控制器是否能自动检测受控设备的运行，记录状态并予以恢复。

3. 系统功能检测

住宅小区公共用电设备监控宜实现：各用电设备运行状态在管理中心显示；各用电设备的电费计量；各建筑物内通风用送排风机的运行状态控制和显示；高层住宅楼电梯运行状态的显示；电梯系统与消防信号的联动；电梯故障报警。

4. 给水和排水监控

给排水设备集中监控的主要功能是实现生活水池（箱）、饮用水箱（过滤设备、消毒设备）、集水池、污水池、消防水池（箱）的水位实时检测及故障报警，实现对水泵的开/关状态和水压高低的实时检测，实现各个泵的程序自动启停控制及故障检测等。系统应能对给、排水系统设备运行的工况进行监视、控制、测量、记录。

5. 变配电设备监控

居住小区的变配电设备集中监控的主要功能是实现有双回路供电的变压器低压监测，计量电流、电压、功率及交联开关切换状态监视；实现变压器的温度检测；实现发电机组的电流、电压、功率因数、相位、频率的监视和计量、记录；实现发电机组运行状态和故障报警；实现必要的动力设备联动控制。

系统设备应具有一定的抗强电磁干扰的能力，应能满足与各种强电设备同架组装的要求。

6. 小区照明设备监控

楼道内照明的节电控制、开关控制和开关状态显示；高层住宅楼障碍照明的开关控制、开关状态显示及故障报警；应急照明的应急启停控制、开关状态显示和故障报警；景观照明和停车场照明的开关控制和开关状态显示；各照明系统的电费计量。

（二）物业管理系统检测

物业管理系统是指利用设备、软件等提供的现代化管理手段，向小区内住户提供公共设施及信息服务，是以便捷、高效的软件体系来协调小区居民、物业管理人员、物业服务人员三者之间的关系，并对管理和服务的流程进行网络化管理的。对物业管理中的客户、房产、服务、公共设施及其监控信息、工程档案、各项费用及维修信息进行数据采集、传递、加工、存储、计算，反映物业管理的各种运行状况。软件结构应以网络为基础，实现信息共享，方便物业公司和住户信息沟通。它主要包括综合信息与资讯服务和公共物业管理两部分内容。

1. 远程自动抄表系统检测

（1）远程自动抄表系统中所采用的远传式电表、水表、燃气表等能耗表，均应为相应行业配套公司提供的具有计量许可证的专用表具。

（2）数据采集终端应能将采集到的各种表具的量值传送到计算机或集中器内。若系统与公用事业管理部门联网，应能将数据传送到配套公司计算机的管理系统。

（3）系统所配置的系统集中器、路由器、采集终端等设备如发生故障，系统应能进行自动报警。

（4）系统主机宜能与水、电、燃气公司的营业收费及管理部门直接建立通信联系，水、电、燃气公司可收集水、电、燃气用量信息，自动结账、查询和打印。

（5）系统应能按照水、电、燃气配套公司的业务需要，自动形成各自所需的数据文件，以满足各配套公司自动结账和自动查询的需要。

（6）模拟电源瞬时及长时间断电（一般在12h以内），设备不应出现误差并有数据保持措施。电源恢复时，内存数据应不丢失，内部时钟应能正常运行。

2. 智能卡系统检测

（1）使用一张经过授权的智能卡，应能实现按设计要求所能实现的功能。如门禁管理、停车管理、娱乐、购物消费等服务。

（2）系统管理中心应能实现对智能卡的管理、消费统计、系统硬件设备管理、软件设置及报表等功能。

3. 物业管理系统软件功能检查

软件管理程序和管理方法应符合各地房地局颁布的物业管理条例和相关法规的规定。软件信息管理在功能上宜实现以下内容：

（1）物业接收管理。宜能实现对建筑图纸资料、附属设施等接管验收资料的录入整理、查询及分类建档管理功能。

（2）业主入户管理。宜能实现对住宅楼资料、单元资料、单元信息及住户信息等住宅信息的录入、查询与统计功能。

（3）物业修缮管理。能实现对住宅共用部位、共用设备、物业管理区域内公共设施及电梯、水泵等房屋设备的资料维护、使用记录、维修记录和更新记录的管理。

（4）保安管理。能实现对安全防范系统、消防系统及建筑设备监控系统的信息进行采集，并对报警信号做出响应和处理。

（5）绿化养护管理。能实现对小区内绿化情况、保洁服务的管理和安排。

（6）经营服务管理。

1）提供对水、电、燃气费和物业管理费的单价设置。需缴费用收取和查询管理需对财务的管理；物业收支管理；物业维修基金账户管理；罚款没收管理；物业维修基金分摊管理及物业管理人员的工资管理。

2）提供财务核算、财务分析功能，向管理者提供各项业务的收支状况。

3）提供对收费超时限的设置功能，当有住户未能按时缴费时，系统可自动发出提示信息，并列出超时用户资料。

（7）网上服务。在建有信息网络局域网的住宅小区中，宜为住户提供互联网的链接；并宜建设小区 Web 网页，提供具有社区特色的网上服务，使居住业主从中获得该居住小区的相关信息和服务，同时应使其通过 Web 网页有条件地直接访问物业管理软件数据库中的相关信息。

（8）日常管理。宜按照物业修缮、绿化养护、保洁管理、保安管理和经营服务等主要项目内容，实现以下功能。

1）对住宅共用部位。共用设备、物业管理区域内公共设施及电梯、水泵等房屋设备的资料维护、维修记录、使用记录和更新记录的管理。

2）对财务的管理。宜包括对物业维修、更新费用的账务管理；对收费标准的设置、需缴费用收取和查询管理；物业维修基金账户管理；物业服务收支管理；物业维修基金分摊管理及物业管理人员的工资管理。

3）对小区内绿化情况、保洁服务的安排和管理。

4）对安全防范系统、消防系统及建筑设备监控系统的信息进行采集，并对报警信号做出响应和处理。

第五节　家庭控制器检测

一、质量验收标准

（1）家庭控制器检测应包括家庭报警、家庭紧急求助、家用电器监控、表具数据采集及处理、通信网络和信息网络接口等内容。家庭控制器与表具数据抄收及远传系统、通信网络和信息网络的接口的检测应按 GB 50339—2003《智能建筑工程质量验收规范》中第 3.2.7 条的规定执行。

（2）家庭报警功能的检测应符合下列要求。

1）感烟探测器、感温探测器、燃气探测器的检测应符合国家现行产品标准的要求。

2）入侵报警探测器的检测应执行 GB 50339—2003《智能建筑工程质量验收规范》第 8.3.7 条的规定。

3）家庭报警的撤防、布防转换及控制功能。

（3）家庭紧急求助报警装置的检测应符合下列要求。

1）可靠性。准确、及时的传输紧急求助信号。

2）可操作性。老年人和未成年人在紧急情况下应能方便地发出求助信号。

3）应具有防破坏和故障报警功能。

（4）家用电器的监控功能的检测应符合设计要求。

（5）家庭控制器应对误操作或出现故障报警时具有相应的处理能力。

（6）无线报警的发射频率及功率的检测。

（7）家庭紧急求助报警装置的检测应符合下列要求。

1）每户宜安装一处以上的紧急求助报警装置（如起居室、卧室等）。

2）紧急求助报警装置宜有一种以上的报警方式（如手动、遥控、感应等）。

3）报警信号宜区别求助内容。

4）紧急求助报警装置宜加夜间显示。

二、施工质量控制

家庭控制器检测应包括家庭报警、家庭紧急求助、表具数据采集及处理、家用电器监控、通信网络和信息网络接口等内容。

家庭控制器包含的内容为目前产品的共性内容，按设计选型检测验收。家庭控制器的接入网有多种方式，按选用的接入网对接口进行检测。家庭控制器检测项目参见表 12-3。

表 12-3　　　　家庭控制器检测项目表

项　　目	检 测 内 容
家庭控制器	家庭控制器外观
	接入网接口
	故障报警
	备用电源
	防雷接地
家庭报警	感烟探测器
	感温探测器
	可燃气体探测器
	红外探测器
	微波探测器
	复合探测器
	磁开关探测器
家庭紧急求助	紧急求助装置
	撤防、布防功能
家庭电器监控	家用电器监控安全性
	家用电器监控遥控功能
家用表具数据采集与处理	表具产品标准
	表具数据抄收
	表具数据远传
	信息显示、查询

（1）家庭紧急求助报警装置的检测。考虑未成年人和老年人的生理特点，紧急求助报警装置的触发件应接触面大、醒目、机械部件灵活；安装高度适宜；具备防破坏报警功能。

（2）家庭无线报警装置的工作频率应符合国家无线电委员会的要求，在 300～433MHz 之间，发射功率应小于 10mW。

（3）报警信号宜区别求助内容，是指安防监控中心通过接收不同的报警信号可了解当事人的情况。如病人求医、着火求救、遇窃求助等。

第六节　室外设备及管网

一、质量验收标准

（1）安装在室外的设备箱应有防水、防潮、防晒、防锈等措施。设备浪涌过电压防护器设置、接地连接应符合国家现行标准及设计要求。

（2）室外电缆导管及线路敷设，应执行 GB 50303—2002《建筑电气安装工程施工质量验收规范》中有关规定。

二、施工质量控制

安装在室外的设备箱应有防水、防潮、防锈、防晒等措施；设备浪涌过电压防护器设置、接地连接应符合国家现行标准及设计要求。

室外设备及管网检测见表 12-4。

表 12-4　　　　　　　室外设备及管网检测项目表

项　　目	检　测　内　容
1. 室外设备	设备防潮、防水措施
	设备防冻措施
	设备屏蔽措施
	设备防腐、防锈措施
	设备机械
	设备防晒措施
	设备防雷接地措施

项　目	检 测 内 容
2. 室外管网、缆线敷设	管网防潮、防水措施
	缆线防潮、防水措施
	管网防冻措施
	管网防腐措施
	管网、缆线机械强度
	管网、缆线屏蔽措施
	管网、缆线敷设深度
	缆线选型
	管网接地

第七节　竣 工 验 收

一、质量验收标准

(1) 住宅(小区)智能化的竣工验收应在系统正常连续投运时间不少于 3 个月后进行。

(2) 各子系统可以分别验收，应作好验收记录，签署验收意见。

二、验收文件和记录

(1) 工程实施及质量控制记录。

(2) 设备和系统检测记录。

(3) 竣工图纸和竣工技术文件。

(4) 技术、使用和维护手册。

(5) 其他文件包括以下部分。

1) 工程合同及技术文件。

2) 相关工程质量事故报告等。

参 考 文 献

[1]　王景文. 智能建筑工程施工与质量验收手册. 北京：中国建材工业出版社，2004.

[2]　杨光臣. 建筑电气与智能建筑工程施工质量监理. 北京：中国电力出版社，2004.

[3]　吴月华. 建筑电气工程施工工艺标准. 北京：中国建筑工业出版社，2005.

[4]　程大章. 智能住宅小区工程建设与管理. 上海：同济大学出版社，2003.

[5]　向忠宏. 综合布线产品与案例. 北京：人民邮电出版社，2003.

[6]　沈士良，等. 智能建筑工程质量控制手册. 上海：同济大学出版社，2002.

[7]　花铁森. 建筑弱电工程安装施工手册. 北京：中国建筑工业出版社，1999.

[8]　张言荣，赵法起，等. 智能建筑综合布线技术. 北京：中国建筑工业出版社，2002.

[9]　杨志，邓仁明，周齐图. 建筑智能化系统及工程应用. 北京：化学工业出版社，2002.

[10]　刘宝珊. 建筑电气安装工程实用技术手册. 北京：中国建筑工业出版社，2000.

[11]　陈龙. 智能小区及智能大楼的系统设计. 北京：中国建筑工业出版社，2001.

[12]　殷德军，秦兆海. 安全防范技术与电视监控系统. 北京：电子工业出版社，2001.

[13]　张瑞武. 智能建筑. 北京：清华大学出版社，1999.

[14]　龙惟定，程大章. 智能化大楼的建筑设备. 北京：中国建筑工业出版社，1997.

[15]　刘国林. 综合布线系统工程设计. 北京：电子工业出版社，1997.